日野啓三

意識と身体の作家

相馬庸郎

和泉書院

「健全な身体に健全な精神が宿る」という常識から
無限にズレているのが、文学だろう。

——日野啓三『台風の眼』より——

平成八年頃、東北地方で長編小説『天池』
取材中の日野啓三。(日野鋭之介氏蔵)

目次

はじめに

日野啓三の文学の評価を、現状のままで見過ごしていてはいけない。彼の文学が本来持っている優れて独創的な価値を、改めて問い直してみる必要がある。その上で日本の近代文学史の彼の位置を正当なところに据え直さねばならぬ。

日野啓三は、最後の短編小説集『落葉　神の小さな庭で』（二〇〇二・五　集英社）所収の短編を『すばる』に連載している途中、同じ『すばる』（二〇〇一・七）で、彼の数少ない理解者の一人池澤夏樹と「新たな物語の生成のために」と題する対談を行っている。ここで彼自身、これまで日野啓三論というのは少ない旨を言っている。勿論文壇や世間で自分の作品が問題にされていない、と嘆いているわけではない。自分でも一体何をやっているのだろうと思うし、他人から、あなたは一体何を書いているのかと言われても、簡単に答えられないと言っている。このことでもわかるように、自分の作品が客観的に見た場合、どのような意義を持つとされているか、それを先ずは知りたいのに、示唆してくれる評論が見つからないのだ、と言っているように思われる。

確かに、彼の生前に発表された日野論としては、池澤夏樹「にぎやかな廃墟」（『アイスティオン』一九八六・夏号）、同「世界に脈絡はあるか」（『アイスティオン』一九八九・秋号）と、川本三郎「現実の消えゆくところ―日野啓三論」（『文學界』一九八六・一二）ぐらいしか、わたしの管見には入っていない。

例えば、吉本ばななさえ（その可否は別問題として）大学の卒論のテーマとなるような時代に、日野が卒論のテーマになったという話など聞いたことがない。大学や研究所の所謂「紀要」に、日野研究が掲載されたことも寡聞にして知らない。彼の生前には、国文学関係の専門誌に日野に関する論文が出たこともなかったようだ。日野を畏敬し敬愛し続けて来たわたしとしては、日野文学の世界がかくも無視され、やがては忘れ去られてゆくらしい現状を、激しい不満と焦燥をもって見ている。このままであっては決して良くない。

日野は、「此岸の家」（『文藝』一九七三・八）で平林たい子文学賞を、「あの夕陽」（『新潮』一九七四・九）で芥川賞、『抱擁』（一九八二・二　集英社）で泉鏡花文学賞、『夢の島』（一九八五・一〇　講談社）で芸術選奨文部大臣賞、『砂丘が動くように』（一九八六・四　中央公論社）で谷崎潤一郎賞、『断崖の年』（一九九二・二　中央公論社）で伊藤整文学賞、『台風の眼』（一九九三・七　新潮社）で野間文芸賞、『光』（一九九五・一一　文藝春秋）で読売文学賞をそれぞれ受賞した。二〇〇〇年三月には日本芸術院賞をも受けた。また一九九七年以降芥川賞選考委員をも勤めていた。

文壇的には、一時期華やかな存在であった、と言わなければならぬ。

二〇〇二年（平一四）一〇月一四日、満七十三歳で死去したときは、翌日の各新聞は死亡欄に小さな写真入りで、それを報じた。翌々月の『すばる』が「日野さんに寄せて」という特集欄を組み、大岡信、池澤夏樹、青野聡、三木卓、新井満、辻仁成、川村湊、鈴村和成などが短い追悼文を書いた。これ程の規模ではないが、『群像』、『新潮』、『文學界』、『中央公論』などが、日野と縁故のある人々の追悼文を載せた。急なことであり、やむを得ぬかも知れぬが、これらの中には、どこか型通りのものが多く、身贔屓のせいもあろうがわたしには、熱気のようなものは余り感じられなかった。

そして世間は勿論のこと、ジャーナリズムももとの静けさに還った。わたしは「死ねば死にっきり」の感を深くし、今日《こんにち》に到っている。

例外はある。前掲池澤夏樹が講談社文芸文庫で『あの夕陽　牧師館』（二〇〇二・一〇）という日野の代表的短編小説集を編み、「彼岸から吹く風」と題する力の籠った解説を書いている。また鈴村和成（フランス文学者・文学評論家）が「日野啓三と謎の七つの石版」（『すばる』二〇〇三・二）、『アジア、幻境の旅―日野啓三と桜蘭美女』（二〇〇六・一一　集英社）及び講談社文芸文庫『台風の眼』（二〇〇九・二）の解説などを書き、日野文学と真摯に対峙している。さらには山内祥史（神戸女学院大学名誉教授）が精密極まる書誌を作り始めている。他に山根繁樹（松江工業高等専門学校准教授）が、日野の初期の活動を中心とした論文を時々発表している。

わたしは、右の諸氏の驥尾に付して、日野の各作品を徹底的に読み直すことを主にし、彼独自な世界にできるだけ迫って見ようと数年前に決意した。枚数にも締切りにも制約のない個人研究誌を立ち上げ、ある程度まとまるとその度に手製で製本し、近・現代文学の学会で活躍中の方々三十名ほどに贈呈し続けてきた。予期した通り、日野の作品については余り読んだことがないと言われる方が、殆どであった。約三年半ほどかかって、第八号（実質は九冊）迄出し、わたしとしては一段落に達したと思われたので、それらに若干手を加え、纏めて一本にすることにした。それが本書である。（先のような事情のために、同じことの叙述が重なって出てくる場合も時にある。諒とされたい）

わたしは、日野の文学活動を、次の五期に分けて考えている。

1　一九四七年（昭二二）～一九五九年（昭三四）　雑誌『近代文学』その他を舞台にして、主として評論を書いた。

2　一九六二年（昭三七）～一九六六年（昭四一）　ルポルタージュ文学に力を注いだ。
3　一九六六年（昭四一）～一九七六年（昭五一）　私小説風の短編小説を書く一方、存在論的傾向の評論をよく書いた。
4　一九七九年（昭五四）～一九八九年（平一）　所謂「幻想的な都市小説」及び都市論を多く書いた。
5　一九九〇年（平二）～二〇〇二年（平一四）　自己の癌体験をテーマとした短編小説を多く書く一方、三編の長編小説やかなりの評論を書いた。

わたしは目下、右の第五期の日野の文学活動に、最も注目している。本書は、この期の冒頭から最後に到るまでの作品について、ひとつひとつ考察した論から成り立っている。（それらにつき特に関心を持った個人的事情については、本書所収の「二『断崖の年』」1の「象徴としての『垂直の軸』」の冒頭部を参照されたい。）

第四期から第五期への展開は、直接的には、突然に彼を襲った腎臓癌罹患が切っ掛けとなっている。それによる彼の文学世界の転化は、実に劇的である。

腎臓癌摘出手術以後初めて行なった評論家柄谷行人との対談「死について」（『すばる』一九九二・一）での、日野自身の言を聞こう。

共同体内部でのお互いの気分や感慨を肯定し合うような物語を書くことがいやになった。無限の虚空とか、巨大な氷山を目の前にして、それに対抗しながら共鳴現象を起こしうるようなものしか書く意味がない、という気になっています。

詩人・小説家三木卓は追悼文「探査衛星からの信号」（『すばる』二〇〇二・一二）で、この転化に対し、次のような評価を下している。

> ぼくはかれの仕事が最も充実したのは、晩年の病を得てからだったと思う。それから十三年間の仕事は比類のない充実したもので、極端に言えば、ぼくは不幸の僥倖とも言うべき時間帯にそれまでの蓄積が全て注ぎ込まれ、活用されたのではないかと思う。

わたしはこの見方に全面的に賛成する。いささか繰り返しになるが、この第五期で表出された日野の文学的空間は、日本文学で嘗て誰も表現したことのない世界であった。

次々と襲ってくる重篤な病に耐えながら、彼は何故敢えて書き続けようとしたのか？　日野は嘗て、「物語としての人生」（『聖なる彼方へ―わが魂の遍歴』一九八一・一二　ＰＨＰ研究所）で次のように書いている。

> 多分作家という人種は、肉体的な死だけでなく精神を死の寸前まで追いつめる絶対的なものにくり返し直面しながらよりひろく深く自分の生を捉え確かめずにはおれない業《ごう》を負った人種なのだろう。自分が自然に使える言葉をふやし組みあわせ方を習練することによって、くり返し自分の生を捉え直し作品をひろげ深めようとする。

もっと分かり易い説明なら、平野啓一郎との対談「聖なるものを求めて」（『文學界』一九九九・三）にこうある。

> 僕の好きな言葉では「職業作家」ではない「運命的な作家」ということになるかな。それは、書かずにはおれ

ない、書くことが生きることだという、私小説という意味ではなく、小説を書くことでしかうまく表現できない問題を抱え込んでしまった人間という意味だけれど……。

彼は、このような覚悟と姿勢をリゴリスティックに、力尽きる迄実行したわけだ。

わたしは本書のサブタイトルとして、〈意識と身体の作家〉というフレーズを付した。

日野は生涯「意識」ということに徹底して拘り続けた。彼のどの作品を読んでも、「意識」という語が氾濫している。例えば、〈それらのイメージが実は私の意識の内部から来ていることを明確に意識しながら〉とか、或は〈意外に気分が平静で、自我の意識ではなく身体の意識という感じである〉とか、〈何となく水の意識という感じに近い〉などと書く如くである。

彼は、無意識をも含めた「意識」を徹底的に追及し、それと「身体」との相関関係を考え、次々と新しい発見をして行った。

彼は前掲『台風の眼』で「意識」と「身体」の密接な関係を、例えば次のように要約している。

「意識」という言葉を、私はいわゆる無意識を含めた広い意味で使うけれど、意識の暗い深みは間違いなく身体のおぼろな思念と接続している。それは言葉を知らず論理的にあいまいでしかないとしても、私一個の身体を越えて深く遙かに宇宙的なものにつながっている。

この繋がり方の諸相については、本書の各作品論でわたしなりに検証しているつもりである。

所謂『文学事典』や『近代日本文学史』などの類では、日野を所謂「第三の新人」の末尾に加えているのが一般のようだ。しかしそれは世代を勘案した便宜的な措置に過ぎない。日野は、所謂「狐狸庵先生」こと遠藤周作を中心とする何人かの厚い仲間意識からは、完全に孤立していた。自分及びその周辺を題材とする場合の多い点では、彼らと共通している面を持つが、おのが文学世界に国や世界、果ては宇宙にまで拡がってゆく点を持たせたことは、遠藤周作や安岡章太郎などの少数を例外として、「第三の新人」達には殆どなかったと言っていいだろう。日野の文学史的位置づけについては、もっと長いスタンスで考えられなければいけない。

本書が日野の文学の見直しにいささかでも役立つならば、幸いこれに勝ることはない。

一　日野啓三序説

1 もうひとつの戦後文学

まことに単純なことだが、「われとは何か」、「自我のレーゾンデートルは何処にあるか」、「おのがアイデンティティーは何処に求めるべきか」等々の問いは、必然的に、「ひとは如何に生くべきか」という問いと隣り合っている。これらは、近・現代に生を受けた人間の意識に課せられた宿命的な問いであり、近・現代文学そのものに課せられた宿命的な問いでもある。

一九五二年、二十三歳の日野啓三も、次にように書いていて、その例外ではなかったことを示している——〈（今迄の自分は——引用者注）「いかに生くべきか」の解答に苦しむ、あるいは苦しんでいるかのように錯覚することだけが時代に対する精神の誠実の証しであると信じ、ひたすら手頃な結論のみ追い求めていた〉。（「荒正人論——虚点という地点」『文學界』一九五二・三）

日野啓三という人間、日野文学という存在は、冒頭に挙げた問いを人一倍真摯に追求しながら、結果として、きわめて独自で特異な日野的世界を形成して行った。その具体相は如何なるものであったか。

日野もしくは日野文学の原点や原形は、敗戦を挟んだ十年余の間に、凡そが出揃っている。

彼は一九二九年六月一四日に東京で生まれた[1]。三四年、五歳の時、サラリーマンの父の勤務の都合で家族とともに、当時日本の植民地であった朝鮮に渡る。それ以前の四歳まで住んだ東京には、その幼心に〈東京中心部の幾分頽廃の匂いもある華やかな雰囲気〉、〈華やかで不安な空気〉を感じ取っていたという。これは、日野中期の都市論やいわゆる都市小説の原点となっている。

一九四五年一一月までの朝鮮における植民地体験は、彼に極めて多くのものを与えた。まず外地、もしくは異国体験がごく自然に身に付いた。これが、後年における世界の辺地を含めてのインターナショナルもしくはグローバルな認識や活動の原点となる。また、故郷喪失感覚やアイデンティティーの求め難さに繋がってゆく。日本帝国の植民地支配の実態に触れることにより、自らがその末端に属していることを自覚する。その非人間性、加害者性にほとんど無意識に加担していたことも、あとで自覚する。このことはのちに、彼をして、未開発民族への他人事ならぬ負い目を感じさせると同時に、未開発民族への熱い人間的親密感を抱かすことにもなる。父母はともに大正リベラリズムに育てられ、それを家庭では実践していたから、日野は戦時下の朝鮮における軍国主義的教育や一般的風潮に〈不快感〉を抱き続けた。そのことは、戦後日本における反天皇制、反軍国主義、ヒューマニズム謳歌の風潮に何の力みもなしに溶け込ませた。中学三年の時、父が朝鮮の地方都市に転勤になり、〈銀行の独身寮の空き部屋にひとり残る〉。不如意な生活の中の〈孤独感に苦しみながら、自己と人生について本気に考え始めた〉。生涯にわたる「考える文学者」、「意識的な思索人」の出発点と言えよう。その後京城郊外の、女主人がクリスチャンの知人宅に下宿、そこの長女と美しく忘れがたい恋をする。それはその後の日野の男女体験の原形となる。

中学四年の時、当時日本有数だった大兵器工場に勤労動員される。爆撃に狙われることは必死、常時死の恐怖にさらされて生きることを強いられることになる。一九九〇年夏、日野は腎臓癌のため入院手術、以来十二年間次々と別の癌に罹り、死の恐怖にさらされながら、旺盛な作家活動を続けたのだが、少年時の勤労動員体験は、死の恐怖を常時控えて生きるという点の彼の原形を示している。

敗戦、そして〈帝国主義亡民の不安な三ヶ月〉を経て、父の郷里の広島県福山市の郊外に一旦落ち着く。〈一五歳から一六歳のこの一年余の急激な環境の変転は、自我形成期における生存の基本的安定観を傷つけた〉。日野の生涯は、この〈生存の基本的安定観〉が彼の内心と外界の事情により、遂に定まらずに終わったという感が強い。十五歳から十六歳にかけての彼の一年半は、その出発点となった。

日野は中学時代から理科少年であり、将来は飛行機製造に携わりたいと思っていた。ところが一九四六年、占領軍の指令で、その生産が日本には禁止となる。彼は生まれて初めて、強権による「夢」の禁止、即ち自我の絶対的な挫折体験を味わわされる。仕方なく旧制第一高等学校文科に進学する。上京した日野は果てしない焼野が原になった東京に直面する。彼の思想活動と文学活動の初期を支配する「焼跡」の体験と認識の始まりである。

日野は意識、無意識にかかわらず、これらの原点や原形を踏まえ、日野的世界を拡げ、深めて行ったのだ。その日野的世界の出発点を初めて自覚し、エッセイに書いて確認したものとして、わたしはまず、「焼跡について」(『近代文学』一九五五・六)と「荒正人論―虚点という地点」(前掲)の二編に、注目したい。

彼は、幼時から青年前期までの十年余の激動を経て到達した時の心境を、「焼跡」という事象に仮託し、象徴させた。そしてこれ以後の自己の生は、そこに立ち、そこから出発する以外に、選択肢が全くないことを自覚する。

> 恐らく戦前の生活を知っていた人たちは、焼跡に古きよき時代の死骸しかみなかったであろう。そこに在るものではなく、そこに在ったはずのものにしか現実性《リアリティ》を感じなかったはずだ。反対に私たちは眼前に在るものだけが一切だった。美しい、あるいは有用な様々の形式と構図を失って、ただ無意味に転がる剝き出しの瓦礫の山。焼けた鉄板の赤黒い肌、崩れたビルの壁に残った黒い炎の痕。(「焼跡について」前掲)

戦後の日野にとっては、このような無機的で荒涼たる焼跡、廃墟の世界が、存在の全てであったのだ。彼を取り巻く外界のみならず、彼の内面もまたそれ以外の何ものでもなかった。「焼跡について」の中で日野は言う――〈焼跡に転がる石や鉄やセメントは、従って私たちにとって、自分の無意味な生存の象徴であるとともに、一つの理想の姿でもあった〉。〈私たちの心の故郷は焼跡にある。あの冷たい荒廃、あの存在することの厳しさ、人間に対する事物の剝き出しの敵意〉。

敗戦直後といえば、新しい文化国家建設の旗印の下に、あらゆる面での革新運動、人間性開放謳歌の気運に燃え立っていた時代だ。深刻な食糧事情ゆえの飢えに耐えながら、前向きの意欲はいろいろの方面で激しく盛り上がっていた。そのような中で、内外ともに荒涼たる焼跡、廃墟だけを見つめ続けていたものが日野以外にいただろうか。日野と一歳違いの野坂昭如の文学は、周知のように「闇市派」と呼ばれた。戦後の大都市で族生した闇市は、下層民衆のエネルギーが猥雑に渦巻くところであった。そこに視座を据えた野坂は、全くの同世代とは言え、荒涼たる焼跡、廃墟をひたすらに見つめ続ける日野とは真反対の存在である。

「焼跡について」は昭和三〇年に書かれた。「もはや『戦後』ではない」の語が世間に喧伝されたのはその翌年のことである。「焼跡について」で日野は、〈焼跡の真実はすっかり立派なビルの立ち並んでしまったこの街の中で、いま私を摑まえる〉と言う。彼の戦後把握の本質は戦後十年を経ても変わってはいないのだ。「焼跡」をさ迷い歩く彼は、不破哲三らのいた旧制一高の共産党細胞に席を置いたりするが、組織のため個を殺すことの不可能を悟り、すぐ脱党する。そして一高二年の春、荒正人との運命的な出逢いをすることになる。

天井にまだ焼夷弾の落ちた大きな穴が黒々と残る講堂で、偶然に、荒正人という名前さえ知らずに講演を聞いて以来、政治と文学について、近代について、スターリン批判について、人工衛星について、私は様々の事柄に関する彼の文章に接してきたが、その間、常に私の心のもっとも深い部分に独特な手ごたえをもって受けとめてきたのは、そこに扱われている論題や意見より、むしろその奥にある荒正人という存在そのものであったといえる。（前掲「荒正人論―虚点という地点」。なお以下の〈　〉内の引用文は、断りのない限り、この論からのもの）

荒正人という存在の特徴の第一を、日野は、荒が敗戦まで権力への抵抗を続けて変わらなかった点に見る。〈若年の彼は、プロレタリア運動の熱心な使徒であった〉。昭和九年以降の相継ぐ転向や階級的裏切りをはじめとする〈運動末期特有の無残な幻滅に耐え〉、その時期流行したシェストフの哲学をも拒み、〈かっての己が信念を守って、ファシズムの黒い影に抵抗しようとした〉。〈かくして事実、彼は最後までマルスの手に己が良心を売り渡すことをしなかった〉と、日野は言う。

第二の特徴を日野は、荒の存在のあり方そのものに求めた。日野は言う―〈現代のあらゆる価値と理想の対立において、彼はそのいずれの一方の極にも自らを割り切らぬことによって、そのまま両極の緊張関係自体であった〉。即ち、現実は諸々の理念が対立し格闘しあう修羅場となっているが、荒は、その極限で対立しあっているどの立場にも身をおかず、しかしどの立場をも踏まえるという、矛盾に満ちた困難極まりない地点に立ち続けた。その地点を、日野は苦し紛れに〈虚点〉と名づける。その虚点に立つことこそ最も現実的なあり方であり、荒をその実践者として高く評価したわけなのであった。日野がこの荒の存在のあり方に学んで書き、日野にとっての歴史的な評論になったのが、「イリヤ・エレンブルグ論―ひとつの伝説について」（『近代文学』一九五一・九）である。日野は、この評論において、彼自身の言葉を借りれば、エレンブルグの生き方の中に、〈古典的なヒューマニズムと政治的な変革運動の双方に反対しながら、現状傍観的でない人間的な場はいかにして可能か、という二者択一を超える地点を探り当てよう〉と試みたわけなのであった。

そもそも戦後文学は、敗戦により、それまでの思想や言論の弾圧から解放されたことを背景としている。旧プロレタリヤ文学の系統に立った『新日本文学』派、新しい近代的自我の再確立を図った『近代文学』派の二派がその中心となった。これらの隆盛を担った前者の中野重治、佐多稲子ら、後者の埴谷雄高や平野謙、本多秋五、椎名麟三などは、皆かってのマルキシズムからの転向者であった。この点に関し、日野は、次のように述べている。

少なくとも転向者の中から最も優れた自我の自覚者が出ていることは事実である。（中略）戦後最も明確にこの国の近代化の問題を起こした雑誌『近代文学』の人々は、そのほとんど全部が転向者であった。

二葉亭四迷から夏目漱石に至る明治先人たちが果たし得なかった精神の内発的近代化という宿題にもう一度解決の機会を与えたのが、昭和十年前後の転向という事件であったが、同時に、転向という忌まわしい事件をとおして、自我の確立を徹底せねばならなかったところに、私達の精神史の不幸なほどの特殊性があったのだ。（ともに「埴谷雄高『死霊』論」『現代評論』一九五四―『虚点の思想―動乱を超えるもの』一九六八・一二　永田書房―所収文より重引）

このような状況の中で、先に述べたように荒正人だけは、転向の気配すら見せずに戦後を迎えた。しかも著名な「第二の青春」（『近代文学』一九四六・二）を掲げ、戦後文学派の先頭をエネルギッシュに走り続けた。そして日野は、主としてその荒に導かれ、後を追って評論活動の道を走り始めたのである。

戦後文学史の「常識」では、日野を所謂「第三の新人」の末尾に据えることが多い。時には、それと「内向の世代」の中間に位置づけるものにもゆきあたる。安岡章太郎、吉行淳之介、小島信夫などを代表とする「第三の新人」たちと日野は似ても似付かぬ点が少くなかった。彼らは日常性の細部に固執するのみで作品世界を創りあげる場合が多かったが、日野は日常性を超える世界で生き続け、戦い続けた。「第三の新人」の次に文壇に登場して来た所謂「内向の世代」、即ち古井由吉、後藤明生らは、外部との繋がりを拒否、ひたすら己の内部の探求のみに専念した、と一応言えるだろう。しかし日野は晩年、相継ぐ癌罹患のために、必然的に自己の内面の意識をさらに意識するような状態にまで追い込まれたが、その内面は、時として宇宙の果てにまで拡がり、或いは未来への「黙示録」を思わす部分をも持つ態のものだった。その点、「内向の世代」の志向したものとは違っている。

第一次戦後文学の熱気は、昭和二十年代後半までで、徐々に沈静化してゆく。しかし前述のように日野の文学的情熱は、「焼跡」を原風景として、その後も、文壇の表面上の様々な変容にかかわらず、そのまま長く続いてゆく。そういう意味からわたしは、彼の文学活動の流れを「もうひとつの戦後文学」と呼びたいのである。前掲「荒正人論—虚点という地点」で彼は、次のようにも言っている。

　だがぼくは今こういうことを知っている—結論の確実は問いの真実の保証でもなんでもない、世界には明瞭な解答はありえないと覚悟の上でなお問わねばならぬ問いというものが確かに存在し、恐らくは人間に最も切実な結論は、答えのない問いの形をもってしか語りえないかもしれぬということだ。

日野は、その後の約五十年間を、〈明瞭な解答はありえないと覚悟の上でなお問わねばならぬ問い〉を問い続けて、自己の世界を広く、深くして行き、その中道で倒れたのであった。

〔注〕

（1）日野には、わたしの知る限りでは、自筆年譜が三種類ある。（一九八七年四月『文學界』所載のもの、一九八八年五月『昭和文学全集』第三十巻所載のもの、一九九八年三月講談社文芸文庫『砂丘が動くように』所載のもの）いずれのものにも、事項毎にかなり詳しいコメントがついている。その意味で、年譜自体が一種の作品になっていると言って良い。〈　〉内は断りのない限り、それらの年譜からの引用。

2 日野啓三と戦争

(上)

現代の日本人にとり、一九四五年八月一五日の太平洋戦争終結をもって、戦争から解放されたとするのが一般だ。しかし日野啓三は、生涯に渉って戦争の中に生き続けた稀な存在である。

日野にとっての第一の戦争体験は、勿論太平等戦争の体験である。所謂「大東亜戦争」が始まった一九四一年一二月八日、彼は父の勤務先の、当時日本の植民地だった朝鮮にいた。〈父母ともに大正時代の近代自由主義教育を受け、私が育った家の中には二重橋の写真も神棚も仏壇もあったことはない〉（自筆年譜・講談社文芸文庫『砂丘が動くように』）。即ち日野は、家庭においては軍国主義的イデオロギーと全く無縁で育った。その彼が、開戦によりいきなり軍国主義の末期的状況の只中に、否応なく立たされることになった。一九四五年四月、彼は中学四年に進むと間もなく京城の郊外にあった軍需工場に勤労動員されることになる。内地の軍需工場の殆どは米軍機の爆撃により壊滅的打撃を受け、この京城の大兵器工場は、当時の日本にとり最重要工場になっていた。だから、米軍機がここに集中攻撃をかけてくることは必至のことと予想された。工員としてそこに働くことは、死が突然襲い掛かってくる可能性の高い、危険極まりない戦場に立つと同じことを意味する。

自伝的要素の濃い長編小説『台風の眼』（『新潮』一九九一・七〜一九九三・三）には、この前後のことに、次のような文学的表現が与えられている——

〈私〉が通学する中学では、一九四五年五月一日から四年生全員が軍需工場に動員されることに決まる。四年生に進学したばかりの〈私〉は、工場に入るまでの一ヶ月をひそかに〈最後の春〉と呼んだ。工場に行けば死の可能性が極めて高い故に、その直前の時を、自分の人生の「最後の春」と自覚したわけだ。勿論「春」には、人生の春と季節の春がかけられている。

当時〈私〉の止宿していた京城の家庭には、牧師の未亡人と二人の姉妹がいた。(1) 長女は〈私〉より三、四歳年長で、昼夜ミシンを踏み続け家計を支えていた。次女は女子挺身隊員として軍司令部に勤めていた。〈私〉と長女はすでにお互い男女としての好意を持ち合っていた。二人は時々京城市の連翹が美しく咲き続く道を散歩する。やがて死別になるかも知れぬ恋人同士ゆえに、切ない感情は高まり、まさに「至福の時」となる。〈私〉にとり〈「最後の春」は「最高の時」でもあった〉。〈あと九日〉、〈あと五日〉、〈あと三日〉と〈残りの日が少なくなるにつれて、一日一日が一層それ自身である〉。〈これまでならいちいち気に留めることのなかった当たり前のことのひとつひとつが、流れ星のように尾を引いて消える〉。中学四年生になったばかりの少年が、所謂「末期の眼」を持たされてしまうのだ。何という理不尽さ。

とうとう兵器工場に工員として入る日が来る。工場と寮の往復の生活が始まる。小銃の部品を旋盤やスライス盤で削る部署に配属される。熟練工〈李さん〉の指導の下、栄養失調状態に耐えながらの徹夜勤務が続く。一週に一度帰休が許されると、前に止宿していた女三人の家庭に直行する。

連日の死の恐怖のもとでの過酷な労働のため精神がすさんでゆく〈私〉を、長女は敏感に感じ取り、〈私〉から離れてゆく。軍司令部で〈見るに耐えないこと、聞かない方がいいことを、数多く見聞している〉次女もすさんでゆき、今度は〈私〉と次女が急速に接近し、〈互いの絶望感の暗いにおい〉の中で肉体関係に陥ってしまう。七月に入ると、班長はあらわな無力感を示し、朝鮮人工員たちの反抗的態度が露骨になる。指導者の〈李〉さんは〈戦争は終わりだよ、カイホウだよ〉と〈私〉に囁く。―そして八月一五日の敗戦。工場の空襲は幸い一度もなく終わった。翌日朝鮮神宮の焼き打ち。米軍の京城進駐の日、中学校解散式。その〈私〉は午後、南山の麓の草むらに座って、次女と米軍の進駐してくる様子を見る。〈生き続けているという事実が、体とうまく重らない〉。傍らの次女はつぶやく〈あと何ヶ月生きられるのかと、ずっと自分に言い聞かせ続けてきたものね〉。―

このような文学的表現のパーツの細部が、すべて日野自身の体験その儘であったか、確かめようがない。しかし、この文学的表現の基本部分が彼の体験に支えられていたことだけは、信じることが出来る。

あとで詳しく触れるが、日野は「溶けろ　ソウル」という散文詩的なルポルタージュ（一九六三）で、次のように述べている。

〈当時の京城は―引用者注〉十五歳の少年の日の絶望の街。赤土の地面に石英のかけらが光る。兵器工場の裏庭で、同級生たちが私を取り巻いてわめく。貴様はどうして陸士も海兵も受けないんだ。非国民！

太平洋戦争中、軍国主義の圧倒的な昂まりの中では、旧制中学における優等生たちは、職業軍人の士官を養成する陸軍士官学校や海軍兵学校に進学するのが常識になりつつあった。しかし日野は、この風潮に一顧だにせず、ひたすら旧制第一高等学校を目指していた。それ故同級生たちの「いじめ」にあうわけだ。

以上のように、日野にとり、最初の戦争体験は、内外から有無を言わさずに己を巻き込み、死地に追いやる不条理極まるものだったのである。

〈帝国主義的亡民の不安な三ヶ月〉を送ったあと、引揚船に乗り釜山港を離れ、広島県福山郊外にある祖父の地に落ち着く。〈十五歳から十六歳のこの一年間余の急激な環境の変化は自我形成期における生存の基本的安定感を深く傷つけた〉(〈　〉は注1の自筆年譜による)。

日野のこの敗戦体験が如何に重いものであったかは、あとでも触れるように、彼が生涯に二度、三度と経験する戦争体験の際、必ず並べて想起されていることで分る。

敗戦の翌年四月中学四年終了で、旧制一高文科甲類に入学する。彼は敗戦前、飛行機設計技師を志望していたが、占領軍が日本の飛行機生産を禁止したので、止むを得ず文科を選ばざるを得なかったのだ。戦争が彼の人生に与えた第一の挫折だ。

〈再び戻った東京は焼け野原で食料がなかった〉(前掲の自筆年譜)。〈焼け野原で〉とわざわざ書いたことは重要である。日野にとり、戦争の最も直接的な結果を露出している〈焼け野原〉は、彼の生涯における原点となった。同時に文活動の原点ともなった。

日野の初期の代表的エッセイに「焼跡について」(2)(前掲)がある。これは、彼が初めて東京の焼跡に立った際に受けた衝撃の意味を、約十年後に改めて自覚し、格調高い文章にしたものである。そこで言う——

(自分の眼で物を見る時期になった時、周囲は焼跡ばかりだった。—引用者注)

恐らく戦前の生活を知っていた人たちは、焼跡に古きよき時代の死骸しかみなかったであろう。そこに在るものではなく、そこに在ったはずのものにしか彼らは現実性《リアリティ》を感じなかったはずだ。反対に私たちは眼前に在るものだけが一切だった。美しい、あるいは有用な様々の形式と構図を失って、ただ無意味に転がる剝き出しの瓦礫の山。焼けた鉄板の赤黒い肌、崩れたビルの壁に残った黒い炎の痕。それがただそこに在る、という事実だけが唯一の存在証明でしかない存在。

散乱する煉瓦とセメントと鉄板の中で私たちは育った。私たちの心の故郷は焼跡にある。あの冷たい荒廃、あの存在することの厳しさ、人間に対する事物の剝き出しの敵意。

この文章の発表された一九五五年と言えば、復興日本の勢いはすさまじく、「もはや戦後ではない」と言われ始めた時期に当たる。しかし日野は、〈焼跡の真実はすっかり立派なビルの立並んでしまったこの街の中で、今私を摑《ママ》える〉と言う。即ち日野は目覚ましい戦後日本の復興振りにそむき、改めて「戦中」を生き始めるのだ。〈《何故私はこのような非人間的なものに親近を感ずるのか》という問を押殺しながら、私は戦後の日を生きてきた〉と言う所以である。

以下の十行程は、現在流布しているテキスト（『昭和文学全集』第三十巻、『日野啓三　自選エッセイ集　魂の光景』）では何故か削除されているが、この〈焼跡の真実〉は、彼個人の生の原点、文学の原点を超え、〈ヒュウマニズムの時代から、ギリシャを越えて旧約聖書の砂と石と炎天の時代へまで行かなくてはなるまい〉と述べている。即ち彼は人類自体の原点にまで敷衍してゆく。

因みに言えば、この「焼跡について」は、四年後に書かれた著名な「廃墟論」（同人誌『現代叢書』一九五九）において、堅固な理論的裏づけがなされる。

次に、日野啓三が戦争に巻き込まれたのは、いわゆる「朝鮮戦争」[3]においてである。

東大文学部社会学科を一九六〇年三月に卒業した彼は、読売新聞社に入社、希望して外報部に所属する。一九六〇年一一月に李承晩政権崩壊直後の韓国に特派員として派遣される。任地はソウル（旧・京城）。前掲・自筆年譜[4]には〈連日反政府デモが荒れて、敗戦直後の東京に引き戻されたような心理状態を経験した〉とある。「朝鮮戦争」の後遺症は深く、不安は現下の政治状況と重なり、生命の危機感をさえ感じさせられることもあった、と言う。「朝鮮戦争」の続きの中にいるような実感だったのではないか。ソウル勤務は七ヶ月で終わったが、この時の体験を総括したのが、前に触れた「溶けろ　ソウル」[5]だったわけだ。

『日野啓三　自選エッセイ集　魂の光景』（前掲）の「あとがき」によれば、〈『ルポルタージュを』と注文され、私は本気で〝魂の体験〟を書いた。ところが困惑した『文藝』編集部は、「溶けろ　ソウル」を創作欄に掲載した〉と言う。一読すれば誰にでも分るように、これは報告的文章などではなく、難解な詩的用語に満ちた、しかも進歩的な一韓国女性に語りかけるという設定になっている。編集部が創作欄に掲載した（注―『文藝』の一九六二年六月号の目次欄では、わざわざ〈新人の小説〉と傍注されている）のは当然だった。この文章が再録された単行本『虚点の思想―動乱を超えるもの』（前掲）の「あとがき」では、〈虚構的エッセイ〉と呼ばれている。

まさかと言うことが本当に起こるんだ、この頃は。
様々の噂が、情報が、奇跡への怖れとひそかな期待が、下水のように発酵しながら、街の中を、人々の意識の裏を、かけめぐる。〈四月危機〉の影　（引用者―注4参照）……

日野が新聞社特派員としてソウルに派遣された時、最初に受けた印象は右のようなものだった。そしてそれは、少年時の植民地滞在時代に受けた戦前戦後の絶望感と重なって見えてくる。

特班員時代のある日、彼は〈嘘のような荒涼たる秘園《ビウオン》（旧宮廷庭園）〉で〈コートのえりを立て、両手をポケットに入れたまま黙って暗い水面を見下ろしていたおまえ〉を見つける。〈おまえ〉は彼に向かって語りだす――太平洋戦争後〈独立の興奮も感傷も十分に味わいつくすひま〉もないうちに〈あの六・二五（朝鮮動乱）[6]〉が始まる。動乱中の臨時首都釜山、海際まで追い詰められた政権、絶望的混乱。米軍の〈ジェット機が、洛東港を渡河しようとした一万の解放軍の兵士たちのひとりひとりに、繰り返し繰り返し襲いかかる〉。

　夜明け、広い水面を河原は見渡す限り、脚のない胴、宙をつかむ指、だれも閉じてやらない瞳で埋まり、真昼、それらは暖まり膨張し発酵し分解し臭い崩れる。分解した蛋白質を焼けた砂は快く吸い込み、夜更けには野犬の眼が転々と光って動きまわる。やがて骨たちはみずからの重さで少しずつ砂に沈み込んでゆき、

のちに日野の妻となる女性の語る悲惨な状況や場面を記録することで、密かに自身で「朝鮮戦争」を追体験しているのだ。

　私も飛行機の窓からみた、十万の指と二万の眼球と一万の硬直したペニスは、大地と地下水に帰ったが、解き放たれた、魂たちの精気《オーラ》は、いまここに、からみあう蛇たちの息、青い執念のひろがる倍音、住宅地区の昼下がりの明るい静けさの中に生きている。

過去は過ぎ去らない。歴史は消えない。死者たちは死なない。それはつねに今の中、私の中に、繰り返し甦えり、生きつづける。

以上が日野の、「朝鮮戦争」に関する感想の散文詩的表現、そのエッセンスの例の一部である。

所謂「キューバ危機」(7)が、三番目の日野の戦争体験となる。

この時の経緯は、「終末に光あれ」（一九六四年執筆。未発表。前掲『虚点の思想―動乱を超えるもの』所収）に詳しい。一九六二年一〇月のある日、核弾頭を搭載したソ連の輸送船がキューバ島に近付いていることを、日野はラジオで知る―長い外信部勤務の彼は、それがどういう事態を引き起こすかを瞬時に自覚する。米軍の阻止にソ連が応じなければ、米ソ間の核戦争、そして世界の破滅が間もなく訪れる、と。

それは日野にとっては、歴史的な日となった。

決して語ることのない偉大な指導者にして教師にして太陽なる人物が、実は血濡れた亡者だったと大ぴらに批判された日。（中略）わたしの中から何かが脱け落ちて、笑い声と一緒にどこかに消えていった。

夜勤のため出社途中の彼は、駅の改札口の人々に向かって、心の中で呼びかける―〈今あなたたちは幸福ですか。心は光にあふれていますか。間もなくすばらしい光（もちろん核爆弾の閃光の逆説的表現―引用者注）があなた方の孤独も屈辱感も借金もすべて溶かしてくれるかもしれませんよ〉。

社の外信部はさすが緊張しきっていて、締切時間を前にして大騒ぎだった。

締切を終わった記者たちは、一息入れ、ビールを飲みながら花札をやっている。その会話――

「ソ連の輸送船がアメリカ海軍の封鎖線にぶつかるのは？」（中略）
「もうすぐだな」
「ソ連の船が臨検を拒んだら、どうなるんだろう」（若い記者―引用者注）
「ああ、戦争だろうな」（デスク―引用者注）
「ぼくはいやです。いま死にたくない。ぼくはまだ女と三人しかやっていないんです。結婚してから一度も浮気してない、このまま死ぬなんてそんな馬鹿なことが……」
「ありがたいことに、おれはきみのように品行方正ではなかったんでね」

この場面は諧謔的表現であるがゆえに、逆説的な緊迫感が、読者をギョッとさせる。

もしかすると街はもう滅んだのではないか。中性子爆弾が生命だけを滅ぼしたのではないか。（ビル群が―引用者注）化石した亡霊のようだ。

核搭載ミサイルを前面に押し出しての米大統領ケネディの折衝の結果、ソ連首相フルシチョフが妥協したことで、世界破滅の危機は一応回避された。
日野は、人一倍の敏感さと世界情勢を見る明晰な眼によって、核戦争を、全身で予告的に体験したわけだ。そして世界の戦争による結末を、「幻覚」ではなく「現実」にこの時見たのであった。

なおこの作品は、日野の私生活上の破婚の危機[8]と平行して書き進められている。それが結果的には、作品としての緊迫感を相乗的に高め、リアリティを濃くしている。

次に日野啓三を襲ったのが、「ベトナム戦争[9]」であった。

この体験を書いた文章はふたつある。

ひとつは「悪夢の彼方―サイゴンの夜の底で」。一九六四年一二月、読売新聞社が南ベトナムのサイゴンに支局を置くことになり、日野はその初代常駐特派員として派遣された。そして約七ヶ月に渉り、ベトナム戦争を身近に体験した。帰国後『中央公論』から「私はベトナムを見たか」と言う題で四、五十枚を書けという注文を受ける。同誌が求めたのはルポルタージュ的文章だったので、提出された原稿は「小説の出来損ないに過ぎない」と言下に没にされた（前掲の自筆年譜に拠る）。それは後に、前掲『虚点の思想―動乱を超えるもの』の「第一部　魂の中の動乱」に前掲「溶けろ　ソウル」、「終末に光あれ」と並べて、世に問われた。これはベトナム戦争の実態が日野の〈魂〉に刻印された内的記録と言えよう。散文詩的表現に満ちている。（以下、この作品からの引用は、末尾にａという符号を付す）

ふたつめは『ベトナム報道―特派員の証言』と題し、一九六六年一一月に「いるか叢書」（現代ジャーナリズム出版会）の一冊として書き下ろされたもの。日野はここで、サイゴン常駐特派員として活動、体験したことを総合的に記述、〈ベトナム報道〉の内実を報告し、考察している。（こちらからの引用にはｂの符号を付す）

ベトナム常駐特派員としての仕事は、生死にかかわることのある、危険な仕事であった。まず戦争の悲惨を常に身近に、まともに見せ付けられた。例えば、戦死した兵士への顕賞式。立ち会う妻たちは、粗末な勲章などには見向きもせず、夫の棺のそばで号泣し続ける。その号泣には―

もっともらしく作り出された戦争の意義、光栄、勲章、儀式的な形式の一切からはみ出す生命そのものの抗議があり、歴史の進行という整然たる秩序に対する大地の夜の底からの嘆きがあった。(a)

〈死体の腐臭は吐気を誘う―引用者注〉吐気は私の心の大地の底から滲み出してきてはげしく私の意識の枠を揺さぶり(中略)世界の実質を形づくるものはもっと混沌と無意味でもなしく、荒涼たる何ものかだ。(a)

サイゴンは死臭に満ちていた。サイゴン市内には、事実上の解放地区さえある。テロリストが時々ことを起こす。その意味では、サイゴンも戦場と言えたのである。日野たちには、いつも〈死が背後からついて来る〉(a)。特派員が「最前線に出てみたい」と希望すれば、きわめて機械的な手続きで、どんなところにも簡単に行けた。日野も戦闘の最前線に一度は出ようとしたが、途中で思い返した。それを実行したのが、作家の開高健である。彼は結果的には、ジャングルの中で圧倒的なベトコンに襲われ、二百人中生還できたのが十七人という文字通りの命拾いをした。(その経緯は、彼の『ベトナム戦記』―一九六五・三　朝日新聞社―に詳しい)

日野がベトナム滞在中、最も大きな衝撃を受けたのは、ベトコン少年の公開銃殺を目の前に見た時であった。

一九六五年一月二九日早朝、一人のベトコン少年がサイゴンの中央市場前の広場で公開銃殺されるという情報を得た開高健は、〈日野チンは優しくて率直なところがあるから、他社ではあるが〉(注―開高は朝日新聞社の臨時特派員)と日野に電話連絡し、一緒に広場へ行った。(以下は、開高の『ベトナム戦記』に拠る)大袈裟な武装警備の下で、すでに五、六百人の群衆が集まっていた。

ベトコン少年は、一日前の軍事法廷で死刑判決を受け、十六時間独房に閉じ込められた後、車で広場に引き立てられて来た。グエーン・カオーキ将軍が南ベトナムの新政権を樹立した直後で、その権威を内外に示すためのパフォーマンスであることは明らかだ。

短い叫びが暗がりを走った。立膝をした十人のヴェトナム人の憲兵が十挺のライフル銃で一人の子供を射った。子供はガクリと膝を折った。胸、腹、腿にいくつもの黒い小さな穴が開いた。銃弾は肉を回転してえぐる。射入口は小さいがバラの花のように開くのである。やがて鮮血が穴から流れだし、小山のように腿を浸した。（中略）少年はうなだれたままゆっくりと、首を右、左にふった。（中略）将校が近づき、回転式拳銃を抜いて、こめかみに一発〝クー・ド・グラース〟（慈悲《とどめ》の一発）を射ちこんだ。

この場面の写真は、世界の紙誌に掲載されたから、見たことのある者も多いだろう。開高は〈銃声音がとどろいたとき、私の中の何かが粉砕された。膝がふるえ、熱い汗が全身を浸し、むかむかと吐気がこみあげた〉と言う。あと片づけは二十分もかからず、済んだ。

円形広場のふちにある汚い大衆食堂に入って、私たちはコカ・コラを飲んだ。日野啓三はうなだれてつぶやいた。

「おれは、もう、日本に帰りたいよ。小さな片隅の平和だけをバカみたいに大事にしたいなあ。もういいよ。もうたくさんだ」

私は吐気をおさえながら彼の優しく痛切なつぶやきに賛意をおぼえ、生ぬるく薬くさい液を少しずつのどに流しこんだ。

ところで日野の側の資料では、自分がそんなことをつぶやいたとは、一言も触れていない。事実は、日野が何かを一人でつぶやいているのを、開高が自分の心情に合わせて、そう聞き取ってしまったのであろう。

日野の方はこのことに関して、前掲「悪夢の彼方―サイゴンの夜の底で」、『ベトナム報道―特派員の証言』、長編小説『台風の眼』などで、例えば、次のように書いている。

解放戦線工作員の公開処刑を数メートルの近くで終始目撃したことは非常な体験であった。(b)

少年のような工作員を銃殺する政府軍憲兵隊の、ことさら勿体ぶったうやうやしい儀式調に、私は血のにおい以上の吐気を催した。(b)

どのような勝利も栄光も償うことのできない血の重さ、そのような犠牲の血なしには進まない歴史そのもの、根源的な不条理がこたえた。(b)

右の文章は、公開銃殺を見てから三年近く経ち、日本の自分の書斎で書いたものである。この〈非常な体験〉の意味を考え続け、その結果として到達し、客観化された感懐である。これらの中で、最も注目すべきは、〈そのような犠牲の血なしには進まない歴史そのもの、根源的な不条理がこたえた〉という箇所である。開高健の感想は、そのよう歴史観、世界観、人間の持つ根源的不条理の考察にまでは至っていない。「悪夢の彼方―サイゴンの夜の底で」では、〈少年を殺したのは、真に非人間的に儀式的なもの、眼には見えない私たちの歴史を根底で支え続けてきたある絶対的仕組〉だ、と表現されている。ベトコン少年の処刑を見た日野は、その体験をきっかけとして、人間の歴史を動かしてきた絶対的仕組の構造の解明にまで到達したのだ。

この銃殺に立ち会った後の日野は、サイゴンを去るまで片時も脳裏から離さず（あるいは離れず）、夜遅く、しばしば人通りのなくなった中央広場周辺を歩き回った、という。ある夜、外出禁止時刻が来て、巡回の警官に追い立てられるまで、広場の椅子に座っていた。ベトコン少年の銃殺の際、少年を後ろ手に縛る柱を立てるため、敷石を剝がしたままになっている所を遠くから眺め、呆然と思索にふけっていた。その時――

改めてこの世界をいわば裏側から眺め返す視点を予感した。（中略）私がサイゴンで得た最も貴重で呪われた体験だ。（a）

私の中で世界の仕組みは逆転した。（a）

そして日野はその時、〈根源的なリアリティを正確に感じ取り表現するためには、あえて不明確であることが必要であるにちがいない〉、〈これまで明確とされてきた表現の形式への反抗〉が、心の中に猛然と湧き上がってきたことに気付く。そしてそのためには小説という形式が必然となる、と自覚する。前掲の自筆年譜では、同じことを、〈溶解しかけた現実感覚は（中略）小説の形でしか書けない〉と痛切に思った、と記している。

小説家日野啓三の誕生は、このようにして、「ベトナム戦争」の体験こそが引き金となったのである。彼が如何なる小説を初めて書くことになるか、それは次節に譲る。

（中）

日野啓三は、一九六四年一二月六日に読売新聞社の初代南ベトナム常駐特派員としてサイゴンに赴任、約七ヶ月（後出『ベトナム報道』の「あとがき」に拠る）後の一九六五年半ばに帰国した。その後、本社外報部のベトナム担当デスクとしての激務をこなしながら、長編ルポルタージュ『ベトナム報道―特派員の証言』（前掲）を書き下ろす。さらに一方、彼にとり初めての短編小説「向う側」をも執筆する。これは、友人の森川達也編集の『審美』（一九六六・三）に発表した。「向う側」は、明らかに日野のベトナム戦争体験が核となって生み出されたものであるが、その関係の細部については、「1　もうひとつの戦後文学」に少し触れた。後で再度詳説するつもりだ。

小説「向う側」は、舞台背景がベトナム戦争であり、主人公〈私〉が新聞社のサイゴン支局員である日野自身の分身がモデルであることは、一読明白なのであるが（日野自身も自筆年譜その他で明言している）、しかし現にあるテキストでは、固有名詞を一切省いてある。この理由についても後で考察する。

小説の概要をわたしなりに纏めれば、次のようになろう。

ある新聞社の極めて優秀な特派員が、ある日突然姿を消してしまう。残された〈私〉はこの謎を解くべく、消えた特派員を必死で捜し回る。まず、消えた彼が最後に下宿していた現地人の家を探し出し、彼の失踪時の様子を主人から聞き出す。彼は〈向う側〉へ行くという一言を残して出て行ったことだけ分かる。日本の一外交官は、その家の主人である現地人の男につき、〈あそこのように長い植民地と内戦の続いた土地の人間というのは、われわれ島国の温室育ちとちがって、性格的に微妙な屈折と陰影が多く、簡単には理解できないところが多い〉としながらも、その男の根は信用できる、と〈私〉に断言する。その男は元軍人で、隊長に自分の死後の妻を託され、今は軍人をやめ、元隊長の妻と同棲している。〈向う側〉の秘密工作員かも知れないと言われているが[10]、軍人時代には勇敢で部下にも信用が厚かったという。

消えた前特派員の仕事場を見せて貰った〈私〉は、タイプライターをはじめ、多くの仕事関係の資料などが散乱する中に、一つのメモ帳を見つけ出す。その中にあった、次のような文章に目がとまる。

人間とは―と頁の端にふと書きこまれたらしいそのボールペンの文字は読みとれた―人間の条件を絶えず逃れようとする忌まわしい傾向性だ。

これを見た〈私〉は、前特派員が〈向う側〉に消えたのは、政治的イデオロギーがらみの事件ではなく、人間の存在論に関わる問題と関係していたのだ、と推定する。すなわち日野は、前特派員が、戦争の過酷極まる実態に触れて、人間としての存在論を本質的に揺るがされたのだ、とまず書きたかったのだ。そして〈私〉がそのメモからさらに次のような感想を抱いた、と続ける。

自分の心の非常に深い部分から、あるいは遠い記憶の地層のかげから、ごくかすかだがたしかに一種の手ごたえをもって反響がかえってくるような気がした。どこか遠い彼方から彼が呼びかけているかもしれないという気がした。

言い換えれば、〈私〉は前特派員に、急に人間的な親しみを深く自覚したわけなのである。そして〈私〉はさらに思う――

熱心で優秀な特派員という彼の表面（決して仮面という意味ではない）にふと走った亀裂[11]―そこから人間であることあるいは人間でしかないことの条件を荷い続けねばならなかったひとりの人間の、底知れぬ内部の少なくとも一部がのぞけて見える深い亀裂を見たように思えた。

そこで、前特派員が下宿していた家の主人が、〈私〉に言う――〈彼がこんなことを言っていたよ。いまでもよく覚えて居るんだが、こんなにむなしい思いが全身にしみこんでくるというのは、きっとむなしさそのものとも言うべきものが、どこかにあるにちがいない、とね〉。〈私〉は思わず聞き返す――〈そんなものがどこにあるんだ〉。主人は〈まるで独り言のように言った。向う側にだ〉。即ち、元軍人の主人と前特派員は、〈むなしさそのものとでも言うべきもの〉が〈向う側〉にあると信じている点では、一致していたのだ。〈私〉はさらに問いかける――〈あんたはいま一体何をしているのだ〉。主人は即座に答える――〈おれは待っているだけだ〉。〈私〉はさらにつっこんで問う――〈何を、戦争の終わるのをか〉。主人――〈そういうことは、もうどうでもよいことだ〉。〈私〉――〈では何を待つ?〉。主人の次の答えは極めて重要な意味をもつ――〈わからない。本当にわからない。何を待っているのか、おれもわからない〉。この語の意味は、作品の最終場面で少しわかるのだが……。

ここで主人との会話の場面は変わる。

〈私〉は、前特派員の〈こちら側〉から〈向う側〉に出て行った道を、自分も辿ってみようと決意し、危険を十分承知の上で敢えて出発する。

〈私〉はタクシーをチャーターし、まず市から外へ出る場合必ず通らねばならぬ検問所に行く。かなりの額の紙幣を警官に握らせ、ここを出て行った日本人の記者は居なかったことを確かめる。そしてそのまま市外に出てゆく。〈車の両側の林を枯葉剤で枯死させた国道〉をひた走るのだが、〈大型戦車が幾台も道端に並んだある村はずれ〉で、迷彩服の将校に呼び止められる。〈これから先は戦闘地帯だから引き返して欲しい〉。〈私〉はタクシーを降り、それを帰して、ひとりあたりを見回す。

　何か異常に激しく熱いものが内側から私を駆りたてていた。私は進まねばならなかった。行くところまで行くことを、その熱いものは命じていた。

丁度戦闘中止の時間帯に入っていた。その間は乗合バスだけが〈向う側〉を走り回ることが出来ることになっている。〈私〉は躊躇なく乗り込む。今までは前特派員の行方の〈追跡者〉だったが、ここで〈こちら側〉から〈向う側〉への〈逃走者〉に〈私〉はなってしまったわけだ。前特派員の、体が逃走したのは、このバスによったのかも知れない。〈私〉は、〈彼の心が今私の進んでいる道―《人間の条件》からの逃亡の道を進んだことを、ほぼ確信していた〉。

〈こちら側〉と〈向う側〉の中間、いわゆる〈中間地帯《トワイライト・ゾーン》〉をバスで進みながら、〈私〉は次のように考える―〈わけもなく逃亡の衝動に駆られたこと（逃亡し抜く決心まではないにしても）、（中略）人間本来の傾向性に忠実な正しい道〉を今進んでいるのだ、と。

完全に焼き尽くされた小村で、〈私〉はひとりだけバスから降りる。〈ここが向う側〉だと呟き、焼け跡に転がっている壺を足先でさわると、それは〈音なく崩れた〉。

見えない大きなものが私の周りで崩れた気がして、むなしさそのものというのが確かにある。（中略）実感がひしひしと周りのジャングルの沈黙と、その間の空っぽの村の透明な空間から滲んでくる。

何故〈むなしさ〉なのか？　〈私〉は今現実に〈向う側〉に立っているのだが、本質的な〈人間の条件〉即ち人間存在の自由が完全に実現しているとまでは、ここでも簡単には思えなかったからなのだ。だから日野は、〈こちら側〉でも前特派員と最後にあった元兵士の男をして、今は〈待ち続けるしかない〉、〈待ち続けるしか、到達する術はない〉と言わしめたのでもあった。

一時的に〈向う側〉に立っている〈私〉は、元兵士のその言葉がわかったような気がした。そして〈待って待って待ち続けても到達できるかどうかの保証が全くないこともわかる〉。

ただ待つだけだ。そして呼ばれたら出発するだけだ。特派員には、あの朝、不意にそれが訪れたのだろう。

ここまで来てこのように納得した〈私〉は、もはや〈不思議に不安はなく〉なり、帰りのバスを待つことにする。即ち前特派員と同じように〈逃亡者〉になったことも、前特派員の〈追跡者〉であることもやめ、〈こちら側〉に戻ってくることにする……。

この短編には、〈こちら側〉の猥雑な風土、権力者の徹底した腐廃ぶり、遠く近く聞こえる砲声などのリアルな叙述がないわけではない。しかし、〈私〉と現地人の元兵士、現実には姿を消している前特派員らの内面を描き出すことに、小説の重点が置かれている。その意味では抽象的で理念的な性格の作品と言わなければならない。日野と同時期に、別の新聞社の臨時特派員として南ベトナムに滞在した開高健が、自らのベトナム戦争についての内面的体験を千枚の小説に書こう、と日野に言ったということは、前掲『ベトナム報道―特派員の証言』に触れられている。このことを実現させたのが開高の長編小説『輝ける闇』（一九六八・三　新潮社）である。その徹底したリアリズムに比べれば、日野の小説「向う側」が、如何に抽象的で理念的な世界を書こうとした作品であったか、よく納得できるだろう。

わたしは、「2　日野啓三と戦争」（上）で、日野啓三の小説家としての誕生がベトナム戦争体験を引き金としているとし、その経過を少しく分析した。まだ不十分と思われるので、ここで改めて考察したい。

これに関する資料としては、次の三点を挙げることが出来る。いずれも日野の書いたものである。

（一）　長編ルポルタージュ『ベトナム報道―特派員の証言』（前掲）

（二）「悪夢の彼方―サイゴンの夜の底で」（前掲『虚点の思想―動乱を超えるもの』）

（三）　自筆年譜（講談社文芸文庫『砂丘が動くように』（前掲））

本稿冒頭に触れたように、日野は、一九六四年一二月より翌年半ばまでの約七ヶ月間、南ベトナムに、読売新聞社の初代常駐特派員として勤務した。（一）の『ベトナム報道―特派員の証言』は、帰国後一年半ほどして書き下ろされたものである。

私は肉眼で戦争をみた。そしてそれが従来私たちが知っていた戦争とはあまりに違うことを、少しずつ実感し理解した。

即ちこのルポルタージュでは、あくまで自分の〈肉眼〉でみ、〈実感〉し、自分の頭で〈理解〉したことのみを描き出そうとしたところに特徴があった。日野は、〈職業的な報道者、安全地帯の観測筋としてではなく、むしろひとりの人間として歴史の過酷さのただ中にむき出しにされる自分〉に即して、ベトナム戦争を「体験」しようとした。このような特派員たろうとすることは、敢えて極言すれば、自分の命を賭けるほど辛いことだったろう。日野は各所に書いている—私たちには〈死が背後からついている〉。即ち常に〈死への恐怖感〉にさらされていた。戦争末期されればこそ、彼は本書の「あとがき」で言っている—〈たしかにサイゴン特派員はつらい仕事であった。戦争末期（太平洋戦争末期—引用者注）の工場動員時代に匹敵する、我が生涯最悪の時期だと考えたことが幾たびもあった〉。

そのような状況の中で、彼が〈肉眼〉でみたベトナム戦争の複雑な実態は、さまざまな言辞で表現されている。例えば—

ベトナム戦争を〝共産主義の間接侵略〟に対する〝自由世界の防衛〟といったイデオロギーの対立に仕立てることが誤りなら、アジア人対白人という人種的な争いに還元することも、もちろん正しくはあるまい。

解放戦線が果たして民族主義者の人民戦線組織なのか、共産主義者の破壊活動団体なのか、その答えを実証的に明言することは私には不可能だ。

民衆のすべてが、女子供までが潜在的ゲリラ兵である人民戦争。

解放戦線が共産主義だったのではなく、米国が解放戦線を共産化したのだ。

ベトナム戦争が明日にも米中戦争から世界大戦にまで拡大しないという絶対的な保証も、その根拠もありえない。

日野は、概して解放戦線に近い立場でベトナム戦争をみている。そして〈サイゴンのむし暑い夜の底で、私は「真実」に近かった。つまり私の内部の最も奥深く流れる、生命そのものの価値判断の声に忠実だった〉と言う。そういう彼が、先のように複雑極まりないベトナム戦争を、改めて、リアルにまるごと表現しようとして、小説という形式に思い至ったのは必然だった、とわたしは一応は思う。

小説家への転身の事情を最も直接的に述べているのは、(三)の自筆年譜である。その一九六五年の項には次のようにある。

兵士も民衆も悲惨を極め、私も休みなしの取材送稿で心身共に壊れかける。この溶解しかけた現実感覚はルポでも評論でもなく小説の形でしか書けないと思い至り、小説を書く決心とともに帰国。

しかしこれでは〈溶解しかけた現実感覚〉というのが、解りにくい。その内部構造をより具体に則して描き出しているのが、(二)の長編エッセイ「悪夢の彼方―サイゴンの夜の底で」である。

これは、『中央公論』からベトナムのルポルタージュを依頼され、「私はベトナムを見たか」と題して書いたのだが、編集部からは小説の出来そこないだと没にされ、改題して、評論集『虚点の思想―動乱を超えるもの』(前掲)に収録したエッセイである。

このエッセイは、ベトナム戦争の実態が、日野の〈魂〉に圧しつけるように刻みつけた内的記録である。必然的に文体は散文詩的になった。一般的なルポルタージュ形式とは似て非なるものになっている。編集部の拒否にあったのはけだし当然だった、と言えよう。

中で書かれていることでわたしが最も重要と思うエピソードは、サイゴンの街の深夜、通行禁止時間に、とてつもなく巨大なＡ１「スカイレーダー」戦闘爆撃機が、街上を行進して行くのに突然出くわした体験である。〈何か不条理で無意味の裸のものそのものが、不意にせり出してきたという異様な感覚〉に日野は襲われる。その時自分は〈別の世界を窃視していたという方が正確〉かも知れない、〈人間的な世界と非連続に連続しているもう一つの世界〉に接している感じでもあった、とし、さらに彼は思う——

> 妄想でも幻覚でもない。（中略）一切の相対的規定と変化を越えて冷然たるこのむき出しの物体こそ根源的な現実ではないか。

動乱の最前線で活躍している最強の武器である「スカイレーダー」に、動乱の世界を越えた〈別の世界〉を〈窃視〉したとは、矛盾と言えば矛盾だ。しかし最強の武器が余りにも異様なるがゆえに、それを通して別の世界が垣間見えた、と言うのだ。即ち〈動乱の嵐の中で、私は動乱を突き抜けた世界をかいま見た〉というわけなのである。そしてこれこそが、普段は隠れて姿を見せない〈根源的な現実〉なのだ、と悟る。

> その夜の体験は、それ以後、私の世界を見る目を変えたように思う。（中略）そこから改めてこの世界をいわば裏側から眺める視点を予感した。おそらくそれが私がサイゴンで得た最も貴重な体験だ。

〈私の中で世界の視点は逆転した〉。そしてその視点から改めて世界を見ると、世界は〈無限定なもの〉に満ちている。〈根源的なリアリティを正確に感じ取り表現するためには、敢えて不明瞭であることが必要である〉と、日野は確信するに至る。これまでの表現方法への反発が必然的に湧き起こった。それが、「1　日野啓三と戦争」（上）で具体的に書いたベトコン少年の公開銃殺を目前で見た衝撃と相俟って、小説という表現形式を彼に要請したのである。この間の事情が、遥か後年の（三）の自筆年譜で、〈この溶解しかけた現実感覚はルポでも評論でもなく、小説の形でしか書けない〉と回顧せしめた内実なのである。

そしてまた、最初に書かれた小説が、「向う側」と題された所以も〈予感的〉に見えてくる。

先にわたしは、小説「向う側」には一切の固有名詞が省かれていて、抽象的で理念的な性格を持つ作品になっている、と指摘した。そして、同じくベトナム戦争の〈内的体験〉すべてを書き出そうとした開高健の『輝ける闇』のきびしいリアリズムと日野の場合が、如何に対照的であったか、をも述べた。何故そのようなことになったのだろうか？

小説「向う側」は、一九八九年二月に成瀬書房から、芥川賞受賞作品「あの夕陽」と併せ、改めて限定出版された。その際に「〝向う側〟ということ」という小エッセイも添えられた。これは、「向う側」という語についての日野の精神史と言える文章である。それによれば、日野は、五、六歳の頃から〈目に見える世界は不安定で、いつか消えるかもしれないというような気分〉に支配されてきた、と言う。その時代に底流していた社会状況、両親の結婚生活の不安定、小、中学時代の植民地朝鮮が〈本当の自分たちのものでない〉という感覚、敗戦後の不安な数ヶ月等々……。

つまり目に見える世界との自然で密接な関係の中で育ったのではなかった。いつも世界とのずれが、いつ一変するかしれぬ世界への怖れのようなものが、意識の一番奥にあった。

一高の終わり頃、文学に開眼。その頃の彼の文学的作業は、〈そんな不安定で頼りないこちら側の世界の奥に、こんなではない何かの予感、影、ヴィジョンを透視し幻視する意識の作業〉（傍点引用者）であった。東大時代に熟読したのが埴谷雄高の『死霊』──その第六章に「あちら側」という語を見つけ、その語の内容が自分にはよくわかった、と日野は言う。もちろん埴谷は〈「あちら側」の探求だけを言っていたわけではない。だが「向う側」こそ本当の世界、本当の現実なのだ、と言う感覚〉は、もうその時点の日野には、己の最も深い部分を流れていたのだった。このような流れの中で、たまたまベトナム戦争の体験をきっかけとし、彼は、とうとう次のような決意をつかむ。

一人の人間として（あるいは文学者として）、〝向う側〟が露骨に露呈してくる感触が不気味に濃密に感じられた。そしてこの感触はもう評論では書けない、小説という自由な形式で書いてみたいと考えながら、帰国したのである。

すなわち日野に置けるベトナム戦争の体験は、彼がものごころついて以来、長い成長過程を通し、徐徐に蓄積してきた「向う側」への感触を、最も過酷に彼に感じさせただけのものだった、と言えないだろうか。

したがってそれは、北ベトナム側と南ベトナム側との対立というような固有名詞では収まり切らぬ世界をはじめから内包していたのである。同じようにして、「向う側」へ消え去った前特派員にも、究極的には「こちら側」にとどまった私にも、固有名詞は到底与えるべくもなかった。かくて作品は、抽象的、理念的な性格のものにならざるを得なかったのだ。

日野は、初めての小説に今までのすべてをぶち込んだ。そして題名もそのものズバリ「向う側」とした。ベトナム戦争は日野にとり、偶然に遭遇した「事件」だったが、以上のように見てくると、繰り返しになるが、それは結果的には、彼の精神史に置ける総決算に当たっていたのである。

帰国後彼は、二つの小説、梅崎春生『幻花と』（一九八三・八　新潮社）とH・Eノサック『影の法廷』（川村二郎訳　一九九三・一一　白水社）を読み、これがなければ、「向う側」も書けなかった、と同じエッセイで回想している。しかしそれは小説「向う側」のモチベーションに関して言っているのではない。その小説方法の問題につき、示唆を与えられたことを言っているに過ぎない。

その後日野の小説は、私小説的題材、都市小説的題材、癌体験による題材と、外見はさまざまに変化して行く。しかしそれらの底部では、〈向う側〉を透視しようとする作風が、一貫して流れ続けていた。彼は一九八〇年代末に書かれたこの「〝向う側〟ということ」というエッセイで、すでに、〈よく言われるように、小説家は処女作に向かって歩むもののようである〉と、明確に言っている。

（下）

わたしは先に、日野啓三が一般の日本人と違い、生涯に渉って戦争の中に生き続けた稀な作家である、と言った。そういう彼が、「戦争とは何か」という問題をどのように考えていたか。

彼は、そのことを直接のテーマとしたエッセイは一編も書いていない。吉本隆明『私の「戦争論」』（一九九九・

九　三一書房）のような長編評論（実はインタビュー記事）も、よく知られているクラウゼヴィッツ『戦争論』（一八三二〜一八三四）のような原理論も書いてはいない。しかし多くの戦争文学を論ずる場合があったから、その際自然にこの問題にも触れることになる。以下これらを抽出し、整理して、彼の戦争観を明らかにしてみたい。

日野は、自分が読みあさった多くの戦争文学の中で、次の作品を特に高く評価している。

大岡昇平の長編小説『野火』、吉田満の長編ルポルタージュ『戦艦大和ノ最後』、坂口安吾の短編小説「白痴」、トルストイの長編小説『戦争と平和』、ノーマン・メイラーの長編小説『裸者と死者』。

中で、日野は、大岡の『野火』につき、「存在の密度―『野火』の魅力について」と題して一九五七年一〇月の雑誌『近代文学』に発表した。彼はこの『野火』論に愛着を持っていたらしく、その後細部に少し手を入れ、『幻視の文学』（一九六八・一二　三一書房）と『孤独の密度』（一九七五・一一　冬樹社）に再掲している。

『野火』は、一九四八年から一九五一年にかけて雑誌『文体』と『展望』に発表、一九五二年二月に創元社から刊行された。

日野は、嘗て華やかだった多くの戦後文学が、十年も経たぬうちに、早くも古びてしまった中で、〈今もなお読み返すことのできるその極めて数少ない作品のひとつが、大岡昇平の『野火』です〉と特別に賞揚するところから、この論を出発させる。

主人公は、中年になって、軍隊という非人間的組織の中に組み込まれ、負け戦の渦中で病気のため、その組織からもはじき出される。極端な飢餓の中で、フィリピンの山野をひとり彷徨し、いわば人間の限界状況に立たされる。その時彼の中で「神」の問題が持ち上がる。彼は青少年の一時期、キリスト者だったが、少し長じて近代的教養によりそれを捨てた過去を持つ。知識人の彼は、容易にキリスト者に戻ったりはしなかったが、フィリピンの山中を放徨している時、さまざまな妙なことが持ち上がる。遠くの教会らしき建物の上の十字架らしき物が目に入ると、無意識に近付いて行く。いつも何ものかに見張られている感じになる。「ディ・プロフィンデス」の叫びが心底から湧き上がってくる。はずみでフィリッピン女に銃を放ち殺したあと、異常な「罪」の意識に捕らわれてしまう。やがて花々に見とれて、そこに遍満している「神」を感じるようになる。切羽詰まった飢餓感のために戦死者の肉を食べようと右手を出すと、左手が無意識のうちにその右手を押さえてしまう。「神」に愛されているという自覚が訪れる。安田という兵士を射殺、死体を切断して食べようとしている永松という兵士を見つけ、「神」の怒りを代行するつもりで永松に発砲したところで、彼は気を失って倒れる。収容所に入れられてからも、彼が右手で何かしようとすると、すかさず彼の左手が右手を摑んでしまう。人々は彼を狂人として扱うようになる——

大岡昇平は、主人公が再びキリスト者になったとどこにも書いてはいない。しかし負け戦の果てに、飢餓の極限状態に立たされた人間が、人肉を食べるか否かを巡り、「神」の問題に直面させられる——このことを主題にして『野火』を書いたのだ、とわたしはひとまずは思う。

もちろん戦争の酷薄さは、各ページに生々しく描かれている。例えば、二十八章の末尾、殆ど狂ってしまった一将校が、〈天皇陛下様、大日本帝国様〉と叩頭し、〈帰りたい、帰らしてくれ。俺は仏だ。南無阿弥陀仏。なんまいだぶ。合掌〉などと支離滅裂なことを叫びながら倒れる。しかし死の直前に一瞬正気に帰った彼は、主人公を見て、〈可哀そうに。俺が死んだら、ここを食べていいぞ〉と、痩せた左手を挙げるところなど、戦争の悲惨さが殆ど哀切と言える程の場面となっている。

このような叙述に混じって、当面わたしが求めている日野の戦争観も顔を覗かせる。

正義が戦争に人間を引き入れるオトリでしかない。

戦争そのものが正義とは無縁でしかないひとつの実体。

戦争という愚劣なほど悲惨な人間たちの運命。

即ち日野は、古来いかなる戦争でも、当事者は共に〈正義〉という大義名分をかざして戦うのだが、実は、まず戦争が先にあって、大義名分はあとから付け加えられたものに過ぎない。そしてそれは、〈愚劣〉であり、〈悲惨〉をしかもたらさない、人間の〈運命〉的行為だ、と見ているようだ。

わたしはここで、本節の目的からはそれるが、少しの寄り道をせずにはいられない。

日野のこの『野火』論は、実は、戦争の非人間的な悲惨さを強調するところにも、限界状況に立たされた人間が必然的に「神」の問題に直面させられるというところにも、主眼を置いてはいない。日野は、題名が示しているように、『野火』における〈存在の密度〉の高さを論じようとしている。ひとつは自然描写の特異性、もうひとつは文体の特異性からそれを実証しようとしている。

大岡の自然描写の特徴については、その密度の高さや拡がり方につき、戦場における兵士の視線―正確でなければ命を落としかねない危険に常に曝されている―から来ている、と説明されるのが普通のようだ。しかし日野は、この作品における自然描写の特徴は、遠近法が徹底して排除され、右と左を対極的に描くことでリアリティを出している、と説く。ここにあるのはミケランジェロやクールベなどとは異質の視点で、東洋の水墨山水画にある視点だ、と言う。例えば雪舟の「秋景山水図」には、遠近法も遠影法もなく、初歩の立体幾何学の法則が全く無視され、〈一種凄絶なリアリティ〉、〈物が存在するその存在の恐ろしいまでの静けさ、空しいまでの確かさ〉、〈物そのものの存在する強度を捉える感受性の洗練された厳しさ〉がそこにはある、とする。『野火』から日野の挙げている例

を引こう──

林は切れて、大きな野が展けた。両側は岬まで続く丘に限られ、一河が斜めに右から左に貫いてゐた。そこにはこはれた橋があつた。

湿層は左側を開け、孤立したアカシヤの大木を、島にやうに霞ませつつ、遠い林まで到つてゐるが、右側は道の向ふに木のよく繁つた丘が岬のやうに出張り、さらに裾から低い林を、磯のやうに、湿原の上に延ばしてゐた。〔傍点原文〕

日野に言わせれば、これらこそ〈極東の芸術の伝統の本流を形作ってきた感受性〉に依る叙述なのだ。その母胎には、禅、老荘哲学、般若系の根本仏教があるとするのである。（この辺りについては、もう少し詳しい説明の欲しいところだが……）

また次の例を見て貰いたい。

日暮に晦い淵の蔭で河鹿が鳴き、夜明けには岸の高みで山鳩が鳴いた。

〈この文章構成法と呼吸は、ほとんどそのまま漢詩の聯です〉、と言う。そして〈事実の現象ではなく感受性の質を、イメージに寄ってではなくリズムによって事物を表現する文体です〉と付け加える。〈私たちはこの文章の連なりがかもし出すリズムの調和に快感を覚えます。風景の描写にみられた右と左の均衡感の快さと別のものではないでしょう〉。かくて、日野によれば、大岡の独自な自然描写と文体は、同じ独自なリアリティを現出するものとして結びついているのである。

以上のように論を進めてきた日野が到達した結論は、要約すれば、次のようになろう。

この作品全体を貫く一種の宗教的境地は、エピグラフが端的に示すように旧約の詩人たちやグレゴリア聖歌に込められている悔い恐ろしい信仰と似ている。いわばキリスト教の原型であり、〈他の宗教と通ずるもの〉〈原型であると同時に他の宗教と共通する〉（傍点引用者）境地なのである。

これは、わたしが短編小説集『断崖の年』論以降論じてきた、晩年の日野文学が近づいていた汎神論的境地と遥かに呼応している。最終作品「神の小さな庭で」で初めてまともに「神」という語を使うことの予兆が、ここに出ていることを知り、深い感慨を覚えざるを得なかった。少し寄り道をした所以である。

日野が、「存在の密度—『野火』の魅力について」を書いてから三十八年目に、再び『野火』と正面から対峙する機会が来る。一九九五年九月に和歌山市で行われた「『大岡昇平と戦後五〇年』を語るシンポジューム」においてである（『文學界』一九九五・一一）。しかしこれは、大岡文学にとり「事実」というものが如何に表現されたか、というテーマで行われたシンポジュームで、そこにおける日野の発言には、本節のモチーフと絡んでくる箇所は、ない。

次に、「2　日野啓三と戦争」（上）で詳述した日野の長編ルポルタージュ『ベトナム報道—特派員の証言』（前掲）から、彼の戦争観に係わる部分を、再び抽出してみよう。

戦争とは、本来、権力政治の延長に過ぎないという意見も十分成り立つが、これまでの大きな戦争には、一方の側の比較的にせよ「反ファシズム戦争」「祖国防衛戦争」といったそれなりの大義名分を成り立たせることが出来た。ところが現在の米軍の場合「ベトコンは共産主義の間接的侵略である」という大義名分の根拠を、第二次大戦で「ナチス・ドイツはファシズムである」ということと必ずしも同じ現実的・論理的明澄性をもって受け取ることには困難がある。

即ちクラウゼヴィッツの『戦争論』で、戦争の本質を別の手段をもってする政治の延長であるとする理論を、日野は一応肯定する。その上で、従来表面に掲げられた大義名分が、今や〈現実的・論理的明澄性〉を欠くものとなり、本来の機能を失ってしまっている、と解している。

現在の米人従軍記者たちの態度は、民衆と兵士を被害者として、戦争を敵とみるわれわれの新しい戦争観を、基本的に貫いている。

日本人記者たちの場合、核戦争の脅威、戦争を悪とする観念の裏に、自分たちの戦争体験がこめられていることを見逃してはならない。

クラウゼヴィッツの場合、国民国家の戦争は、特定階級の政治目的達成のための行為ではなく、国民による国民のための戦争である、と論を進めているが、日野の場合、現代戦では、〈民衆や兵士〉即ち国民自体が直接に犠牲を強いられることになり、〈戦争そのものを敵と見なす〉、〈戦争を悪〉とする戦争観が、実感として切実に感じ取られている。

戦争は人間の持つ闘争本能の、最も激しい集団的な現れである。これは一般的によく言われることだが、大岡昇平の『戦争論』（一九七〇　大光社、講談社文芸文庫　二〇〇七・七）では、この見方を次のように批判している。

戦争というものは人間の本能によって起こされたためしってのは一度もないわけですね。未開的な部落間の争いだってそうです。ことに近代戦になると、必ず作戦計画を練り、自分の軍事力と相手軍事力を計算し、そこで初めて開戦ということになる……（中略）本能によって導かれるのではなく、理性と計算によって導かれる。

もっともだ、と言わなければならない。

〈軍事力〉、〈理性〉と言えば、現在の究極的兵器である核爆弾は人間最高の理性と知力によって産み出されたものだが、それはひとまず措くとして、わたしは日野啓三の「兵器に到る〝知性〟―ベトナム裁判の証拠品を見て―」（『文藝』一九六七・三）という戦慄的なエッセイを思い出さざるを得ない。

ここには、「パイナップル爆弾」と「ボール爆弾」と通称される米軍の二種の〈人体殺傷用の特殊爆弾〉を見た日野の感想がエキセントリックに書き止められている。いずれも小さな外郭部の中に多くの散弾が詰め込まれていて、それらは着地すると同時に破裂、周りに散乱して最も多くの敵を殺傷するように設計され、造られている。日野は言う――

（私が心からぞっとしたのは―引用者注）その鋭いカーブを美しいと感じ、その計算され尽くした円錐曲線に共感するものが確かに感じられたことだった。じっとその曲線を見ていると、それが人間の住む町の上に落とされ、人間たちの肉を切り裂く道具だということは何か遠い非現実なことのようにしか感じられなくなり、そのカーブ自体が知性の自己証明のようなめまいに似た魅力を持って迫ってくる……。

この一見して美しい魅力をもつ特殊爆弾を考え出した知性は、さらに次々と、罪意識や想像力などの曖昧な領域から離れ、際限もなくより進歩した殺傷道具を造って行くだろう、と日野は予告しているように読める。現に先頃問題になり、国際法廷で禁止するべきだと一部で主張している「クラスター爆弾」などはその例と言えよう。そもそも人間の理性や知性に依る科学は、人格から離れて、非人間的であろうがなかろうが、それ自体でどこまでも自転して行く。それが軍事力と結びつけばどんな事態を引き起こすことになるか、絶望的戦慄を覚えざるを得ないではないか。

日野が、藤原新也（写真家・旅行家）と対談している「第二の敗戦」が、一九九六年一一月の『文學界』に掲載されている。冒頭で日野はいう――

ぼくは読売新聞のエッセイに「高度成長経済きわまったバブルの時期は、第二の戦争だった。いまは実は敗戦後で、目には見えない焼け跡の時代なんだ。第一の戦後と違って、いまはスーパーマーケットに食品が溢れているが、その電光明るい食品棚の背後に夢の光はないという意味で、あの焼け跡の時代より実はもっと荒涼たる時代なのではあるまいか」と書いたんです。しかし、まわりの人間からは「ああそんなもんかね」という程度の反応しかなかった。

わたしは『読売新聞』に載った原文は探し出せないでいるが、まことに鋭い感覚だと思う。

藤原新也も『沈思彷徨』（筑摩書房）という著書で、〈はっきり言って、日本は焼け野原になったのだと思う。日には見えないけれど、日本人の心の中には、敗戦時と同じ、あの荒涼たる焦土が広がっているのだと思う。……先の敗戦の時のように物理的な焦土から立ち直るより、この心の焦土から立ち直るのは大変難しい気がする〉と書いているそうだ。それを日野は見つけ、大変驚いたと言っている。

わたしは、この二人の発言に接し、強く意表を衝かれた。

いわゆる酒鬼薔薇事件をはじめ、これまでにはなかった残虐事件が続く。逆切れによる子の親殺し、親の子殺しも後を絶たない。官公庁職員の汚職事件は今や日常茶飯事。大企業の商品詐欺等々、連日テレビで誰かが頭を下げている……。人心の荒廃は何処までも続いて行く。わたしも遅まきながらも、日野や藤原のように思わざるを得ない。

『文學界』の一九九三年九月に掲載された「いま戦争文学を読む」は、本節の目的とするところを巡り、極めて興味深い鼎談となっている。参加者の日野啓三と加賀乙彦は、共に一九二九年生まれ、十六歳で敗戦を迎えている。川村湊は、一九五一年の戦後生まれ。日野は長く読売新聞社外報部に勤務、加賀は陸軍幼年学校に二年半在学、のちに精神病理学者、精神科医、上智大学教授としても活躍した。川村は法政大学教養部で日本近代文学を講じながら、『毎日新聞』の文芸時評を担当し、戦中の日本植民地文学などにも関心を示している。いずれも文壇では異色の存在だ。

鼎談のうちで、まず「何時の時代でも戦争のない時期はなかった」ということについて、加賀は言う――〈文明の発達した二十世紀においてどうしてあんなに人間が殺し合いをしなくちゃならないのか。最近のベトナム戦争から湾岸戦争を含めて未だに世界中で絶えない〉。それを受け日野は言う――〈ぼくは二十何年新聞社の外報部にいましたけど、内戦まで含める戦争が地球上どこにもなかったときは、一日もなかった〉。

それでは今はどうか？　加賀が言う——〈いま日本が平和だと思ったら大間違いで、人類は戦争のまっただ中にあるという認識がぼくにあります。（中略）二十一世紀になっても、その状態は少しも変らないだろうね〉。川村も言う——〈朝鮮戦争にしてもベトナム戦争にしても、日本がかなり深くコミットしていたのは間違いない。むしろ、ずっと続けて戦争だったんだという方がわかりやすい〉。

事実、現在の世界各国は、日本も含めて、予算の極めて大きい部分を軍事費に充て、お互いに探査衛星を飛ばし、例えばミサイル基地を監視し合っている。もし中国なり北朝鮮なりに少しでも不穏と思われる動きがあれば、米国の原子力空母は直ちに東支那海でそれに対応する、といった具合だ。

次に日野は、重要な問題提起をする——〈ぼくは、なぜ人間はこんなに戦争が好きなんだろう——好きと言っちゃ悪いな、どうして戦争をやめられないのだろう〉。素朴と言えば素朴で、誰でも持つ疑問だが、現在でも万人を納得させる答えは出ていない。

それに関連して加賀は言う——〈人間は集団的に極限状態を作り出したいんですよ。そういう思いの時に、突然戦争でも起こると、みんなわっと喜んで「やっちゃえ」ということになる〉。川村はそれに続ける——〈十二月八日の開戦のとき、こぞって日本の文学者たちが感激に身を振るわせて書いてますね。谷崎潤一郎や里見弴までシンガポール陥落の特集に出ている〉。因みに言えば志賀直哉も煽動的な文章を書いている。加賀が付け加える——〈斎藤茂吉だって高村光太郎だって大変なものだった。ただ彼らだけを責めるわけにはいかない。国民全体の雰囲気を文学者が代わって表現しただけであって、国民全体の昂揚がなければいくら文学者だって、個人としての昂揚はないと思いますね〉。

日野は、人間が戦争をやめられない理由として、極めて独自な試論を述べる。

> 戦争の原因というのは正義のため昂揚して、あるいは応戦しなければ殺されるからというより、少なくとも一つは人間の根源的不安のような部分にあるんじゃないかという気がしてしようがない。戦いが好きだからというよりも、弱いから。（傍点引用者）

〈人間の根源的不安〉が存在し、それに耐えられない〈弱さ〉から戦争せずにいられなくなるのだ。とすれば、〈戦争は人間の本質に深く根ざした、どうしようもないものだ〉。日野は、戦争とは人間存在の持つ悲劇的な業《ごう》だ、とでも言いたいように思われる。この点についてもっと深く考えて見ねばならぬ、とわたしは思う。加賀は〈そう思う〉とひと言答えただけだし、川村は何も言ってはいない。論がここではそれ以上深まって行かなかったことを、惜しまずにはいられない。

次にこの鼎談の話題は、これからの戦争の形態がどうなって行くか、という方向に進む。

> 国民皆兵になって、それから国内戦、レジスタンス闘争とどんどん広がって来てるんですね。いまソマリアでやってることなんて、よく理解できない。（中略）昔の国民皆兵以前の美学的戦争に比べると、めちゃくちゃだね。のべつまくなしに広がって、入り組んで来ちゃっている。（日野の発言）

世界各地で行われているテロとそれへの報復、この際限もない連鎖などを考え合わせると、〈めちゃめちゃ〉さは、さらに深まる一方だ。

　この鼎談は、そもそもは日本の戦争文学の性格を考えるべく企画されたものである。そして、〈戦争を書くには、戦争とは何かに対する作者の姿勢、哲学が絶対必要なんですよ〉（加賀）という前提から始められた。ところが、〈戦争とは何か〉が終りまで決着がつかぬ上に、現在の戦争が古典的戦争とは様相が一変して〈めちゃめちゃ〉になってしまった、と三人の見方が一致する。かくて身動きの取れぬところに墜ち、〈いまや「戦争文学は終焉した」という結論ですね〉（加賀）と自嘲するところで、鼎談の幕は閉じられている。

　冒頭部で名を挙げた吉本隆明『私の「戦争論」』の中で、インタビューアーが〈人間性というものを考えると、「戦争はダメだ」とはなかなかいい切れない気がしますが？〉と問うところがある。これに対し吉本は、〈夫婦喧嘩であれば、その喧嘩の原因は確かに人間性にあるということはできるでしょうが、国家間の戦争は、異なる利害を調整する、利害対立を抑えるものとして想定された「第三権力」同士が争うということですからね。それは人間性に原因がある、というふうにはストレートにはいえないわけです〉と答えている。「第三権力」とは少しわかりにくいが、示唆的な見方と言えよう。

　戦争を抑制する方法は、第一次世界大戦以後の国連の立ち上げ、第二次大戦以後のＥＵを初めとする国家統合の試みなど、さまざまに行われているが、目下のところ、かならずしも目に見える効果が上がっているとは言えない。人類の間に戦争をなくする希望は、まだ少しも見えてこない。そういう時、日野の「戦争は人間の業だ」とでも言いたそうな考え方が、暗いけれども、ますます説得的にわたしには思われてくる。

「世界はやがて滅びる。しかし抵抗しながら滅びようではないか」――そのような言い方をしていたという渡辺一夫（仏文学者）のことが思い合される。

（注）

（1）自筆年譜（講談社文芸文庫『砂丘が動くように』所載）によれば、一九四五年〈知人宅に下宿。女主人公がクリスチャンの明るい楽しい家庭だった〉とだけある。
（2）日野啓三は一九二九年六月一日東京で生まれ、父が宮内庁の職員であったため、五歳までその官舎で育った。
（3）一九五〇年五月、大韓民国と朝鮮民主主義人民共和国が軍事衝突したことに始まる。それぞれが米国軍と中国義勇軍に主導された国際紛争に発展。一九五三年七月、いちおうの終戦を迎える。
（4）一九五〇年八月に大韓民国初代大統領に就任。一九六〇年の所謂「四月革命」により辞任。ハワイに亡命。（一八七五〜一九六五）
（5）「溶けろ　ソウル」は『虚点の思想―動乱を超えるもの』（前掲）に再録される際、〈第一部　魂の中の動乱〉という部立ての一章に位置づけられた。
（6）注（3）に同じ。
（7）一九六二年、ソ連首相フルシチョフがキューバにミサイルを持ち込もうとして、米国大統領ケネディと対立し、核戦争の一触即発の危機となった。フルシチョフの計画断念で、その危機は免れた。
（8）後に、このことをより具体的な私小説風に書いたのが「あの夕陽」（『新潮』一九七四・九）である。
（9）一九六〇年から七五年に渉り、ベトナム民主共和国・南ベトナム解放民族戦線とベトナム共和国・米国との間で戦いが行われ、ベトナム共和国の崩壊と米軍の撤退をもって終わった。
（10）別のところでは、〈あそこ（「こちら側」—引用者注）では閣僚だって将軍だって誰だって、完全に「向う側」と関係ないとは言えない〉という日本の一外交官の言葉を紹介している。
（11）日野のその後の小説では、この「亀裂」という語が、しばしば使われる。日常の殻が割れて、その隙間から、底深い内部が垣間見えてくる場面にである。ほんの少し例を挙げる——（傍点いずれも引用者）

自分の中を鋭く亀裂が走るのを感じた。これまでそのことを全然考えないではなかった。だが不意にはっきりと言葉になって現れたこの亀裂は深い。見通すことの出来ない暗く定かならぬ深みから、それは一気に私の意識の中を走った。

——「ここは地の果て　ここで踊れ」（『すばる』一九九八・一）——

世界の顔に亀裂が走る。その裂け目からもう一つの世界が透けて見える。

——「悪夢の彼方——サイゴンの夜の底で」（前掲）——

二　『断崖の年』

1 象徴としての「垂直の軸」
――小説「東京タワーが救いだった」

わたしは、二〇〇四年六月から肺癌の疑惑が生じ、精密検査を繰り返し受けた。目下は、癌であるという確証が得られぬまま、「暫く様子を見る」というモラトリアム状況にいる。なおわたしは、十数年前に大腸癌と胆嚢癌の疑いで、二度に渉る全身麻酔手術を受けている。これらの体験や状況ゆえに、日野啓三が、一九九〇年六月腎臓癌を告知され、同年八月九日摘出手術を受けた前後をなまなましく描き出した短編集『断崖の年』（一九九二・二 中央公論社）を、深く身につまされて読んだ。以下は、そんなわたしの日野文学発見の報告の一部である。

『断崖の年』冒頭に据えられた短編「東京タワーが救いだった」（『中央公論文芸特集』一九九〇・冬）を、まず最初に問題にしたい。わたしは、この作品に「意識」という語が極めて多く使われていることが、まず気になった。この語は当然のことながら、ある文脈の中でさまざまなニュアンスで使われている。しかしこの点を敢えて無視し、単純に数えてみると、四百字詰原稿用紙換算約八十九枚の中に七十一回も出て来る。

『東京新聞』の匿名批評コラム「大波小波」（一九九二・四・四）[1]は、当時の文壇での「闘病文学」の隆盛を指摘し、日野の『断崖の年』、古井由吉『楽天記』、安岡章太郎『夕陽の河岸』、澁澤龍彥「都心ノ病院ニテ幻覚ヲ見タルコト」、野間宏長編『生々死々』など挙げている。古井の『楽天記』中の「白い蚊帳」（『新潮』一九九一・五）、「弱法師《よろぼし》」（同一九九一・六）の二章は、日野の「東京タワーが救いだった」と同じように手術前後の症状を克明に描きながら、前者では四百字詰原稿用紙換算約二十七枚中「意識」の語は二回、後者に至っては同じく約二十七枚中まったく出て来ない。澁澤龍彦「都心ノ病院ニテ幻覚ヲ見タルコト」(『文學界』一九八七・四)も大手術後の幻覚を描いた作品で、四百字詰原稿用紙換算約二十二枚中に「意識」の語は一回しか使われていない。安岡章太郎「夕陽の河岸」(『文藝春秋』一九九〇・二)では、同じく約四十七枚中二回だけだ。

こうして見ると、同時代のほぼ似ている世代の作家の諸作品の中でも、「東京タワーが救いだった」における「意識」という語の使用が、いかに群を抜いて多いかが納得出来よう。

この現象の裏には何かがある。

わたしが本稿で最初にやりたいことを予め要約すれば、この作品により、日野の「意識」の構造が如何に種々の相を持つものであったかを、纏めて紹介してみたい。その上で、それに対するわたしの考えを述べてみたいのである。日野は、エッセイ「光る繊維」(『文學界』一九九九・二)で、自分はもともと〈骨と石器ではなく〝意識の考古学〟を読みたいと常々思ってきたのである〉と断ってから、次のように述べている。

もちろん意識も心も直接の物的証拠を残さない。だが石器、建物、装身具、墓、壁画その他の証拠から、先祖たちの精神生活、意識レベルを、できるだけ客観的に類推、想像できないだろうか。それがある程度できれば、現在のわれわれの、つまりは私自身の心的作用、意識のありかたも、人類五百万年の進化の過程およびこれからの変容の長い過程の中に、相対的に位置づけられ、かつ未来の展望も幾らか予感できるに違いないと、ひそかに思ってきたのである。

このような、前々からあった「意識」というものへの関心が、この作品における「意識」という語の多用にも関与していたのだ。

日野は、一九九〇年六月に腎臓癌を告知された。告知された時のことを次のように書いている――〈文芸評論家および作家としてすでに何十年も、生と死の問題はいわば専門領域として、読み考え語り書いてきたはずなのに、いまさら何という動揺ぶりだ〉。（以下〈　〉内の引用は、断りのない限りすべて「東京タワーが救いだった」からのもの。）　即ち死の恐怖に突然襲われたのだ。死が〈一般論としてではなく、自分自身の現在およびそれと直結する未来の必然として、実になまなましくリアルに厳然と頭の芯にくいこんで〉来た。いかにも日野らしい分析的な言い方だが、さらに具体的には〈自宅に戻った途端に、心身のパニック状態が来た。心臓が異常に動悸を打ち、吐気がし、手足の先が冷えて、立つと立ちくらみがした〉。

彼がこれまでに問題にして来たのは「観念的な死」。今襲い掛かったのは、それとは次元の違う「現実的な死（身体的な死）」。以降日野は、近づいてくるこの「現実的な死（身体的な死）」について、二〇〇二年一〇月四日大腸癌で死去するまで、作品として執拗に書きつづけることになる。

「東京タワーが救いだった」には、偶然に腎臓に腫瘍が発見されてから退院するまで、その経過が実に細密に描き出されている。特に手術直後の数日間の詳しい叙述につき、彼は言う――〈この数日間の奇妙な経験―実は稀有の根源的体験かもしれぬ体験を、まだ記憶もなまなましいうちに書きとめておきたい〉。（念のために断って置けば、作中の主人公は〈私〉となっているが、年譜的事項とは矛盾するところなく、内容に虚構と言えるものは混入していないと言って良いようだ。主人公〈私〉は等身大の日野自身と、わたしは解している。）

日野の思考や感性、ひいては作風は、腎臓癌罹患を契機として大きく変わった。変わる以前の日野文学についても、〈意識の変容を見据える独自の小説世界〉（川村二郎『新潮日本文学小辞典』中「日野啓三」）などとも言われてきた。しかし「東京タワーが救いだった」において始まる作品群においては、その「意識」への拘りが実に徹底し出したのだ。その例を順次見て行こう。

手術当日の早朝につき、彼は次のように書く――〈意外に気分が平静で、自我の意識ではなく身体の意識という感じである。何となく水の意識という感じに近い。〉（以下ことわりのない限り傍点は引用者。）〈自我の意識〉〈身体の意識〉は解るとしても、〈水の意識〉と言われると容易には追体験出来ないが、ともかくもこのパラグラフひとつだけでも、彼が自己の意識の性格を如何に微妙に使い分けているかが解ろう。

手術前の第一回麻酔注射で、〈意識は瞬時に切れた〉。手術後覚醒するまでの〈約十五時間ほどの意識と記憶は完全に暗黒であり無である〉と叙述した後で、行を改め〈私の意識は何をしていたのだろう。〉と言う。完全に意識を失っていた間の自分の意識をさえ気にするのだ。

これより前、すでに患っていた胆石の状態を調べて貰うために、かかりつけの診療所でエコーの検査をされた時、全く思いもかけなかった腎臓の腫瘍が見つかる。それが良性のものか、悪性のものかという疑惑や不安に苦しみ抜く。その時のことを彼は次のように書く――


絶えまなく私の意識は呟き続けているのだ。つまらないことばかりとは言わないとしても、ほとんど片時も黙ってないのだ。「莫妄想」と言う禅の言葉をしばしば声に出して自分に言った。


〈私の意識は云々〉とあるごとく、端的に言えば、「東京タワーが救いだった」の主人公は〈私〉ではなく、〈私の意識〉であった、という言い方が可能かもしれない。

手術後の集中治療室での半覚醒の中で、彼は〈猛烈な惑乱状態〉に襲われる。〈意識の内部からあらゆる形の幻覚が湧き出して来ては意識の中をとびまわり始めた〉。〈しかもそれらのイメージが実は私の意識の内部から来ていることを明確に意識しながら〉。即ち彼は、危機的な状況下の意識を、さらに客観的に意識しているのである。
日野は、迫ってくる「現実的な死（身体的な死）」の恐怖を超えるため、次のような考えに到達する。

苦しい状態に陥ったとき、多くの人がそのように、まずすべてを必然と思い、さらにそれはみずから望んだ贖罪ないし再生の機会なのだ、と考えるのだろうと思う。（中略）そして象徴的な死と再生の儀礼という考えは、意外に心を休めてもくれた。

このように考えることにより、恐怖を超えることが出来たのを、彼は〈私の無意識がひそかに望み企んだこと〉と理解する。ここで初めて登場する無意識とは何か。

彼は重症のベッドで、今まで自分を統括していた意識の外にあった〈形なき身体の感覚〉あるいは〈身体の意識〉に気付く。そのリアリティこそ、今までの「観念的な死」とは違う「現実的な死」の恐怖を身体的に齎したものなのである。彼はこの作品で、死の実態の身体的問題に目覚め、今まで意識しなかった無意識世界に錘鉛をおろし、それを文字化し、作品として造型した。彼は『書くことの秘儀』（二〇〇三・一　集英社）で〈無意識なものの意識化こそ文字〉だと言っていることがここで思い出される。

彼が自己の無意識を問題にしている例をもうひとつ引こう。手術後〈約十五時間ほどの意識と記憶は完全に暗黒であり無である。〉と述べたあと、次のように言う——

私の意識は何をしていたのだろう。私には何の痕跡もないが、医師や看護婦たちは切れ切れに私の意識の最奥の未知の秘密の断片を聞いたのかもしれない……

〈意識の最奥の未知の秘密の断片〉―それは言い換えれば無意識の世界―、日野はこのように言うことによって、意識の構造の実態を徐々に明らかにしてゆく。

あとで再度詳しく問題にするが、手術後二日目の夜から、彼は、病室の隣の建物の屋上にいる多数の人たちの幻覚や、空一杯に飛び回るさまざまな猛獣の頭部の幻覚を見ることになる。特に後者につき、彼は次のように書いている―〈窓の外の夜空を飛びまわる妖しげな生物たちの火花の輪郭を眺めているうちに、それがあの古い星座の図に似ていることに思いついた。(中略)それが決して想像図ではなく昔の人たちは実際に星空にそれらを見ていたのだ〉。そしてさらに彼は言う―〈痛み止めのモルヒネ系剤は、数日間、私の意識の古層を異常に活性化したに違いない〉。即ち日野は深部に潜んでいた〈意識の古層〉を引き出し、自己の意識の構造に新たな光を与える。

以上のようにして彼は、一つの結論を導き出す―自分のこのたびの〈意識の地獄的体験〉は、〈かけがえのない貴重な体験―一種存在論的な意識体験となった〉。そして〈私たちが世界とともに在るということ、私たちが現実を生きるということが、如何に頼りないものか〉ということを、もはやうごかぬものとして認識する。これだけでは解りにくいかもしれぬから、柄谷行人との対談「死について」(前掲)での日野の発言を補足する。

肉体的な手術の痛みというのは、ほとんど感じてない。ただ、そのたびに色々な幻影を見た。ただ、幻影を見るときに、これは幻影だということは、いくらかわかっているわけね。だけど、それじゃ、幻影じゃなくて本当のことの現実というものはないのではないかというのが、今度の経験の重要な一つなんですけどね。それは第三者から見たら幻影というでしょうけども、その時点において、自分にとってのまさにかけがえのない現実なんです。

更に日野はエッセイ「忘却の川」（『すばる』一九九九・三）では、〈幻影と現実像との違いは本質的ではない。どんな幻でも《見た》物なのだ。〉と言い切っている。だとすれば、幻覚が〈頼りない〉ものとすれば、現実も〈頼りない〉のとなるのは論理的な必然である。

尚彼は別のところで、現実なるものの相対性について、次のような明確な認識を見せてもいる。

「現実」とか「世界」とか、日頃私たちがぎりぎりのよりどころにしているはずの、その手ごたえが、見事にゆらぎ消えてゆくのである。現実そのもの、世界そのものが本来怪しく妖しいのだ。（「光る繊維」『文學界』一九九九・一）

幻覚を見るか見ないか、どんな幻覚を見るか、それは極めて個人的なことに属する。現に日野は、その頃自分と同じような手術を受けた同年の男から、痛み止めの注射のおかげで、〈二、三日間はずうとうとと楽しい夢を見つづけた感じで、むしろいい気持ちだった〉と聞いたことを記し、自分の体験が極めて個人的なものであったことを、確認している。（わたし自身は、二度に渉る全身麻酔手術後、痛み止めの注射を打たれたが、幻覚などは少しも見なかった、という経験を持っている。）日野のエライところは、右のような彼個人の神経的特質に基く特異な体験を、単なる変わった体験として意識するだけでなかった点にある。さきにも触れたように、彼は〈その意識の地獄的体験〉を掛け替えのない貴重な体験として、〈私たちが世界とともに在るということ、私たちが現実を生きているということが、如何に頼りないものか〉ということを、〈心理的、感情的な意味ではなく、知覚的、認識論的な意味において〉一般化し、普遍的なものにまで高めている。それは彼にとり、今までの常識とは違う新しい発見ででもあったわけだ。

手術後二日目、三日目には〈幻覚と現実との違いが急速にあいまいになって来た〉。その頃から夜になると、向かいの建物の屋上に人影が現れるようになる。彼等の人数は徐々に増えてきて屋上を歩き回ったり、縁《へり》に腰掛けて談笑しあったりしている。彼らは〈常日頃は意識しない人たち、記憶のうんと深いところに潜んでいる男たち（何故か女たちは見えない。―引用者注）〉であり、彼らを単純に〈異形のものつまりゴーストとは言い切れない〉と〈大変に冷静に思った〉と言う。屋上の人影以外に彼は、トラやライオン、クマなどの顔の部分が空を飛び回るのをも見続けたことは、既に述べた。

澁澤龍彦も前記の作品で、手術後に見た様々の幻覚を詳しく叙述している。しかし澁澤と日野の違う所は、澁澤が幻覚の奇妙さや不気味さを興味深げに、詳しく書くだけなのに対し、日野は幻覚を〈必ずしもヘンな人間がヘンな意識状態に陥ったときに見えるのでもなく、人間の意識というものはもともとみたいものが見える機構のことなのだ。〉と、一般化、普遍化してみせる点にある。日野は更に言う―人間の心の中では普段から〈イメージがそのまま意味であり、意味もそのままイメージであるような〝源イメージ＝言葉〟とでも呼ぶべき精妙きわまる作用が行われているのだ。

ところで哲学史上の通説では、古来、「意識」とは内面的な自己意識と道徳的な良心意識の二面に分かれる。勿論日野の場合は前者の意味で用いられている。彼は読売新聞外報部記者として否応無く外向きの行動派となったが、同時に先の川村二郎の言うように、内向的で自己意識に拘り続けていた。

生死にかかわる癌を患い、外向きの行動を決定的に制限されるのに反比例して、内向きの度合いを極端に深めざるを得なくされた。その癌騒動における〈意識の地獄的体験〉を克明にたどることにより、今まで述べて来たように、彼の意識の構造の種々相を格段に広くしたのである。結果的には、彼の意識の全体的造型を試みているようにさえわたしには見える。その結果新しく彼の前に出現したものこそ、次のように彼が呼ぶ〈宝石のように美しい意識の経験〉だったのだ。

病室の広い窓からは〈近過ぎもせず遠すぎもせず適度の距離感で〉東京タワーの殆ど全貌が見えた。彼は、前からそれには〈品があって聖なる気配さえ帯びている〉と好きだったのだが、入院後に見るそれは〈さらに威厳を帯びて優雅だった〉。そのタワーが、幻覚をめぐって、彼にとりまことに大きな意味を持つことになる。手術直後の集中治療室における〈不定形イメージの奔流〉は彼に非常な不気味さを与えたのであったが、隣のビルの屋上の幻影たちは明るく、むしろ〈心和む気〉を彼に与えたし、夜空を飛びまわる大型獣の頭部のイメージに対しても、その不思議さを見つめていただけだった。

しかし高層ビルなどの高所についている赤い標識灯が、日本語や中国語の漢字に見えると気づいた時、とてつもない恐怖に捉えられた、と彼は言う。

私の頭は明瞭に知っているのである。あの赤い灯は決して文字看板ではない、と。だが私の知覚は執拗にかたくなに、かつ明瞭に中国の貿易会社名を読みとる。（中略）赤い灯が漢字に見えるなんて、そんなことが……しばらく絶句する思いであった。

わたしに言わせれば、この時ひとつの「奇蹟」が起きたのだ。

見える限りの空間が魔的なものにみたされ、赤い標識灯までが貿易会社の広告の漢字に変形する中にあって、実は東京タワーだけが遂に一度も変形しなかったのである。（中略）東京タワーの赤い灯は、ちらりとも漢字に化ける気配さえ見せなかった。

同じ赤い標識灯なのに、東京タワーのそれだけは、周りの標識灯と違い、文字に変わらない。それほど不合理にして不条理、不自然なことはあるまい。しかし紛れもない事実だったのだ。日野はこのことを、〈私の入院体験の最も貴重な部分〉と言い、〈宝石のように美しい意識の経験〉だったと、あとで思う。そして〈東京タワーだけが確かなもの、本物だった〉。それにより彼は〈意識が破調する危険から救われた〉と告白する。後の三木卓との対談（『中央公論』二〇〇〇・九）ではより直接的に、〈僕の意識が狂わなかったのは、東京タワーのおかげだ〉と言っている。

なぜこういう不思議なことが起こったのか？　日野の文章を引こう――

本質的な理由は、東京タワーだけが純粋に塔だ、と信じ続けられたことにあるだろう。（中略）見える限りの東京の全ての建物が、物体が、金もうけのための直接間接の手段である中で、東京タワーだけが純粋に無償の存在だ、と私は信じつづけたのである。東京タワーだけが東京の夜の中で何ものためでもなく、ただおのれ自身のために存在した。存在するためにだけ存在した。

東京タワーが東京十二チャンネルのテレビ塔を兼ねていると聞いてはいたが、重い病床で見つめている時には、〈ほとんど私の記憶にはなかった〉とも言う。ならばわたしは、東京タワーが日野に〈純粋に塔〉または〈純粋に無償の存在〉と感じさせたとは、どういうことかを問わなければならない。

実は作品中にその答えがある――〈われわれの内奥まで貫いて荒れ狂うあやしい力の存在にも乱されない、ある不変なものもまたこの世界に内在することを、それはそっと証し立てている〉。また、〈この世界には、そして生命の全歴史を通じて、荒々しくも高貴で、妖しくもしんと静まり返ったあるものが、生き生きと流れている〉のだ、とも言っていることに注意したい。

即ち、〈ある不変なもの〉、〈荒々しくも高貴で妖しくもしんと静まり返ったあるもの〉、〈ある普遍的なものもまたこの世界に内在する〉ことの証拠を、この不条理な現象で、日野は直感したのだ。あるいは、この世の中には、超常的な〈あるもの〉がいきいきと存在していることを直感したのだ。その時の日野はそう信じえたのだ。

しかし作品の終わり近くに、次のような言葉がある――

ただし現在はそういう自分の知覚体験を一般化するだけの気力はないし、理屈をつけることへの抵抗感もあってこれ以上は控える。

読者から見れば、ここには判断停止があるとしかとれない。わたし自身は、日野自らの意味的あとづけを踏まえながら、もう一歩進まねばならない。

ヒントは同じ作品中にある。彼は〈無償の塔〉の例として、エッフェル塔、ゴシック教会の塔、オベリスク、仏塔、神木、ピラミッドなどを挙げ、これらは〈確かなものを確保しようとした人たちの、聖なるものへの切ないほどの祈りの形ではなかったのか、といまは思えてならない〉と言っている。

神木とは、古代から大樹が、神霊がそこを「目じるし」に天下ってくるものとして特別視されて来たものである。

これはつとに日本民俗学の説くところで、〈聖なるものへの切ないほどの祈り〉が託された存在として、一番はっきりしている。

東京タワーが「神」の宿っている〈聖なるもの〉とすれば、そう感じているものにとっては、その標識灯のみが文字に変わらないという神秘的な不条理現象も、自然なことになり得るだろう。日野の東京タワーに救われたという実感には、その時点では明確に意識出来なかったが、無意識のうちに其処に、己を救う「神」のようなものが宿っている、と感じたのではあるまいか。

この作品以降、日野の書いたり語ったりしたものには、〈垂直〉、〈垂直軸〉などの語が重要な意味を持って頻出するようになる。これらの語が、東京タワーを原型とするイメージから発していることは、言うまでもあるまい。例えば――

この大陸全体の大地の力が、ここに集中し凝縮して、静かに天へと垂直に上昇する……。(「聖岩」『中央公論文芸特集』一九九四・秋)

天と地を結ぶ中心の樹、垂直の世界軸。(『天池』『群像』一九九七・一～一九九九・三)

十字の記号はキリスト教よりずっと古くから聖なる記号(中略)あの垂直の線は宇宙に遍在する永遠の力への人間の魂のアンテナなのだ。(「神話的思考」『すばる』一九九九・九)

天と心の奥を貫く垂直軸の倫理。(「歴史の裂け目」『すばる』一九九九・一〇)

特に外国旅行でよくポプラを見るが、その度に〈心の芯が静かに立った。〉（「心の隅の小さな風景」『朝日新聞』一九九五・三〈注―勿論ポプラは〈垂直〉なるものの具対物である〉）

結論的なことを言えば、日野が手術直後の身体的危機の状況下で、東京タワーに救いを見たのは、彼が「神」（この神は、『落葉　神の小さい庭で』（二〇〇二・五　集英社）の「あとがき」で〈私たちは男も女も人間も動物も、実は同じ神の庭で生かされているのだ。必ずしもキリスト教の神ではなくとも〉とあるような「神」を念頭に置き、わたしは使っている）に憧憬し、さらには「信仰」へと一挙に近づいたことを意味している、と思う。そういう点で、この「東京タワーは救いだった」は、日野文学の流れの中で画期的だし、また、生と死を巡る人間の意識の構造の種々相を明らかにしている点で、特異な位置を占めているのである。

なお中沢新一は、『アースダイバー』（二〇〇五・五　講談社）で、東京タワーの存在している土地が縄文時代以来現代にいたるまで聖地として遇されていると論じている。日野は「地霊」などということを問題にはしていないようだが、「地の磁場」には敏感だった。日野が、そこに立つ塔に最も聖なるものを感じていたことと、中沢が論じているその地が古代からの聖地だという考えとは、基底部で通底しているものがあるのではないか。そう思うと、わたしは、何かゾッとするような感慨に捉えられる。

注

（1）この資料は尾末奎司氏から提供を受けた。

付記 本稿は、「意識の造型—日野啓三ノート—」（同人誌『風』二〇〇五・四）を、全面的に書き直したものである。その際、尾末奎司氏と中村公美子さんの意見には最も大きな示唆を得た。感謝する。

2 汎神論的自然への接近
——小説「牧師館」

「牧師館」(『文學界』一九九一・一二)という短編は、数ある日野啓三の短編小説の中でも最も整っていて、完成度の高い佳品である。「日野啓三短編集」と傍題されて、〈日野文学の精髄を一冊に凝縮〉と謳われている『あの夕陽 牧師館』(講談社文芸文庫 二〇〇二・一〇)にも、八編の中の一編として再録されている。この文庫の編者名は明記されていないが、刊行された時が、日野死亡の月と重なっている。従って、これを編集する段階において、日野自身の賛同があったと勘案すれば、彼自身が己が代表作と自負していたと考えるのが自然だ。彼は、『日野啓三短篇選集』下(一九九六・一二 読売新聞社)の「あとがき」に、〈「牧師館」は退院して間もなく書いた。一日一枚書くのがやっとだった。自分が幽霊《ゴースト》のようで、そんな自分が書いた異様に貧しい文章と寡黙な主人公の男は、自分の正体のように奇怪である〉と言っている。〈異様に貧しい文章〉とは、勿論日野一流の韜晦で、こんなに澄明で繊細、豊かな文章はめったにない。〈主人公の男は、自分の正体のように奇怪〉とは、危機に面しているが故に日常の外皮を破って〈自分の正体〉が浮上、即ち実存の姿そのものが露出し、日常の目から見れば、〈奇怪〉としか言いようがないほど、純粋に、しかし過激なことを示している。

〈偶然のきっかけで、思いもかけない悪性の病気が発見されてから〉〈夜の時間がひどく長くなった〉。(以下〈 〉内は断りのない限り、この作品からの引用)

小説を書くようになって二十余年、その前に文芸評論を書いていた頃からすると三十年来、生死の問題はいわば専門として直接間接にかかわってきたはずなのに、いざ自分のこととなると平静に対処できない自分が恥ずかしい。

年譜事項そのままであり、作中の〈男〉は日野自身ととって差支えない。〈平静に対処できない自分〉とあるところには、非日常的な事態が持ち上がって、〈自分の正体〉が思いがけず露出したことが示されているわけだ。その〈自分の正体〉が、思いがけないことをやり始めた第一は、〈意識しないのに自然と植物に親しみ始め〉たことであった。

二階にある〈男〉の居間から、隣家の樹が葉を茂らせているのが見える。自家の傍らを私鉄の電車が通るたびに、葉の一枚一枚が揺れるのが、いかにも〈なまなましい〉と思う。

自家の近くの空き地に生い茂っている雑草は、今迄は〈むさ苦しいとしか感じなかった〉のに、〈急に自分でもよく分からない濃い感情とともに、樹々の茂みをうっとりと眺め、通りがかりの雑草を繰り返しさすっている〉。

このことを〈男〉は次のように感じる。

それは男自身の意思ではなく、男の体と生命を形づくってきた細胞たち自身が不安に怯えて、近い仲間たちを呼び寄せているようだ。

ここで〈男〉と植物とが細胞の段階で感応しあっていることに、強く留意したい。(1)〈男〉はさらに、自分の致命的な病気の発見にも、普段は意識しない細胞たちが係っていたのではないかと思い当たる。彼は友人の解剖学の教授に、前から一度解剖実習を見に来ないかと誘われていた。しかし何年も気が進まず、そのままにしていた。ところが腫瘍が発見される一ヶ月前に、〈急に何のきっかけもなく行く気になったのだ〉。また、前から小さく出来かかっていると言われていた胆石を、別に痛みもないのに、〈超音波診断装置で気まぐれに調べてみてもらう気〉になった。〈腎臓を患ったこともなければ、自覚症状も何もなかった。だが体の細胞たちは知っていたのだ、もう数ヶ月放置すれば取り返しのつかない事態になることを。言葉を持たない彼らはイメージで、鈍感な意識に懸命に予告し警戒した〉。

この一見偶然と見える二つの行動は、〈男〉にとり、危機の迫っているということの予兆だったわけだ。

日野が「細胞感覚」とでも言うべきものに触れた文章や発言は、他にも沢山ある。例えば三木卓との対談「記憶する身体、飛翔する意識」(『すばる』一九九七・五)では、次のように言っている。

　自分もひとつのレベルでは、単なる動物的肉体じゃないか、植物に近い細胞の集まりじゃないかとね。人間の体には細胞が六十兆匹ある。本には六十兆個と書いてありますけど、病気以来、僕は細胞のことを一匹と言うんです、生きているから。それから一千億匹ぐらいの脳神経細胞、それにシナプスがついていて、それがものすごい数になる。

とにかく「牧師館」の主人公の〈男〉が、致命的と思われた病気とともに起こった植物への親愛感を、自分の細胞と植物の細胞との、細胞同士の感応と受け取ったのは、いかにも日野的と言わなければならない。普通入院患者たちは自分の枕頭台に花を飾っておく場合が多い。それは病室の殺風景な空気を和ませると同時に、花の美しさに心を癒そうとするためであろう。さらにはせいぜいのところ、弱った自分の精気を花の精気によって、励起させせようとするからだろう。しかし〈男〉のように、そこに自分の細胞と植物の細胞との感応を感じている者などは、まずおるまい。

植物は「自然」を最も端的に表象している存在だ。「牧師館」という作品は、〈男〉が病気になって獲得した、特異な自然観の表現をモチーフとした短編小説と言えよう。

入院した病室は六階にあり、神宮外苑の森が見渡せる。すぐに始まったいろいろな検査―〈威圧的な機械で検査されるのは神経が参ることだった〉。やっと自室に戻った彼は、〈すがりつくような気持ちで森を眺めた〉。〈目で舐めるように眺めた〉。

特に前夜激しい雷雨が荒れた翌日、空気も森も洗われてみずみずしい緑が風にそよぐのを眺めるときなど、それ以上の何があるだろう、というような言葉が心の中を過《よぎ》って驚く。

夜、森は闇に沈む。

きわめて鋭敏になっている〈男〉の感性と感情に訴えてくる自然の美しさの、本作品における始まりである。この自然への細胞段階における親近感、もしくは一体感は、彼の腎臓癌体験を機にして得たものである。それ以前の日野の自然への対し方は、如何なるものであったか。

『モノリス』（一九九〇・六　トレヴィル）の「森の黙示録」中に次のような一節がある。

鉱物と一緒だと（砂丘でも高層ビルでも）気持ちが落ち着くことが多いのに、植物はそうではない。（中略）手入れしないまま放置されていた郷里の屋敷の広い廃園の中に立ったときに、あられもなく茂り放題、伸び放題の庭木と雑草の迷宮的混交に、恐怖に近い気分を覚えた。

これと比較すれば、「牧師館」における自然観が、それ以前のものと正反対になっていることは、明白だ。入院後の五日目、土曜と日曜の〈自宅外泊〉が許された彼は帰宅する。土曜の昼過ぎ、〈急に水の近くに行きたい、と強く思った〉〈男〉は、奥多摩渓谷へ行ってみたいと思いつく。すぐに家を出た彼は、中央線から青梅線に乗り換え、谷川が線路のすぐ近くまで近づいている小無人駅を見つけて、そこに降り立つ。一軒の軒先を抜ける小道をたどり、崖を降り、三十メートルほどで谷底に着く。砂地で男女五、六人が〈下品に騒〉ぐことなく遊んでいる他に、釣師が三人ほどいただけ。〈谷川の流れの音と、水際まで樹木の密生した対岸から聞こえてくるセミの声が、耳にだけでなく体全体にしみこんでくる〉。

水際に露出した平たい岩の上に坐りこんだ。
夕日は対岸の崖の樹々の、一枚一枚の葉を照らし出している。奇妙なことだが、谷川に近い部分ほど明るく、崖の上の方ほど暗い。川の流れの音が体になじんできて、その底深く快いリズムとともに、対岸の樹木が近づいたり、遠ざかったりした。夕日が明るくなったり翳ったりした。

日野は生涯に渉り、「光」に対してはきわめて敏感で、作品の中ではさまざまな光が「活躍」している。初期の芥川賞作品「あの夕陽」（前掲）で、離婚を控えた若い夫婦が対座している場に、さまざまな色で差し込んでくる微妙な夕陽。例えば〈整理箪笥の表面にくっきりと木目のうねりを炙り出しながら、今西陽の色はかすかな赤みさえ含んで黄色い、光の中に影も溶かし込んでいる明る過ぎる暗さだ〉という描写ひとつを思い出してもらえば、彼の「光」への鋭敏すぎるほどの感受性が納得できよう。

近代日本の作家中、この点で日野に比肩しうる者としては、「冬の日」（『青空』一九二七・二、四）や「冬の蠅」（『創作月刊』一九二八・五）、「闇の絵巻」（『詩・現実』一九三〇・一〇）などの古典的名品を残した梶井基次郎ぐらいしか、わたしは思い浮かべることができない。

岩の上で結跏趺坐のように坐り、目を閉じた〈男〉の脳裏に、〈今度の手術を耐え抜いたとしても、いずれ回復不可能の病にひしがれる日が来る、という思い〉、〈生きるということには骨を嚙むどうしようもなく荒涼たるものがある、という恐怖〉が襲う。懸命に意識を呼吸のリズムに集中し続けているうちに、ようやく生死の恐怖が薄れかけてくる。

川水は不断に流れる。セミも長い地中の生活の後の、いま短い生殖の時だ。一面の緑の崖も山間部の早い秋の訪れとともに色褪せるだろう。そんな大きい循環の、あわただしくもゆるやかな感触が、ひそやかに濃く体じゅうにしみとおってくるようだ。かなり穏やかになった呼吸のリズムとともに、男は自分の体の輪郭がゆるやかに息づいて拡がっては、谷底の空間に溶けてゆくのを感じた。

これはまさに東洋的な汎神論的自然感覚以外の何ものでもない。先に触れた、自分の細胞と植物の細胞が同じ種類の細胞同士として、感応しあったという、主人公の実感と直接に通底するものだ。

これより先の、〈男〉が周りの数少ない人家を見たときの感想が思い出される。

こういう薄暗い山間の狭いところに、この国の人たちは何百何千年来生き死にしてきたのだな、と男は考える。多分今の自分のように危ない病になってもあわてうろたえることなく、来るべきものを迎え、先祖たちと同じ運命を受け入れたにちがいない。山が迫り、谷川は深く、夜は長い。こういう陰鬱な自然とともに生きた人たちが、自然な死を死ぬことができるのだろう。

爛熟した文明のど真ん中に生きてきて、突然の死に直面させられた生粋の現代人が、本当は人間の自然さを失っていたことを自覚、否応なくいわゆる「本卦帰り」させられたことを暗示している部分と言えよう。この山間の人々もまた、東洋的汎神論の世界で生き死にする姿を典型的に示しているのだ。

〈夕日の光が消えると、まわりじゅうから夕闇が谷底に沈み込んできた〉。立ち上がった〈男〉は、暗く屈曲している小道を体がひとりでに探り当て、崖を上りきる。〈わずか一時間足らず水際に坐りこんでいただけなのに、体は不思議な知覚に目覚めていたような具合だ〉。自然に溶け込んでしまった身体感覚を、たくまずに表現していると言えよう。橋を渡り出し、真ん中辺に来て谷底を覗き込んで見た。そこで見たのは、まことに印象的で、神秘的とも言える光景だった。

〈男〉が水際から離れる時に、なおも川中に残り、〈移動する時は木切れが流れるように、そっと動く〉釣師を、〈魚獲りというより行者《ぎょうじゃ》の雰囲気〉を持つと感じられたその釣師の、ゆるやかに振り回している釣り糸だけが、谷底の闇にはっきり見えたのだ。

釣り糸の動きは速くない。あの速さでよく宙に浮かんでいられるな、と驚くほどゆるやかに回りながら、実に優美な楕円の輪を、夕闇の底につくり出しているのだ。釣師その人の姿は暗い流れに溶け込んで見えない。崖の樹々も谷底の岩も夕闇に沈んでいる。白くゆるやかな輪だけが谷底から浮かび出して、くるりくるり回っている。〈男〉が渓谷に着いてから続けて来た絶妙な風景描写のクライマックス部分、と言ってよいだろう。

催眠術にかけられているようだ、と男は思った。日頃は自分の意識が他のものの力に影響されるのをひどく嫌がって恐れるのに、いま男は意識が快いめまいに犯されてゆくのを、むしろ恍惚と感じている。自分の体の暗りの奥に、細胞たち（またしても細胞だ！――引用者注）のふしぎな運動を眺め下ろしている気がした。

その時突然〈男〉の心の中に、ひとつの声を聞く――〈キリスト教はどうしてあんなに自然を敵視したのだろう〉。基督教こそ、近代文明を育て上げてきた基底部にあって、そこに、人々はどっぷりつかりこんできた宗教だ。汎神論とは正反対の一神教を代表するものだ。

この心の中に聞こえた声こそ、〈男〉も汎神論の世界に生き始めている自分をはっきり意識したことを意味している。

ところで作品は、ここで終わらずさらに先に進む。

それまで気づかなかった建物が、橋の左斜めの崖の中腹にあることに気づく。〈深くいぶかしい思いで、男は目を凝らした。見つめるにつれて、建物はまわり一面の樹々の闇から音もなく浮き出して、ひとりでに光り出すようだった〉。それは〈幻想的なシャレた洋館〉で、尖った屋根の頂に十字架が、〈小さいが、どこからか照明をあてられているように、とりわけくっきりと浮き出している〉。彼は、〈懐かしい気分と一種気味悪い思いとを同時に覚える〉。

その洋館は、教会というより牧師館と呼んだ方がふさわしいようだ。〈男〉はそこに住む一人の眼光鋭い牧師と、〈ブロンテ姉妹のようにつつましく賢い〉娘たちを脳裏に描き出す。いかにも文学的イメージだ。


行ってみよう、と急に強く思う。

あそこなら、ここのところずっと私の意識をおびやかしている不安を、そのままに告げられそうな気がした。親しい友人たちにも家族にも、あからさまには語れない荒涼たる恐怖を。


〈男〉はその牧師に、自分が谷川の岸に坐って、〈夕日の最後の輝きの一瞬に古い自然と通じ合えた気がしたが、夕闇とともに心の闇もかえってきたこと〉を告白する。しかし牧師は、〈おもむろにきっぱり言う──われわれはもう自然に戻ることができないのだよ、と。〉。


ここまでイメージした〈男〉は、橋を渡って行く。ところが、〈牧師館の姿は少しずつ薄れて、渡り終えたときにはざわめく崖の樹々の闇しか見えなかった〉。

牧師館は、〈男〉の幻覚に過ぎなかったのだ！

日野が、幻影の牧師をして、〈われわれはもう自然に戻ることができないのだよ〉と言わせていることの意味は大きい。先に触れた三木卓との対談で、日野が、〈いままで反自然的な生活をしてきて、自分が困ったから助けてくださいと言って自然の前に行ったって、そんなに甘くないよ〉と、きっぱり拒絶される旨を言っているが、それは、幻影の牧師の言と対応しているものだ。

それにしても、「牧師館」一編は、日野の精神史上、腎臓癌に直面させられて、汎神論的な宗教的境地に大きな一歩を踏み出したことをえがいているのである。類ない重さと深さ、美しさを以て……。(2)

この作品には後日談がある。

自伝的長編小説『台風の眼』(一九九三・七 新潮社)、安岡章太郎との対談「我ら近代化の児」(『新潮』一九九三・九)、などによれば、「牧師館」の発表後暫くして、ひとりの女性から、奥多摩渓谷に、日野が描いたと同じ教会を見つけた旨を言い、その写真まで彼に送ってきた。勿論その女性は、この作品に感動、「あなたの見つけたものは幻影ではなかった」と好意的に知らせたかったのだろう。彼はそれを見て、怒りと悲しみを覚え、直ちに破り捨てたという。何がそんな過激な行動をとらせたのか。牧師館が幻想的に輝いていたからこそ、この作品に高貴なリアリティが美しく完成したのだ。しかるに、彼女の便りと写真がそのリアリティを無残にも否定してしまったからだ。作品の「文学的真実」を否定されたことを感じた日野が、深く怒り、悲しんだのは、けだし当然だったと言わなければならない。

この作品の、一種の形而上的世界に通ずる重い美しさの底部には、一貫して暗い孤独感が流れている。日野は、「雑草よ」(『流砂の声』一九九六・二 読売新聞社)で、〈人間の最も奥深い感情は、この世界(宇宙)の中での孤独と恐怖〉と言っている。「牧師館」の底を流れている孤独感は、癌という病への個人的な不安のみならず、普遍的な種類の〈人間の最も奥深い感情〉でもあったのだ。

また、日野のものではないが、「孤独とは単独ではない。求める人間を持っていて、それがどこにもえられず、ただひとりでいることである」と言うような言葉もある(大野晋『日本語の年輪』新潮文庫 一九六六・五)。これを日野の場合に当て嵌めれば、〈求める人間〉に当たるのが「神による救い」とでもいうべきものではなかったか。

ここで先走って言えば、日野は晩年において、そのような救いをますます強く求めるようになった。しかし具体的には、如何なる信仰の世界にも飛躍しないで終わった。

日野は死の一年半ばかり前に、先に触れたように池澤夏樹と「新たな物語の生成のために」と題する対談を行っている。そこで池澤は〈宗教のことは結構考えるんですけどね。やっぱり、神様に帰依するより、科学的に探し求めること、科学的真理を探し求める過程にあるものとしての自分たちの姿の方が好ましい。奇跡の報告よりスティーヴン・ジェイ・グールドのほうがいい。僕と日野さんは、そのあたりが一番似ているんじゃないですか〉と発言している。わたしもこの池澤の日野観に、最終的には同意する。

この対談の末尾で、さらに池澤は言う――〈日野さんがそれだけ死の直前まで行って帰ってきて、それでも二十年前と全然変わらないで、全く宗教っ気がないというのも、ぼくには心強いですね。僭越を承知でお願いすれば、どうかこれからも中途半端に悟ったりしないでいただきたい〉。これに対し日野は何も答えないで、対談を終わっているが、〈全く宗教っ気がない〉と言うのは言い過ぎとしても、日野が死ぬまで〈中途半端に悟ったりしな〉かったのは事実だ。宇宙や人間についての科学的な懐疑にこだわり続けた。その意味で彼は、あくまでも徹底した現代人であった。

なお日野は、この「牧師館」で見せた汎神論的自然への接近を、長編小説『天池』（前掲）で、北関東の山奥にある湖を中心舞台とした大掛かりなドラマとして造形して見せるが、それについては、節を新たにして論じなければならない。

（注）

（1）この「細胞」と言う語の使い方は、吉行淳之介から学んだものと、日野は書いている。〈四年前ガンで危うく死に掛けてから特別の意味を込めて使うようになった。細胞が知っているとか、細胞同士が話をするとか、細胞が震えるというように。全身でとか体の隅々までという意味とは少し違う。精神と身体の両方にわたるもの。大脳的意識の最深層は身体そのものの、おぼろだが濃厚な思念ないし意志とつながっている、という体験からきている。〉(「吉行淳之介追悼」『新潮』一九九四・一〇)

(2)　後年日野は、次のように明確に書いている。

〈人格神的一神教の伝統がない広義のアニミズムの感性風土を、今もいきているこの国の普通の人間のひとりとして、この思考(汎神論的思考——引用者注)は親しみ易いのだ。〉(「創発」『文學界』一九九九・八)

3　現実感と連帯感の新しい発見
――小説「屋上の影たち」

池澤夏樹は日野啓三との対談「新たな物語の生成のために」（前掲）において、次のように言っている。

日野さんの作品を読み返していて、創作者である前にまず観察者である点が、あらためて強く感じられたんです。（中略）例えば、日野さんが病気のときの事後報告ですね。あの精密さはフィクションだけれども、レポートである。フィクションというのは嘘も入っているという意味ではなくて、小説の文体で書いてあるという意味です。（中略）観察に徹する。こんなチャンスはないと、舌なめずりしながら、病気でひっくり返った自分を見ていらっしゃる。

日野が最初の癌体験＝腎臓癌の告知、入院、手術、そして術後の経過を徹底的に自己観察、〈小説の文体で書いてある〉のは、「東京タワーが救いだった」（前掲）が最初である。「屋上の影たち」（『文藝春秋』一九九一・四）では、作品の前半で、「東京タワーが救いだった」に書いた一部を抽出し、改めて詳しく描き直している。日野自身を思わせる主人公〈彼〉の入室している病棟の隣の建物の屋上に、多くの人々が現れるエピソードの部分で、手術後三日目の夜から始まった幻覚についてである。奇妙なことに、その幻覚は、午後九時の消灯後、病棟が静まり返る頃から出てくる。

いきなり、だが少しも不自然な仕方ではなく、屋上の薄暗がりの床を、五、六人の人影がそっと歩きまわっているのが見えた。こんな夜遅くに珍しいことだな、と最初は思った。（中略）〈彼〉はそれが幻覚であることに、すぐに気づく。――引用者注）

だがそれにしても幻影のいかがわしさを、彼は感じない。ゴーストの気味悪さはない。まして他界ないし異界からの悪意を帯びた襲来者という感じは全くなかった。(1)

また、〈時折都心の夜空にクマやトラやライオンの巨大な頭部が飛び交うのも眺められた〉。こういう夜が三晩続いた後、身体の回復とともに、人影も巨大獣の頭部も現れなくなった。それ以前の集中治療室における〈彼〉は、猛烈な意識の錯乱に苦しめられた。それに比べ、その後の三晩にわたって見た幻影たちにより、自分が如何に慰められたかを、これが消えてから気づく。

集中治療室での意識の錯乱から正気への橋渡しをしてくれたようなものだと思った。彼らの出現によって物的な親愛の感情を目覚めさせられなかったら、もしかすると自分は正気に戻れなかったかもしれない、とさえ彼は思った。

ここまでの〈彼〉が体験したドラマを巡って、わたしが考えたいのは、〈彼〉がこの体験により、何を、如何にして得たかということである。

第一に〈彼〉が得たのは、人間にとっての「現実」というものについての新しい認識であった。手術前の極度に不安だったときの〈彼〉の心境は、次のようなもであった。

生死の境を目の前にすると、ほとんどのことはどうでもいいことだった。そしてどうでもよくない数少ないこと、いや最も重要なことが〝現実〟ということだった。自分は本当に現実を生きているか、存在しているか、いまこの身のまわりに見えていること、生きてきたと思っていることは、果たして本当に現実なのか。

わたしたちが極めて異常な状況に立たされると、俗に「これは夢ではないのか」と疑われる、あの事態の日野的な表現と言える。

そして手術後三日目から、隣の屋上に、多くの男たちの幻影を見る。退院した後に〈彼〉は考える―〈屋上の連中があまりにも懐かしく、彼らが妄想の投影とは、彼にはどうしても思い切れなかった〉。そして〈彼〉は、次のような認識に到達する。

第三者の目にも自分と同じように彼らが見えたとは思わない。だが第三者にも認知できるということが、それほど重要だろうか。自分にとって多少とも手ごたえある現実を実感できるかどうかが基本的なことで、そのような全身にしみわたるような現実感を、彼自身これまで生涯で幾度味わっただろうか。

即ち幻覚が〈手ごたえあるもの〉として〈実感〉出来たことこそ重要なのである。これがその時の〈彼〉にとってのかけがえない〈現実感〉なのだ。対象が幻覚か事実かということは、彼にとって問題にはならならない。

〈彼〉自身に〈見えたもの〉こそ全てなのである。

これは、「自己が消えれば世界も無となる」と言ったような通俗的な理解による唯心論とは似て非なるものである。〈彼〉がここで得た新しい認識は、別な言い方をすれば、幻覚と現実の間に、普通に考えられているような差異は、本質的には存在しないということである。

しかし、屋上の影たちは、退院後の〈彼〉に、二度とは現れなかった。その意味では、「はかない」幻覚であった。だとすれば論理的必然として、現実もまた「はかない」ものである筈だ。それゆえにこそ「東京タワーが救いだった」の方には、〈私たちが世界とともに在るということ、私たちが現実を生きているということが、いかに頼りないものか、ということだ。心理的、感情的な意味ではなく、知覚的、認識論的な意味において〉という判断が書かれてもいるわけなのである。

現実の頼りなさを極めて印象的に描き出した文章として、わたしは、梶井基次郎の「ある心の風景」(『青空』一九二六・八)を思い出す。

> 喬は寝ながら、女が此方を向いて、着物を着てゐるのを見てゐた。見ながら彼は「さ、どうだ。これだ。」と自分に確かめてゐた。それはこんな気持であつた。―平常自分が女、女、と思つてゐる。そしてこのやうな場所へ来て女を買ふが、女が部屋へ入つてくる、それまではまだいい、女が着物を脱ぐ、それまでもまだいい、それからそれ以上は、何が平常から思つてゐた女だらう。「さ、これが女の腕だ」と自分自身で確かめる。然しそれはまさしく女の腕であつて、それだけだ。そして女は帰り支度を始めた今頃、それはまた女の姿をあらはしてくるのだ。(傍点原文)

〈平常自分が女、女、と思つてゐる〉想念と、「さ、これが女の腕だ」と確かめている現実との落差―それはきわめて曖昧でしかないのである。

また、こんな場面はどうか。ベットで抱き合っている悦びがいかに強烈であっても、いったん服を着て日常の現実に戻ってしまえば、ベットでの強烈な悦びとは次元のまったく違う覚めた現実感の上に立つ。先の強烈な現実感は「夢だったのではないか」とさえ思えてくる。「色即是空。空即是色」などという人口に膾炙された語が連想されても来る。

要するに「現実」なるものは、本来あやふやで、はかないものなのだ。〈彼〉は、病中で見た幻覚の現実感の動かしがたい強さから覚めた後で、「現実」とは、本来、あやふやで頼りないものであることを、〈知覚的、認識論的〉（「東京タワーが救いだった」）に確かめ、知りえたのであった。

「屋上の影たち」の後半は、退院後、転移予防のための免疫強化剤注射に、一日おきに通院していた時のことが書かれている。その間に〈彼〉は、発病以前には気づくことのなかった二つの〈魔の空間〉を発見する。〈もう十年以上も自宅で原稿を書く仕事を続けて来た彼〉は、午前中の外景に接する感覚を忘れていた。それが、通院のために否応なしに午前中の外景の中に立たされることになる。たまたま〈前日強い風が吹いたり雨が降った翌朝〉などに、まことに驚くべき新鮮な風光にぶつかる。

その空が青い。本当に青いのだ。そして秋の終わりの透明な光が、線路の上の空間を、両側の家々を、庭の木の葉を、透過するように照らし出している。線路の小石ひとつ、木々の葉一枚一枚までがはっきり見える。

ここでまたしてもわたしは、梶井基次郎の、その繊細にして透明な風景描写を思い出す。梶井の風景描写の美しさは、当時死病と目されていた結核罹患の生み出した、いわゆる「末期の眼」によるものといえる。「屋上の影たち」における風光描写も、一般的には死病と目されている癌の罹患による「末期の眼」が見出したものと言ってよい。

しかし〈彼〉が梶井と異なる点は、風光の美を描写するだけではなく、その意味を考えようとする点にある。

静寂が青く煮詰まっている、とそういう日、彼はしばしば感じたが、それは単なる感覚的な印象ではなかった。頭上の青の深みと済んだ光のきらめきと、すべての物が物そのもののひそかな威厳を取り戻す光景の中で、彼は自分の意識が濃密なあやしい気配に急速にひたされてゆくのを感ずるのだった。

このような〈稀なほとんど奇跡の朝〉を、〈彼〉は〈魔の空間〉と呼ぶ。何故〈魔〉なのか。日常的な空間が超越的世界の怪しさを現出しているからである。日常的に見えていた空間とは別な次元の怪しい空間が感じられるからである。それは、〈彼の意識の内部から滲み出てきて〉、〈自分も街も線路も形はそのままで、別の空間にそっくり移されたのだ〉、と〈彼〉は結論づける。

主人公は、もう一つの〈魔の空間〉にぶつかる。知らないうちに地上げされ、整地された更地の向こう側に、コンクリート製のアパートの壁面を見た時に、それは実感される。これは、ユーラシヤ大陸内部や地中海沿岸で見かけたことのある古い建物を〈彼〉に連想させ、死海のほとりの古代の風光を脳裏に浮かばせ、〈これは旧約の世界だ〉と呟かせる。

世界が二重に見え始めた。これまで現実と思ってきた世界の裏側から、本当の現実が滲み出してき始めたのだろう。偶然の個人的な体験のあいまいな記憶から成っていた彼の意識の表面の奥から、本当の記憶が甦ってきたのだろう。歯がガチガチと鳴るほど恐ろしく、そして肉が溶けるように快かった。（傍点は引用者）

まだ病気だった〈彼〉が、非日常的な病者であったが故にこそ〈本当の現実〉、〈本当の記憶〉を新しく発見しえたのだ。ここを読むわたしも、〈歯がガチガチと鳴るほど恐ろしく、そして肉が溶けるような快〉さのリアリティを感得し、それと共鳴する。免疫強化剤注射のための通院で、主人公が新しく発見したものは、もうひとつある。それは、都会に生きる、一見ばらばらであるように思われる人たちの、深層にある連帯感についてである。

通院の電車の中でも〈魔の空間〉が続くことが多い。沿線の風光は、その時、〈この世ならぬ鮮やかさ〉を示す。同じ電車に乗り合わせた人々は、〈互いに何者かは知らない。全く他人のはずなのだが、不思議な共通の感情があった、無意識のうちに〉。〈意識の境界がとりわけ生き生きと柔軟になっていた彼は、そのことを異様な強さではっきり意識したのであった〉。

日野は癌体験をする前の一時期、ビルが乱立し、谷間の高速道路に多くの自動車が疾駆する、石と鉄の硬質な都会を好んだ。その世界で自由に、自立して生きることを理想とした。しかしその裏側にある人間実存の不安という現代人特有の苦悩にも悩んだ。長編小説『夢の島』（一九八五・一〇　講談社　芸術選奨文部大臣賞受賞）は、このようなテーマを追求した彼の代表作の一つである。このテーマには、勿論、日本的な村落共同体が伝統的に持っていた個人的自由への制約や、特殊な閉鎖社会への徹底的な反撥、強い批判が内在していた。反面においては、構成員の間に「暖かい」連帯意識があり、それが魅力でもあったのだが……。日野が「屋上の影たち」の後半で書いている、たまたま同じ電車に乗り合わせた〈全く他人のはずなのだが、不思議な共通の感情があった〉という意識は、発病以前の彼の、いわゆる「都会小説」における人間たちの孤独感を超克する、しかし従来の村落共同体における連帯感とも違う、新しい連帯感だったのだ。

その具体相を、日野は次のように書く。

改札口の広くなったところを、無意識のうちに向こうから来る人をよけながら、改めて意識した。よく知っているから親しいのではなく、知らないからこそ身近だ、お互いに。

そして主人公は、手術後の三日目から始まった幻覚の夜、〈屋上に現れたあの人たちは、この都市の見知らぬ仲間たちだったに違いない〉と突然に気づく。このことの持つ意味は大きい。

形もない荒れ狂う錯覚のあと、まず最初に現れたのが、未知の人たちだったことに、彼は深く打たれた。彼らは迎えに来てくれたのだろう。おまえの世界つまり孤独であることが親しさをなりたたせているこの都市の世界が待っている、と。

発病以前に愛していた都会生活とは異質な、新しい都会生活のよさの発見である。

屋上に現れたあの人たちは、この都市の見知らぬ仲間たちだったにちがいない。誰と特定できなくても感じたあの親しさと懐かしさは、同じ電車の車両に乗り合わせ、ここターミナルの通路でいつもすれ違っていた人たちではあるまいか。（中略）

多分あの人たちの中には、彼自身もいたにちがいない。

このように書く日野の目線は、これまでよりもずっと低くなり、都市の市民や庶民たちと同じ地平に立つ。孤独な重症の病室で、錯乱寸前になっている彼であったがゆえに、隣の屋上に幻覚として現れた人々のありふれた姿に、異様な〈親しさと懐かしさ〉を感じさせられたのだ。その体験が、都会に住む見知らぬ人々との親しみ＝連帯感に、日野をして目覚めさせたのである。

病院の正面玄関になっているホールには、病人や付き添いの人々が頻繁に行き交っている。入院したての頃は、〈明らかに病人とわかる人たちの姿が異様に見えた〉。しかし今は、〈電車の人たちに似た親しみを覚えるようになっていた〉。これはいわゆる「同病相哀れむ」の感情とは全く異質な感情であることに、留意せねばならぬ。〈屋上の人たちを眺めていたときのような懐かしささえ、ホールを埋める未知の人たちに感ずるのだ〉。

そういえば大きな病院は駅のターミナルにとても似ていると思った。ここに集まってきて、人たちはここからいろんな線に別れて乗り換えてゆくのだ。多分明るすぎるあの荒れた聖なる世界へ。見知らぬ懐しい人たちの影に屋上から見送られて。（傍点は引用者）

〈いろんな線に別れて乗り換え〉とは、各診療科に分かれてゆくことの比喩。〈荒れた聖なる世界〉とは、それぞれの治療の場の比喩であることは言うまでもあるまい。このパラグラフは、「屋上の影たち」の後半が凝縮されて、誠に絶妙な結びのパラグラフになっている、と言わねばならぬ。

〈注〉

（1）断りのない限り、本節における引用は、全て「屋上の影たち」からのものである。

4　三万年前への想像力
――小説「断崖の白い掌の群」

日野啓三『断崖の年』（前掲）所収の短編作品五編は、一九九〇年夏から翌九一年秋にかけて発表された。このほぼ一年半の間を、彼は腎臓癌の手術を受けたあと、あるかも知れぬ転移に対処しながら過ごした。この作品集の「あとがき」で彼は言っている。


手術をしてから、一年半ほどの日がたった。

身体は回復し始めている。

だが意識の方は、もう元に戻ることはありえない。断崖の端から、ちらりとでも下を覗いてしまったから。

断崖の端から覗いてしまったのは、もちろん己の禍々しい死の影である。この一年半の体験と意識を叙した作品集に、『断崖の年』というまことに巧みで、シンボリックな書名が付けられた所以である。


五編はすべて、己の死への苦悩や思考からモチーフを得ている。象やその他ある種の動物は死を予感すると、身を隠すと言われている。しかし彼らは人間と違って死を恐怖し、怯えたり、苦悩したりはしないらしい。日野は、現実に来るかもしれない己が死に苦悩しつつ、そもそも人間が死を意識した初原の時がどんなものであったか、そのとき彼らは如何なる行動を取ったかを憶測し、考えようとする。近く来るかも知れぬ理不尽な己が死を納得せんがためである。これが「断崖の白い掌の群」(『中央公論文芸特集』一九九一・夏)[1]のテーマである。

きっかけは偶然に来た。

一九九一年初め、たまたまＴＢＳが放映したニューギニア島西半部イリヤン・ジャヤというところのルポルタージュ、〈女性ディレクターが取材製作した真に記録的な、とは安易に流れないすぐれた記録作品〉の一部を眼にした時である。

高さ百メートルを越える切り立った崖が、海岸に沿って蜿蜒と連なっている。海は明るく穏やかだ。断崖の上は深い熱帯の密林がひろがっている。

その断崖の表面に少し窪んでいる箇所があり、〈共同墓地ないし遺体を安置する聖所の跡のようである。いまも遺骨が散乱している〉。

その骨のちらばる岸壁に、それがあった。数十にのぼる人間の掌の形が、いまもくっきりと残っているのである。(中略)掌を岸壁の表面にぴたりと押し当てて、そのまわりに赤茶色の顔料を丹念に吹きつけたものである。つまり掌の形が灰白色に岩の表面に、いわば白抜きに浮かび出ているのだ。(中略)掌の跡というより、生きた掌の群がゆらゆらと、音もなく重なり合って揺れて、そよいでいるように見える。

長々と引用したのは、〈私〉＝日野のそれから受けた印象がなまなましく、以後その〈光景が頭から離れない〉と言うからである。〈テレビの記録映像ではなく、ひとつの現実として、いや、〞あらゆる現実の現実性〟の根拠ないし始原の光景でもあるかのように、身近なものとして、直接なものとして、現にいま刻々の私自身の出来事としてさえ感じさせる〉。日野の感受性がいかに鋭敏で、特殊に深いかが分かる。

掌の群の形が私を異様に震撼させたのは、それが抽象化された記号でも、呪術的、神話的なシンボルでもないこと、いわば記号以前の意識の深層の光景そのものと感じられたからだ。

それまでに日野は、世界の辺境を旅し、古代の〈抽象化された記号〉や〈呪術的、神話的なシンボル〉である遺跡にしばしば出逢っていた。それらとは全く違っていたのだ。

テレビの説明によれば、崖の面に押し付けらた多様な掌の群は三万年ほど昔のもの、という。日野の想像力は大きく飛翔し、膨らみ、三万年ほど前に行われたその現場に立ち会うことになる。彼は言う――〈私には後期ネアンデルタール人も含めて人類が死を意識し始めた時期の、最も鮮烈で最も美しく怖しい体験の光景と思えてならない〉と。

日野をして何がこのように遠い昔へと、個性的な想像を搔き立てたのか。それは言うまでもなく、彼がこのたびの腎臓癌手術で感じた激しい恐怖である。

「このような怖しい意識が、われわれを捕らえた初原は何時、どのようなものだったのか?」まずはこのことをはっきり認識したかったのだ。認識してどうなるのか。人類初原の死の自覚を己が中に再現させてみることで、人間の宿命としての死を、己の中でも納得しようとしたのである。わたしにはそうとしか思えない。

断崖に刻印されている掌の中には、指を切り落とされているものが、いくつもあった。それは何を意味するか。日野は考える――三万年ほど前の人たちは、他の生物や自分たちの同類の死体は常時認識していただろう。しかしその死体にやがて自分もなるのだと認識するようになるまでの間には、大きな飛躍が必要であったろう。現に、東アフリカに現存するヒヒの母親は赤ん坊が死んでも抱き続け、〈死体が解体しはじめると急に異物だと気づいて、何の未練もなくほおり捨ててしまう〉という。しかし人間の祖型が、〈死という不可解な事実を自分自身のこととして自覚し始めたとき〉はどうだったのだろう、と。

身をよじって嘆き、指を切り落とすというような直接的な反応しかできなかった段階があったのだろう。その肉体的な、意識の奥からつきあげてくる恐怖と嘆きの、言い難い衝動。どうしてこの世界に死というものがあるのか。親しいものたちとの無慈悲な別れが避けられないのか。その答えは言い難く答え難い。言い難いからこそ言わねばならない。何か形をつけねばならない。

もちろんそれが指を切り落とすという行動だったというのは、壁面の指のない手形を見た時に日野の持った想像である。しかし読者をして自然に「さもありなん」と納得せしめる力を、日野の文章は持っている。三万年前の人類の祖型が自己の死を自覚した時の驚愕と、現在の日野が自覚した死の驚愕が、ピタリと重なる。彼はさらに想像を進める――

われわれの大脳皮質が異常に増大したのは、完全な直立歩行によって自由に手を使えるようになって、いろんなものを作り始めたからだと言う説が正しいとすれば、手こそ死の恐怖をもたらした原因だ……掌のある墓地の映像がなぜこんなにも、私の意識深くこたえるのか、と繰り返し考えながら、そんなことまでに連想がひろがる。

何故いきなり、直立歩行を始めた際の手のことが出てくるのか？　日野自身の体験では、手術直後全体的には身体を動かせないでいる時も、手だけは微妙に動かせた。〈五本の指をゆっくり曲げたり伸ばしたりするだけで、驚くほど複雑な空間を、掌の内側とそのまわりに作り出せることに、改めて気づいた〉。こんなことをしてみる手術後の患者は極めて少ないだろう。いかにも日野的ではある。

完全に自由になった人間の両手。その自由に邪魔な気配がある。微妙に動くようになったために、想像力と直結する。妄想も形にする。手の方が勝手に動いて妙なものをつくり出してしまう。（中略）

人間の手は意識の深層と深く暗くかかわっている。

己の死を意識し恐怖したことを、〈言い難いからこそ言わねばならない。何か形をつけねばならない〉と切実に感じた時、われわれ人類の祖型は、この自由に動く手を使ったのではないか、と日野は思いつく。そしてその現場を想像力でリアルに描き出す――

一人の屈強な男が選び出され、周りの幾人もが、ペニスケースをつけただけの裸の肌を、鋭く尖ったもので引っかく。滴り落ちる血を皿に受け、〈多量の血が混ぜこまれた赤茶色の液体〉が作られる。それを墓地の岩肌に押し付けられた掌の群の縁にこすり付け、掌の群の灰白色を浮き立たせる。そのことにより、いままでは感じなかった自己の死の意識の表現としたのだ――なんという凄い日野の想像力だろう。

かくて日野は、三万年前の人類の祖型が初めて自己の死を予測した時の衝撃を、日野自身に直結したものとする。

一見不可解な、指を切り落としたものも混じる白い掌の群が意味するものを、主人公＝〈私〉＝日野は、読み取り得たわけだ。

生物的な死体嫌悪ではなく、死の絶対性、不条理さ、不可解さに直面した意識の惑乱と恐怖が、新しい言葉を、いわば滲み出した。言い難いものへの戦慄が、言うべき行動を生んだ。

それはヒヒたちの知らなかった〈死の恐怖と言う罰〉を、人類の祖型が受け、それに対処したことを意味する、と日野は考える。

日野はさらに次のように自問を進める――それにしても〈なぜ手形が使われたのか〉、〈なぜ白抜きにされたのか〉、と。

> どの指も上方の何かを摑み取ろうとして、うごめきざわめいているように見える。この恐るべき事態をとにかく名づけることを必死に求めている。名づけることは、彼らの言葉の宇宙の中に新しく組み入れることだ。（中略）
>
> うごめく掌の群は、いわば「死」という新しい言葉を探り当てようとしてもがく彼らの意識下の苦悶、熱望、希望を、実に如実に表現しているように、私には思えてならない。

この断崖の白い掌の群は、〈人間がそれまでの手の器用な一動物から、死の不条理な苦悶を背負う〝奇妙な生き物〟に変身するプロセスの秘図である〉と、日野は結論付ける。かくて彼は、現に自分を苦しめている死の恐怖を、三万年前から人類を苦しめ続けて来た同じものと納得し、そのことにより、自分の死の恐怖に耐えたのであった。

日野の腎臓癌についての検査期間の前半二週間は、〈死一般でなく、自分自身の死の必然性の実感の日夜だった〉と改めて言い、その実感は手術直後も続いた、と彼は叙べる。そしてその後に続けて、かつて「東京タワーが救いだった」（前掲）や「屋上の影たち」（前掲）ですでに詳しく描き出して来た己が手術前後の症状を、幻覚を初めとして要約して示す。その間に、〈意識の思考や想像とは全く別に、意識の底でも勝手に何やらうごめいているらしい、いわば絶え間ない呟き〉があった、と新しく気づく。

その〈何か微細ものがはじける感覚から〉主人公＝日野は、〈大乗仏教の唯識派が説く「アラヤ識」の「種子」―意識の一番深層でうごめいていて一切のイメージと意味を生み出す仮象力の原基のようなもの〉を考え、その〈種子がひとりでに震えゆらいで幻覚が現れる〉のだと考える。

彼は嘗て、一九五〇年頃、老子や荘子、中間派仏教（インド大乗仏教における龍樹論などが中心―原注）や禅語録に読みふけっていた時期を持つ。その頃に得た教養や知識が、自己の生命の危機に際して甦ったのであろう。大乗仏教の唯識論などには全く不案内なわたしには、このあたりのことを引用するだけで何のコメントもできないのは残念だ。

退院した彼は、井筒俊彦（宗教学者・哲学者）の著書を読み返し、自分が死の危機にさらされた際の実感と「アラヤ識」の論を種々比較し勘案する。

死もまたわれわれ自身が「死」という言語を呼び出したことによってつくり出された新しい現実だ。多分十万年から三万年ほどの間に、さまざまな部族の身をよじるような体験によって。

これが当面彼の思考の行きついたところだ。そしてさらに、〈断崖の白い掌の群〉について次のような事実が背後にあることに触れる。

あの断崖に凄絶な深層意識のドラマを記し残した人たちの子孫は、ついこの間まで近隣部族との戦いで獲得する人間の首を小屋の周りにつるし、また同じ部族の中でも互いに呪い呪われて殺したり殺されたりしていた。彼らは自分たちが呼び出した「死」という言葉の新しいリアリティーに、異様に取り憑かれてきたに違いない、三万年も。恐ろしいことだ。

ところでこの作品は、この部分を書いた直後に、行を改めて唐突に〈私は生きる〉と書き加えて作品を閉じる。日野は、『日野啓三短篇選集』下（一九九六・一二　読売新聞社）の「あとがき」でこの最後の一行でこの作品は〈小説になりえているだろう〉と書いている。ニューギニア島西半部のイリヤン・ジャヤというところの断崖に残る白い掌の跡のルポルタージュに触発され、発見し、考え、納得したことを書いてきて、最後にいきなり〈私は生きる〉と付け加えることにより、不条理な自己の「死」の可能性を受け入れた上で、翻って「生」への意欲を改めて搔き立てる。このことで主人公は初めて人間としての真の立体性を獲得し、この文章が小説作品になった、と自認しているのだ。

なおこの「死」の意識から「生」への再生という精神の構図は、「東京タワーが救いだった」（前掲）の中で、腎臓癌の手術を控え、恐怖から容易に抜け出られなかった時、〈今回の手術は自分自身が再生するための象徴的な死の体験〉、〈象徴的な死と再生の儀礼〉と考えることにより、心を一応鎮めることが出来た、と書いていることと同じ精神構造になっていることが、改めて思い出されるのである。

〔注〕

（1）『日野啓三　自選エッセイ集　魂の光景』（一九九八・一二　集英社）に再録の際に、「断崖にゆらめく白い掌の群」と改題。

付記　このテレビ放映については、藤原新也（写真家・旅行家）との対談「第二の敗戦」（前掲）においても、「言葉の発生」と関連させて、日野が熱く語っている。

5 「無《ナダ》」と宇宙的な光
――小説「雲海の裂け目」

日野啓三の「雲海の裂け目」（『中央公論文芸特集』一九九一・秋）は、その発表五ヶ月後に刊行された短編小説集『断崖の年』に最終作品として、再録された。この短編小説集は、すぐに第三回伊藤整文学賞に選ばれた。日野は受賞の言葉として、所収作品全体につき、次のように述べている。

入院、手術という思いがけない体験、特に意識上の体験をなまなましいうちに書いておこうと退院一ヵ月後から手掛けた作品。文学的な作品にという余裕もなく、賞など意識していなかったので驚いています。ただそれだけに自分が素直に出たのかも。二度と書けない作品と思います。（『北海道新聞』一九九二・五・一三）

〈特に意識上の体験を〉と断っている点に注意されねばならない。わたしは、同短編集の最初に位置づけられた「東京タワーが救いだった」（前掲）を論ずる際、作品中に〈意識〉という語が頻出することに注目した。[1] この「雲海の裂け目」においても、例えば、〈意識の表面と内側との連結、交流が滑らかでない。意識の内部で何やら得体の知れぬことを勝手に考えている気配がある。（中略）そんな自分を楽しんでいるところも確かにある〉、あるいは、〈自意識は完全に無なのに、もっと大きな意識が〝夢のない眠り〟を静かに見つめているような、深い安らぎをぼんやりと感じた気がする〉といった如くである。「意識についての描写」とでも言いたくなる部分が多い。それがまずこの作品の第一の特徴である。

主人公〈私〉＝日野が、腎臓癌の摘出手術を受けて、ほぼ一年が経ち、沖縄に病後初めての旅行をした時のことが題材になっている。

沖縄とは発病以前から関係があった。那覇の新聞社が主催する短編文学賞の審査員を引き受けていたのだ。その新聞社から、退院して間もなく、講演依頼の電話を受けた。退院直後の身であることを言うと、社の担当者は「いつなら良くなるか」と聞いたので、咄嗟に「来年六月なら」という旨を答えた。

一年経てば注射ももうしなくなるだろう、（当時、〈私〉は免疫強化剤の注射のため、週に三回通院せねばならぬ境遇に居た―引用者注）と思ったらしいが、実のところ来年の六月など永遠に近い先のこととしか実感していなかった。

予後の保証されていない、重大な病気を罹患している者としては、当然の心理状態と言えよう。ところが、〈息をつめるようにして一日ずつただ過ごしてきたのに、そんな一日でもいつの間にか一年近い時間に連なっていたのだ〉。

〈お約束の六月です。準備は整っています〉という社からの連絡が来た。〈私〉は仕方なく、当日は早めに注射を済ませ、一泊の予定で本土を発つことにする。

看護婦に注射をしてもらいながら、「眠っている時が一番いい」旨の本音を、思わずに漏らす。

わたしは、日野の癌罹患後の作品を読む時、しばしば上田三四二（歌人・評論家・小説家。一九二三〜一九八九）

の癌体験後の小説や随筆を思い出す。上田に「病院通い」（『群像』一九八八・一、『死に臨む態度』一九九三　春秋社再録）という随筆がある。膀胱と前立腺の全摘後に、隔週に癌研病院へ予後治療に通う話である。半日以上かかる通院から帰ると、〈何はともあれ「寝るは極楽」の身上ゆえ、帰ればすぐにも横になって一寝入りする〉。日野の「眠っている時が一番いい」と、上田の「寝るは極楽」という語は、内容において全く重なる。重症を身に抱え込んだ彼らの発する言葉として、何とも切実な感慨を誘う。

因みに言えば、上田は、昭和三六年五月「齋藤茂吉論」で群像新人文学賞を受賞したのを契機に文壇に出た歌人、評論家、作家である。昭和四一年六月結腸癌を手術。その時四十四歳。昭和五九年八月六十二歳の時に膀胱と前立腺を全摘、回腸導管を造設した。平成元年一月八日死去。その間、己が癌体験を素材にした長編評論『うつしみ―この内なる自然』（一九七八・一一　平凡社、平林たい子賞受賞）を初めとして、小説集『惜身命』（一九八四・一〇　文藝春秋、芸術選奨文部大臣賞受賞）、小説「祝婚」（『新潮』一九八七・八、川端康成文学賞受賞）、その他を発表した。作風は、「死すべき人間」の重い心情を、思い入れの深い筆致で描き出して見せたところに特徴があった。[2] 間近に迫っているかもしれない死に対する己の「意識」を、あくまでクールに描こうとした日野とは、その作風に大きな違いがあったが……。

日野が沖縄に出発する当日の、免疫強化剤注射の際に受けた、もうひとつの印象的なエピソードを、次に紹介したい。

注射を受ける外来の処置室は、極めて清潔で窓から薄日がさしている。そのことから連想して〈私〉は、ヘミングウェイの短編小説「清潔な照明の好いところ[3]」を思い出す。

この作品には、次の言葉があり、〈私〉はそこに深い感銘を覚えている。

全ては無《ナダ》にして無《ナダ》かつ無《ナダ》にして無《ナダ》に過ぎぬ。無《ナダ》にましますわれらの無《ナダ》よ、御名の無《ナダ》ならんことを、御国の無《ナダ》ならんことを、御こころの、無《ナダ》における如く、無《ナダ》において無《ナダ》ならんことを。われらにこの無《ナダ》をわれらが無《ナダ》を無《ナダ》のうちに無《ナダ》し給うことなく、無《ナダ》より救い給え……。

新潮文庫版の訳者高見浩一の注によれば、〈ナダ〉とはスペイン語で、無もしくは虚無を意味するという。キリスト教の祈りの言葉を連想させるこの文の拠り所になった原典があるのかどうか、キリスト教に明るくないわたしはまだ探し出せないで居る。恐らく無《ナダ》の部分には、主、神、天、父、聖、愛、崇、空、罪、救いなどの語があるのであろう。それらを全て無《ナダ》に置き換えてしまったところに、この文の、何とも言えぬ感慨を読者に与える所以があるる。近く死ぬかも知れぬ恐怖を感じ続け、〈生きるということには砂を噛むどうしようもなく荒涼たるものがある〉（小説「牧師館」前掲）というような嘆きが、〈無《ナダ》〉の繰り返しの中に仮託されている、と言えるのではないか。〈無《ナダ》〉を単に「虚無」などというような語に置き換えて済ませるような心境ではないのだ。

新潮文庫版によって、ヘミングウェイのこの小説の内容を、もう少し具体的に紹介する。夜も更けたカフェ（注―酒も飲ませる）に、ただ一人、八十歳がらみの老人が坐っている。彼は店の常連だが、酔いすぎると金を払わずに帰ってしまう癖があるので、老若二人のウェーターが彼を見張っている。

「先週、あの人は自殺を図ったんだ」
「どうしてだい？」
「絶望したのだ」
「どんなことで？」

「理由もなしに」

二人のウェーターがかわす会話である。夜中の二時半近くになっていて、若い方のウェーターは早く店を閉めて帰りたがっている。老人が「ブランデーをもう一杯」と注文するのを強引に断って、彼をそとに出す。年上のウェーターは老人に同情している。〈俺も、どちらかといや、カフェに遅くまで粘りたがるほうでね〉と呟く。若い方と別れた年上の方は、電灯を消しながら独り言を言う。

自分は何を恐れているのだろう？　いや、不安とか恐怖が自分をむしばんでいるのではない。よく知っている無《ナダ》、というやつなのだ、俺に取り付いているのは。この世はすべて、無《ナダ》であって、人間もまた、無《ナダ》なんだ。

このあと日野が引用した、先の、キリスト教の祈りの言葉に似た文が続くわけだ。
自分のカフェを出た年上の方のウェーターは、まだ開いている別の酒場を見つけ、そこに入る。

「何にします？」そこのバーテンが訊いた。
「無《ナダ》」
「オトロ・ロコ・マス〈また気の触れたやつがきた〉」バーテンは言って、背中を向けた。

ウェーターは一杯だけ酒を飲み、その酒場を出て自分の部屋に帰る……。
ヘミングウェイは、人生のむなしさ、はかなさをこの短編小説に託し、表現したかったのだ。主人公〈私〉＝日野があの無《ナダ》を繰り返す文を何時までも忘れられぬことには、遠く複雑な淵源があった。

　彼は幼少期、当時の日本の植民地朝鮮で過ごした。そして敗戦により追い出された。彼の心における原郷の喪失である。また同じく敗戦により、飛行機の技術者たろうとする素志が、占領軍の政策により挫折させられた。大学を出て、成り行きで入社した新聞社で、外報部に配属され、ベトナム戦争に従軍、理不尽で非人間的場面を見て、何度も傷つく。そして熟年期の初め、思いもかけぬ癌に侵され、人生の頼りなさも身に染みて知らされた。以上のように、ざっと見ても、この作品を書く際に持たざるを得なかった複雑な思いは、これだけの背景を持っていたのだ。かくて、「無《ナダ》」の繰り返し、祈りの口調に、彼の心は揺すぶられずにいられなかったわけだ。

　日野は続けて、次のような場面を描く。

　注射を終えた〈私〉は、帰る途中、レントゲン撮影室の並びの前を通る。〈五十前後ほどの、鼻筋のとおった品のある婦人〉がたった一人、黒いレザーの長椅子に坐っている。

　　顔はこちらに向きながら、その両眼は何も見ていなかった。何も見ていない、というその視線の強い空白が異常にはっきりと感じられた。（中略）
　　この婦人の年齢でこんな冷たい目をした患者は初めてであった。絶望とか絶望的という言葉を日頃私たちは比較的容易に口にしたり書いたりするけれど、その婦人の目には一切の生の光がなかった。

　ガウンを着ているから入院患者であることの分かる婦人は、致命的になるかも知れぬ悪質の病を抱え、レントゲンによる検査か治療を待っていることは明白だ。〈何も見てはいない、というその視線の強い空白〉、〈一切の生の光がなかった〉目が、〈見えない何かを見つめている。私にはわかるような気がしたが、私自身それを言葉にすることを恐れた〉と日野は書く。〈見えない何か〉とは、勿論近く来るかもしれない彼女自身の死の影である。〈定かならぬ本当の事柄に触れたような気分を覚えて、私はそっとその場を離れた〉。

「無《ナダ》」の繰り返しと切ない祈りを思わす口調に、深く心を揺すぶられた主人公を描いた後に、描くべきエピソードとして、これ以上に適切なものはあり得ないだろう。


羽田空港から旅客機に乗ってからも、〈不安な緊張は続いている〉。講演のメモを考えようとしたが、一枚も書けずに、夕暮れ近い那覇空港に着く。久しぶりの那覇は前とはかなり様子が変わっていた。東京の中心部に高層ビルが無秩序に乱立しているように、〈深く古い文化の基層を持つはずの沖縄のこの古都も、否応なくコンクリートの塊に犯され始めている。外の、そして内なる宇宙《コスモス》が崩れてゆく〉。

〈内なる宇宙《コスモス》〉とは、沖縄に対して抱いていた自己の精神世界における位相であること、言うまでもない。

ホテルの夜、睡眠薬を二錠も飲んだがなかなか眠れず、明け方ようやく少し眠っただけで目覚めた。講演は午後二時から新聞社の講堂で行われた。講堂は予想に反し、五百人近くの女性たちが入っていた。〈話の中身には勿体ないほど熱心な聴衆である。女性たちもこの急激な那覇市の変貌の中で、何かを求めているのだろう〉と、〈私〉は思う。〈質問の時間も入れて二時間近い時間がやっと終わった〉。疲れた〈私〉は、午後六時過ぎ発の旅客機に乗るべく、新聞社の記者に送られて那覇空港に着く。


機体が動き出す前に、〈私〉は〈異様に深い眠り〉に落ち込む。三十分ほどで、〈眠りそのものの力で、眠りの向こう側に静かに押し出されたような具合〉で目覚める。〈ばらばらになりかけていた体が、ひとつに戻っていた。それと共に意識が全身に等しく行きわたっている穏やかな張りがあった〉――まことに微妙な内部感覚と意識についての叙述である。そのような状況の中で、ひとつの「事件」が起きる。目覚めた〈私〉が見た窓外には、暮れかけている雲海が、〈暗灰色〉に拡がっていた。〈雲の峰は遥か先の方に細長い切れ目があるらしく、下から強烈な光が射し上がっているのだった。たぶん夕日が雲海の下で水平線に沈みかけていて、その最後の光が放射されているのだ〉。日野は以降、四ページほどに渉って、この雲海の裂け目から噴き上げている強烈な光の束につき、執拗な描写と、それから受けた感動を書き続ける。

朱色に近い赤、朱色をまじえた黄色、金色に近いオレンジ色……そして上空の空は抜けるようなブルー。原色に近いが地上で見る原色とは違う。光も強いが色そのものが強いのだ。決して美しいとは言えない（グァム島の落日は美しかった）(4)。むしろ無意味なほど純粋に原色めいていて、通常の色ではない。空はいよいよ白痴的な青になり、上空は古代帝王の寛衣《ローブ》の紫になり、吹き出す夕日はほとんどマグマの、気味悪い地下の輝きだ。あまりにその光景は強すぎて破壊的である。

初めて見る異常な光の束を文字で表現しようと、さまざまに言葉と格闘している日野の様子が、まざまざと想像できる。

叙述はさらに、その光の束から受けた自己内部の意識の様相へと進んでゆく。

この色をいつかどこかで見たことがあった、という遠い遠い記憶もある。まるで生まれる前か、母の産道を血まみれになって窒息しかけながら通ったとき見たような色だ。単純に懐かしい色ではない。（中略）

空気のない空間で宇宙船はどんな風に燃えるのだろう、と疑問に思い続けてきたのが、そうか、こんな信じ難い色で燃えるのだ、と思った。この強烈過ぎる色と光は、大気圏外に出て行ったとき人類が出会うものだろう。そしてこの凝固した溶岩流そっくりの雲海のうねりは、地球の遥かな過去の姿なのだろう。多分それらは宇宙全体の普遍的な現象なのだ。この空気と水の惑星のものでなく。

日野は病気以前から、長男と共に宇宙を舞台としたＳＦアニメをよく観ていた。もともと宇宙の拡がりや成り立ちに興味を抱いていた彼は、これらのアニメにより、一層の想像力を掻き立てられたことは想像に難くない。現にこの作品の中でも、入院中の眠りに入る前、〝The Sound of Earth〟というテープを聴くと書いているが、それは〈どれも地球的というより宇宙的な感じの音楽で、宇宙空間に漂い出てゆくような気分になる〉ものなのであった。引用の前半では、雲の切れ目から噴き上げているこの世ならぬ異様な光の束に、自分がこの世に生まれ出る以前の仮想体験にまで自分を収斂させている。後半では、全く逆にそれは、己を取り巻く宇宙に起きる出来事にまで自分を拡大化させているのだ。

〈……この空気と水の惑星のものでなく〉と続く部分にこそ、この短編のテーマにかかわる重要なところがある。

そのどちらの場合も、遥かな過去にも未来にも確実に私はいない。私はいなくても鉱物は遍在し、大気のない空を太陽はこの不気味な色に染めて、日毎に沈む。

自分がいない世界の姿というものが、不意にはっきりと実感できた。自分は永遠にいたわけではなく永遠にいるわけでもない。頭だけでなら小学校の頃から知っていたはずの事実が、いま眼前に明らかに容赦ない迫力で現れたことを思った。

〈私〉をして〈宇宙全体の普遍的な現象〉と感じさせた、この世ならぬ光の束の輝きを見て、〈自分がいない世界の姿というものが、不意にはっきりと実感できた〉。そして〈自分は永遠にいたわけではなく永遠にいるわけでもない〉こと、即ち時間的にも空間的にも広大極まりない宇宙の中では、己の存在など無にも等しい卑小なものでしかないことを、〈私〉は否応なく実感させられる。

先に「無《ナダ》」の繰り返しの中で、自己の存在の根を揺さぶられ、己が生のはかなさを認識させられたことに続くものとして、広大な宇宙の中に自己を置いてみれば、ほとんど無に等しいのだと、日野は、自己の存在性を相対化して見せているわけだ。

これには後日談が付されてある。

那覇から戻って、〈私〉は半ば無意識に、成層圏を飛ぶ飛行機の窓外に偶然に見た、雲海の裂け目から噴き出している光の色を探すようになっていた。しかし容易には見つからなかった。たまたま渋谷の「パルコ」で開催中の「アンディ・ウォーホル展」にぶつかる。何か予感めいたものに促され、入場してみる。代表作として知られた絵の中に、〈太い刷毛でひと筆一色だけ、なぐり描きのように異様に濃い色彩が入っている〉のが目に留まる。それは〈この世の色ではない。危ない意識そのものの色だった〉。捜し求めていたものに、彼はとうとうめぐり合ったのだ。〈このカフカの同国人も、意識の裂け目にあの色を見たのだと思った〉。

こういう文で、この作品は閉じられている。

ここにはいろいろの重い意味が込められている。日野が沖縄の帰りの飛行機から見た雲海の裂け目は、つまるところ日野には、実は意識の裂け目だったのであり、そこから噴き出ている光の束は、意識を破って、彼を、小は意識下の暗部へ、大は宇宙という異界へ導くものの象徴だったのだ。このことを日野は次のように書いている。

窓から外を眺め渡しているつもりが、次第に自分の意識の奥を覗き込んでいる気分になる。雲間から輝き出る光は、いまや朱色より強烈なオレンジ色に近い。赤や朱色よりエネルギーの高い色だ。私の意識の奥には、これほどのエネルギーが秘められているのだ、とほとんど信じかける。

かくて、あのカフカも、ウォーホルも自分と同じ精神の機微を彼らの作品に表現しているのだと、日野は解したのである。

わたしは、日野の言う〈危ない意識そのものの色〉を具体的に観たいと思い、ウォーホルの画集を探し、その作品を観たが、わたしの手にした複製が悪いのか、わたしの感受性が駄目なのか、一筆書きの部分に、日野の言う〈危ない意識そのものの色〉を、残念ながら感じ取ることは出来なかった。

(注)

（1）本書「二　『断崖の年』」の「1　象徴としての「垂直の軸」―小説「東京タワーが救いだった」」参照。

（2）『断崖の年』の「あとがき」（一九九一・一一の日付）に、〈ただ世に闘病記と言われる悲愴な調子だけは、滲み出てほしくなかった。／つねに自由でクールであることが、私の願いだ〉とある。

（3）現在流布している新潮文庫版の高見浩一訳『ヘミングウェイ全短編2』では、「清潔で、とても明るいところ」となっている。

（4）これより前に、次のような叙述がある。―〈これまで生涯に何百回何千回、日没を、夕日を眺めたかわからない。これまで見た最も豪華な落日は、グァム島のタモン湾でのそれだった。〉

三　『梯《きざはし》の立つ都市《まち》　冥府と永遠の花』

1 「不条理」世界への帰結点
――対話劇「黒よりも黒く」

一九九三年三月、報道カメラマンのケビン・カーター（アフリカ生まれの白人）の、スーダン[1]において撮った一枚の写真が、世界に衝撃を与えた。「ハゲワシと少女」。そこには、痩せ細った黒人の少女が蹲《うずくま》っている背後に、彼女を狙って近づいてくる一匹の大きなハゲワシが写されている。部族間戦争で人々が殺し合い、巻き込まれた避難民、特に子供たちが飢餓のため苦しんでいる。そういう所で起こった、いわゆる「暗黒大陸」の悲惨を象徴する写真として、大きな話題を呼んだのである。翌一九九四年、報道写真家に与えられる最高の栄誉ピューリッツア賞が、彼に与えられた。

しかし、その直後から、「写真を撮るよりもまずはハゲワシから少女を救い出すべきだ」と言う非難が方々から沸き起こった。決定的瞬間を狙う報道カメラマンの職業意識とヒューマニズムとの間に本質的に存在する矛盾が表面に持ち上がったのである。ケビン・カーターは、多くの「人道主義者」たちの非難と、さらには自責の念に耐え切れず、ついに自殺をしてしまう。「暗黒大陸」の悲劇の上に、別次元の悲劇が加わったわけだ。

日野啓三は、以上のことを素材として、「黒よりも黒く」（『文學界』一九九六・一）という短編の対話劇を創作した。のちに短編小説集『梯《きざはし》の立つ都市《まち》　冥府と永遠の花』（二〇〇一・五　集英社）に再録されるのだが、これと、もう一編「ここは地の涯て、ここで踊れ」（『すばる』一九九八・一）は、私小説が圧倒的に多い晩年の日野における珍しい虚構の短編作品になっている。

「黒よりも黒く」は、報道カメラマンの〈男〉と〈ゴースト〉との対話によりなりたつ。〈ゴースト〉とは、〈おれの内心の声〉、〈おまえはおれの一部〉、〈おれはいつだっておまえと一緒だ〉などと言い合っていることで分かるように、〈男〉のなかのもう一人の自分を独立させ、形象化したものである。こういう形式の対話劇は、この作品の三年前に刊行された長編小説『台風の眼』（前掲）の「序章」と「終章」ですでにお馴染みになっている。[2]『台風の眼』と違う点は、「黒よりも黒く」に〈ユーカリの老樹の精〉なる存在が加わっていることにある。この〈精〉には、作者の人間観、世界観、宗教観を代弁するという役割が担わされている。しかもその〈老樹〉は、終始ひとりで立ち続けていて、〈男〉と〈ゴースト〉との対話の中に一切入り込んでこない。

この作品は、四つの章に分かれている。しかし内容的には、三部から成り立っている。

第一部は、ケビン・カーターをモデルとする〈男〉が赤いピックアップトラックを駆って、〈ゴースト〉と共にアフリカの荒野を闇雲に走り回るところから始まる。〈男〉はモザンビーク[3]で苦労して撮影した三十本のフィルムを紛失するという、職業カメラマンとしては絶対にあってはならぬことをしてしまい、〈俺は破滅だ〉と絶望的に叫んでいる。第二章の半ば、巨大なゴミ捨て場まで来て、車を止め、〈ああ、みんな亡くなった〉と泣き崩れる。ここで第一部にあたる部分は終わる。

〈男〉と〈ゴースト〉の対話を通じて日野の言わんとしたことは、次のように要約できよう。

まずは「暗黒大陸」と言われているアフリカの現状。〈ゴースト〉の言葉を借りれば、〈この国の闇は依然として格別に濃い〉、〈まともな人間ほどおかしくなるのがこの国なんだ。神経が磨り減って魂がむき出しになって、現実がヒリヒリしている〉。大陸をこのような救い難い闇の大地としてしまった元凶は、もちろん、豊富な物資を強奪しようとして、あらゆる非人道的行為を繰り返したヨーロッパの白人たちである。彼らの植民地主義である。大陸のネイティブ、黒人たちにとりそこはかつて〈母なる大地〉であり、たとえ必要に応じて資源を掘っても、後は埋めて、〈大地に謝った〉。しかし白人の植民地主義者たちは、己が利益追求のために、大地もネイティブたちをも容赦なく破壊し尽くして、そこを比類のない暗黒の地にしてしまった。そして〈男〉は他ならぬその白人たちの二世に当たるわけである。〈ゴースト〉は言う――〈おまえはその白人たちの呪われた運命を正直に誠実に、多少劇的に生きているようなものだ〉。

アフリカ大陸についての先のような現状認識は、今や常識になっていると言えよう。この作品における日野の独創性は、アフリカ生まれの白人である報道カメラマンの形象性にある。彼は今三十歳だが、二十歳過ぎに新聞社専属のカメラマンになって以来、黒人居住区に入るのが恐ろしくなったと言う――〈黒人たちが恐ろしいんじゃない。彼らをあんな状態に、あんな生活に陥れているのに、人々（白人たちや黒人たち―引用者注）が日曜毎に着飾ってアーメンと神を讃えて祈っているのが恐ろしいんだ〉。こう言う〈男〉を、現実主義者であるその父は、〈嘴の黄色い人道主義者、若気の正義派気取り〉と決め付ける。〈男〉は断乎として父に反抗、勇敢に行動する。しかし現実は、白人と黒人の戦いの上に、さらに黒人同士の殺し合いさえ加わってくる。白人の第二世代たる良心的な〈男〉は、かくて〈おれは破滅だ〉と絶望せざるを得ないところまで追い詰められる。このような人間を形象したところに、わたしは、日野の人間理解、世界理解の独自な深まりを見る。

第二部にあたる部分は、「ハゲワシと少女」の写真が撮られる場面である。

ゴミ捨て場で絶望的に泣いている〈男〉に対し〈ゴースト〉が〈そうやって蹲って泣いているおまえはあの時そっくりだな〉と言い出す。そしてあの決定的な写真が撮られた時が、二人の間で、回想的に語られる。作品としては、大きなヤマ場のひとつとなっている。

その子は（中略）肉のない手足には汚れた皮膚が骨に張りつき、肋骨が深く浮き出していて、何も着ていない。（中略）痩せ細った体に比べて大きく見える頭を支える力もなくて、地面に顔をつけるように蹲っていた。

〈男〉の回想は生々しい。その五メートルほど後ろに、ハゲワシが〈羽をたたんで地面をはねながら子供の背に近づいて〉いるのが、彼の眼に入る。彼は子供を助けるべく、ハゲワシを追い払おうとする。その瞬間、〈ゴースト〉の声が耳に入る——〈カメラを構えろ〉、〈これは凄い写真になるぞ〉。報道カメラマンとしての職業意識とヒューマニズムとの矛盾が、彼の中の葛藤として浮かび上がったさまを巧みに表現していると言えよう。〈ゴースト〉は続けて言う——〈部族主義者どもの殺し合いのために飢えるアフリカの現実を衝撃的に象徴する写真になる〉。〈男〉は少女に駆け寄るのをやめ、〈カメラを低く構えて息を詰めて何枚か撮った〉。後日、その写真はピューリッツア賞に輝くことになる……。

ここまでについては、日野の独自性を特に云々する必要はないかも知れない。彼の想像力が究極的展開を示すのは、この次からである。

ファインダーから覗いている少女の恐怖は、〈おれ自身の恐怖の影になった〉と〈男〉はまず告白する。

緊張と孤独と、つまりこのやりきれない人生を生きてゆかねばならない恐怖が、眼前からおれをにらみつけ圧迫しおしかぶさろうとしている。その前に蹲っている頭の大きな痩せ切った子供は、このおれ自身だったんだ。

写真を撮り終わった彼は立ち上がり、ハゲワシを追い払った。〈それは少女のためじゃない、おれの恐怖を追い払うため、おれ自身の悪魔払いだった〉とつぶやき、近くの林の中に座り込み、泣き出したのだった。即ち日野は、

「ハゲワシと少女」というアフリカの暗黒を象徴する偶発的な「事件」を、アフリカを侵略した白人の第二世代に当たる人間の内部で行われなければならなかった悲劇的、普遍的な「事件」に転化してしまったわけだ。日野のこのことを描く内面の行為こそ、この作品のテーマへの第一歩だったのである。

世界には、人生には、その芯のところに何か底深く荒涼たるものがある。黒々と理不尽なものがある。そのゾッとする感触。それがひしひしと骨に食いこんでくる。

これは林の中で泣き続けていた時の〈男〉の感慨であり、感触である。ここには、〈男〉が自分の個の問題を、世界と人生についての普遍的問題へと大きく飛躍させたことが示されている。世界と人生の芯における〈底深く荒涼たるもの〉、〈黒々と理不尽なもの〉の存在の自覚！

日野は、本書「一　日野啓三序説」の「2　日野啓三と戦争」（下）でも触れたが、「いま戦争文学を読む」（前掲）という鼎談を、作家加賀乙彦、文芸評論家川村湊と行っている。彼はそこで、有史以来現在にいたるまで、戦争のない日が一日もなかったという事実を踏まえ、〈なぜ人間はこんなに戦争が好きなんだろう―好きと言っちゃ悪いな―どうして戦争をやめられないんだろうということを考えているんです〉と言う。そして次のような結論めいたものを出す。

戦争の原因というのは正義のため高揚して、あるいは応戦しなきゃ殺されるからというより、少なくとも一つは人間の根源的な不安のような部分にあるんじゃないかという気がしてしょうがない。

即ち日野は、「戦争は人間の業《ごう》だ」とでも言いたそうに見える。とにかく〈人間の根源的な不安のような部分〉から戦争が発している以上、戦争はこれからも地上から消えることはない、と彼は認識しているようだ。言い換えれば、〈男〉がスーダンで「ハゲワシと少女」を撮った後、感得し自覚した〈底深く荒涼たるもの〉＝〈黒々と理不尽なもの〉は、右のような日野の戦争観と重なっているのである。

さらには、日野の癌体験とも重なっている。例えば「呪術的儀式」（『すばる』一九九九・八）で彼は次のように言う。

世界は根源的に不条理であり、そこに生きることは、あらゆる生物にとって理不尽なものが染み付いている。―これは十年前、ガン化した腎臓を摘出する手術を受けた前後に、心の底というより体そのものから滲み出て来た認識だった。

日野は、他のいろいろの場合にも、ガン体験をめぐり否応なく自覚させられた、右に言うような認識を告白している。大は戦争、小は個人的癌体験における不条理感を背景として、この作品における〈男〉の追い詰められた絶望感が、日野自身のものとして表現されている。即ち、報道カメラマンの〈男〉は、日野のデフォルメされた自画像でもあったのである。

〈男〉は、ピューリッツア賞を受賞し、〈こんな写真を平気で撮るカメラマンを冷酷無比〉と非難され続けながらも、なおしばらく仕事を止めない。或る時、黒人居住区で、〈命乞いする戦闘服姿のネオナチの白人ふたりを黒人警官が射殺する〉場面にぶつかる。今度はその場面を写真には撮らず、黒人警官に〈殺すな〉と制止する。しかし白人のネオナチは、情け容赦なく撃ち殺されてしまう。衝撃を受けた〈男〉は言う。

おれはもう報道写真を撮れない。カメラマンの仕事が出来なくなっている。人道主義者になったからじゃない。ハゲワシの写真を非難されたからじゃない。おれはこわくなったんだ、心底から。子供が餓死し、手を上げた相手を射殺するようなことが、その現場が、そのような世界が。

折角心を休めるホームを作ろうと願って女と一緒に暮らしても、もうおれの心に平和は戻ってこない。恐怖と苦痛と惨めな思いだけ。

今こそ真に行き詰まり絶望した〈男〉は、赤いピックアップのぼろトラックをよろよろと走り出させる。しかしすぐに引き返し、さっきまで泣き崩れていたゴミ捨て場に戻ってくる。

荒野はおれの魂を拒んだが、ここは妙に懐かしい。文明の残骸。都市の排泄物。白人居住区の廃品。まるでおれみたいじゃないか。ここここそおれが帰るべきところだ。（中略）おれにはもう生きた過去も未来もない。無惨な記憶に溢れた過去と恐怖の未来しか。おれにはここがふさわしい。

わたしはここで、日野最初期の著名なエッセイ「焼跡について」（前掲）を思い出さずにはいられない。日野は言っている――〈自分の目で物を視る時期になったとき、焼跡ばかりだった〉。米軍の徹底的な空襲による荒涼たる焼跡。〈散乱する煉瓦とセメントと鉄板の中で私たちは育った。私たちの心の故郷は焼跡にある。あの冷たい荒廃、あの存在することの厳しさ、人間に対する事物の剝き出しの敵意〉。これはさらに例の「廃墟論」（前掲）に真っ直ぐに繋がってゆく。〈男〉が〈ここここそおれが帰るべきところだ〉と言った白人居住区の巨大なゴミ捨て場は、その〈焼跡〉、〈廃墟〉と重なっているのだ。そして日野は、前期においては、ここを起点としてアクティヴな己が文学世界を築き挙げていった。

だが四十年後の今は、追い詰められ絶望した〈男〉の最期に帰るべき場所となる。さらには自死へと向かわせる。彼は、雑多で何でもあるゴミ捨て場の中から、車の中に排気ガスを引き込むためのゴムホースを掘り出す。

この対話劇には、この論の冒頭で述べたように、〈男〉と〈ゴースト〉の他にもう一つの存在として〈ユーカリの老樹の精〉が各所に登場する。それは先にも述べたように対話には決して加わらない。しかし周りの人たちの営みを、ずうっと見守り続ける。この存在にこそ、〈男〉と〈ゴースト〉の「二人」と対極で向き合う重要な役割が担わされている。そして〈男〉の方がそれに対し徐々に心を寄せてゆくようになる。

〈ユーカリの老樹の精〉の台詞の代表的な例を拾い出してみよう。

光と風と沈黙をわしらは愛する。感謝と瞑想がわしは好きだ。

わしらはこうして黙って自分で立って、日がめぐるまま風が吹くままに天の理と地の恵みに従って生きているだけ……。

自然に老いきって少しずつ立ち枯れて静かな死を迎える。

右のような台詞は、〈老樹〉が、大自然の摂理のみによって生きてゆこうとする、老荘のような思想に生きる存在であることを示している。〈男〉は〈老樹〉に対し、〈霊的な威厳〉を持つ〈大きな聖霊〉のようだと感じる。その下にいると〈とても大きなものの傍らにいる気持ち〉になる。そして〈大きな樹全体だけでなくもっと大きく広く、地面の底から空の彼方まで、生きているものだけでなく土や石や丘や雲や遠くの川や湖まで通じているみたいだ〉と思う。即ち〈男〉は、この〈老樹〉の存在に東洋的汎神論の世界を見る。自分を追い詰めていたあらゆる〈恐怖の陰〉が、〈老樹〉に寄り添うことで消えてゆくのを感じる。彼は、〈ここがこの世界でのおれの最期の場所だ〉と、ホースを車に引き込み、眼張りをし、ガス自殺の準備をする。〈ああ、やっとおれはおれだ、ありのままの〉と〈男〉の自死を暗示するところで、この劇の幕が降りる。

日野は、自身をデフォルメした自画像の〈男〉に、右のような汎神論に帰する最期を与えた。もはや断るまでもないだろうが、彼はこの時点における自己の不条理をめぐる人生観、死生観の帰結点をこの作品に託し、ドラマチックな対話劇に仕立て上げたのであった。

なお作中には、〈男〉がいつも聞いているウォークマンの歌詞の一節が、各所に挿入されてある。それは対話劇の進行と微妙に照応し合い、場面展開をめぐる有効なスパイスとなっている。

注

(1)　アフリカ北東部にある共和国。北部にイスラム教徒のアラブ人、南部に黒人が住んでいる。

(2)　自己と自己の中の更なる自己を分け、その間で対話させる形式は、日野の文学活動最初期の「夜明け前の対話」(『近代文学』一九五五・八)で、初めて試みられた。

(3)　アフリカ南東部の共和国。一九六四年にポルトガルからの独立戦争を始め、一九七四年に独立を果たした。〈男〉が紛失したフィルムには、その戦闘場面が写されていた筈だ。

付記　日野のこの作品とは直接には関係ないことだが、「ハゲワシと少女」の写真をめぐり、最近新たな事実が判明した。藤原章生著『絵はがきにされた少年』（二〇〇五・一　集英社）というノンフィクション作品に、次のような興味ある「事実」が報告されている。

この写真が撮られた時は、実際には、避難民への援助物資が現地に到着した直後で、飢えた避難民たちが一斉にそれを受け取るべく、車に殺到した。一人の女が、自分の子供を地上に置き去りにして、車に向かい走った。その子供の近くにたまたまハゲワシが降り立った。通りがかりのケビン・カーターがそれを見つけ、ハゲワシと子供を重ねて撮り、決定的瞬間の写真に仕立て上げた、というのである。そう言えば、写真のハゲワシは翼をたたんでいて、今にも少女に襲い掛かろうとしている姿勢などには、とても見えない。この報道カメラマンの生活は前から荒れていて、自分の写真機さえ質にいれ、これを撮った時の写真機は友人から借りていたものという。彼にはウツ病の病歴があり、二度自殺を図ったことがある。「マンドラリス」という一種の麻薬を常用してもいた。ピューリッツア賞受賞後も自堕落な生活は全く改善されず、「マンドラリス」中毒による脱力感と、アフリカ生まれの白人の多くに付きまとった孤独感のため、遂にガス自殺するにいたった。

以上のようなミもフタもない「事実」が、一部ジャーナリズムにより、「出来すぎた物語」に仕立て上げられたというのが、藤原章生氏の調査により判明した真相らしいのである。

2 汎神論的感覚の深まり
——小説「先住者たちへの敬意」

「先住者たちへの敬意」(『新潮』一九九六・一、原題「先住者たち」)は次のように始まる。

「下北沢に住んでます」と言うと「いいところに」と言われることが多い。下北沢は東京の渋谷から吉祥寺に通じる京王電鉄井の頭線という私鉄電車線の駅名であって、地名ではない。その駅から歩いて五分ほどのところに住んでいる。

このあと下北沢の現状を具体的に述べ、〈そんな町に住んで、いつのまにかもう十年になる〉と言う。これは、年譜事項にそのまま重なっており、以下は殆ど事実を描いた私小説的小説と見ることが出来よう。

随筆か随想を書くようなさり気ない、しかしかなり具体的な自宅のある場所の叙述は、実は日野にとり重要な意味がある。かれは自分のいるところの磁場ともいうべきものに、敏感な感受性を持つ作家である。「地霊」とも言うべきものを感得する気配がある。自伝的長編小説『台風の眼』(前掲)の初めの部分に、日野を思わす〈私〉の父の故郷が取り上げられている。広島県福山市の郊外にある「父祖の地」に対し、自分の心理は地形に左右される点が大きく、ここは〈風水説からすると最悪の地形である〉と述べている。また日野は、自分の文学が「焼跡」、

「廃墟」という場から出発している、としばしば述べていることは、周知の通りである。更に大にしては、オーストラリア大陸の臍に譬えられる「エアーズロック」を直接訪ね、〈この大陸全体の大地の気が、ここに集中し、凝縮して、静かに天へ垂直に上昇する〉と感応している。まさに大陸の「地霊」というべきものの感得である。(「聖岩」『中央公論文芸特集』一九九四・秋)

「先住者たちへの敬意」という題名は、そのものズバリこの短編小説のテーマを示しているのだが、自宅のある地に住む〈先住者たち〉を描こうとする以上、彼らおよび自分が住む場を詳しく描き出しておく必要が求められるのは、当然のことだ。それが冒頭のさり気ない下北沢駅周辺の場の具体的な叙述になっているわけだ。

〈私〉の家は、井の頭線との距離が極めて近く、居間の四、五メートル先を電車が通る。電車の音には意外に早く慣れたが、深夜に重い地響きを立てて通る作業車輛にはいつまでも慣れない。

その地響きと奇怪な形態の影絵と神経をじかに刺激する回転灯の黄色い光は、夜更けの闇の奥から現れる黒い魔的の存在のようで、通り過ぎてしまうまでいつも息を詰めて凝視している。

いかにも日野的な特異で神経的な感受性だ。さらにそれが、五年前の癌体験時の〈怯え〉を呼び出す。この叙述は重要だ。〈私は自覚症状なしに不意に内臓のガンを発見されたのだったが、その手術前後、怯え乱れた私の意識の奥にその重い地鳴りがいつも聞こえていたように思う〉。(傍点は引用者。以下同じ)この作品に限らず、短編集に収められたどの作品においても、基底部に日野のまがまがしいガン体験が横たわり、それが各作品を重いものにしている。このことにも、強く留意されねばならぬ。

〈私〉は深夜書き終えた原稿をポストに入れに行く。その度に、通る踏み切りに立ち止まり、前後に伸びる鉄路にしばらく見入ることが多い。

手術の前後から、時間は線的ではない、過去から未来へと伸びる直線ではない（と感じるようになった。—引用者注）。

（中略）〝今〟という薄明の広がり、そこに甦る幾つかの過去の幻影、見えざる幾つかの予感によってかろうじて虚空に出現している現在＝現にあるということ、そういうものだと考えようとしている。

哲学者大森荘蔵の有名な時間論(1)ときわめて近い考え方といえよう。しかし日野は、右のように考える一方、〈やはり時間は流れるのだ〉とも思う。〈お前にとってその流れは無限ではなく、渋谷の方を始点だとすると、より近い新代田の駅、その暗く人気ないホームがお前の終点だ〉。即ち目の前に横たわる鉄路は、あまりに長くは残されていない自分の生の象徴にもなっているのだ。

また自家に戻る途中の階段脇に一本の桜がある。時は晩秋、〈いまにも落ちそうな黄色くなった〉一枚の葉が目にとまる。〈あの葉はいまの自分をどう感じているのだろう、考えてはいないにしても、すでに肌にしみる冷気の中で何か感じているように思われてならない〉。

そんな樹や草への親近感を日野が意識するようになったのも、ガンを告知されて以来のことだった。このことについては先述したように、日野はすでに短編小説「牧師館」（前掲）で、極めて美しく感動的に描き出している(2)。

そして「先住者たちへの敬意」という作品は、植物ならぬ、さまざまの小動物への親近感と愛憎劇を描き出そうとした作品なのである。まずは、我が家もしくは庭のどこかに住み着いているやもりとガマへのそれである。

〈急いで逃げもしないそいつを私はそっと掌に包み込んだ。ほのかな体温が伝わった〉に始まるやもり—普通、この爬虫類の一種を好きになる人は、そうはいないだろう—についての日野の描写は、実に細やかで愛情に満ち、読者を驚かす。

> 掌の中でひっそり動いている弱々しいやもりには、いじらしい思いをおさえられなくて、この厳しい世界を生きねばならない（そして必ず死なねばならない）生命への哀れさが惻々と身内をひたすのだ。（中略）
> 攻撃力も防御の武器さえもない掌の中の小さな柔らかい生きものが、まるで生命そのものの頼りなさの貴重な感触のようで、余りに弱々しすぎて仄かに聖的な気配さえ帯びていて、そのままずっと触れていたい気になる。

何という細やかな感覚！　〈私〉はこの小動物と対等な生き物として感応し合っている。

〈同じように自分でもよくわからない心の奥からの愛情を覚える生き物が我が家にいる〉。それは、十数センチほどの大きさのガマである。やもりと同じように滅多に現れないのだが、ある夏の夜、狭い庭の物干し竿に洗濯物を干していた時、「対面」した。

> 洗濯物を竿に掛けている私を見上げている純粋な好奇心および私を少しも警戒していない信頼感。（中略）おまえだったのか、いつもどこかに隠れているんだ、達者か？　と本当に心をこめて（人間に対してこんなに心をこめて口をきくことは滅多にない）話しかけながら、頭から背を優しく友情をこめてなでる。だが鳴きかえしたりはしない。

やがて庭の隅のほうに悠然と去ってゆくガマに対し〈私〉は、〈その後影に愛情というより男同士の深い友情を感じ続けて、気持ちがとても落ち着いてくる〉。

ここまで辿ってくれば、わが国の近代文学に、小動物と主人公との係わりを描いた名品の系譜があることに、大方の人は気付くに違いない。

まずは志賀直哉「城の埼にて」（『白樺』一九一七・五）。ここでは主人公が、電車事故の後養生に来た城埼温泉で見た蜂や鼠、そして蠑螈《いもり》の死が定評のあるリアルな筆致で描き出されている。主人公とこれらの小動物との間に普段は存在している距離感が一挙に無くなり、同じように、自然の中の一存在でしかないことを主人公は痛感する。即ち小動物の生死の姿が主人公のそれと重なってしまう。

同じ系譜に立つのが島木健作「赤蛙」（『人間』一九四六・一）。主人公は重症の床につく少し前、静養に来た修善寺温泉で一匹の赤蛙の奇妙な行動を見る。渓流を挟んだ向こう側の石に辿り付こうとして途中で流され、辛うじて這い上がる。それを繰り返し繰り返しして、遂に力尽き流れの中に没し去る。その姿は、主人公の政治や文学を巡る激動の半生に疲れ切ってしまった経過とぴったり重なって来る。主人公には赤蛙のその時々の表情さえはっきり見える。

すべてそこには表情があつた。心理さへあつた。それが人間の場合のやうにこつちに伝はつてきた。明快な目的意識にもとづいて行動してゐるものからでなくてはあの感じは出ない。ましてや、あの波間に没し去つた最後の瞬間に至つては。そこには刀折れ、矢尽きた感じがあつた。力の限り戦つて来、最後に運命に従順なものの姿があつた。

このような赤蛙の描写は確かに象徴の域に達している。

目前の小動物に己の姿が投影され、両者が重なってしまい、同時に作者の人生観や死生観が効果的に表現される。そういう意味で「城の埼にて」と「赤蛙」は同質の短編小説になっているのだ。

尾崎一雄の代表作「虫のいろいろ」（『新潮』一九五四・一）は、前二者と少し違う。〈私〉は胃潰瘍をこじらせて四年間も寝ている。レコードの「チゴイネル・ワイゼン」にあわせて天井を動き回る蜘蛛の話。春から夏にかけて瓶に閉じ込められていた蜘蛛が、蓋を開けた瞬間、間髪を入れず飛び出す話。曲芸を見世物にする蚤を、如何にして訓練するかという話等々。要するに、昆虫のユーモラスな、あるいは驚くべき習性が詳しく語られる。最後には、〈私〉が額に止まった蠅を深い皺で捕らえてしまう偶然に起こったユーモラスな話で、この私小説は閉じられる。昆虫という小動物と主人公は、あくまでも観察され、観察する関係にある。

梶井基次郎「交尾」（遺稿、一九三一・一）も尾崎の場合と同じだ。深夜の物干し台から眺めおろされた白い猫同士の交尾のエロチシズム。あるいは、〈私〉をして〈こんなにも可憐な求愛があるだらうか。それには私はすつかり当てられてしまつたのである〉と感嘆させた、清流の中でのかじかの交尾の美しさ。これらの形象は、主人公のまことに微細な観察の下だったからこそ可能になったものなのである。

このように見てくると、日野の「先住者への敬意」における小動物との係わりが、いかに特異のものかが解ろう。彼らは同じ生物として自立し、対等に向き合っている。やもりは主人公の掌に安心して包み込まれ、〈ほのかな体温〉を伝えて来、〈ひっそり〉と動き、主人公に〈いじらしい思いをおさえられなく〉してしまう。何かほのかなエロチシズムさえ通い合っているようだ。久しぶりに現れたガマに対し、主人公は〈本当に心をこめて〉〈頭から背を優しく友情をこめてなでる〉。やがてゆっくり去ってゆくガマに対し、主人公をして、〈その後影に愛情というより男同士の深い友情を感じ続けて、気持ちがとても落ち着いてくる〉とさえ言わせている。やもりの場合といい、ガマの場合といい、何という微笑ましい関係ではなかろうか。

日野の場合には、もうひとつの特徴がある。この小動物たちは、主人公一家がここに移り住んでくる以前から住んでいた〈先住民〉、もしくはその子孫たちだと気付き、その点に〈敬意〉を表さねばならぬと考えるのだ。即ち彼らとは横の空間的繋がりがあるだけではなく、縦の時間的繋がりがある点にも思いを馳せているのだ。かくて、小動物たちと主人公は、同じ自然と歴史の中にすっぽりと包み込まれ、そこに溶け込んで生きている。即ちそれぞれが汎神論的存在であることの性格を、より鮮明にしていると言えるのである。

ところでこの作品には、もう一種類、まことに禍々しい〈先住民〉がいたことも書かれている。梅雨の長雨の続いたひときわ陰鬱な夜半、自分の役割になっていたゴミ袋出しのために外に出た主人公は、今まで見たことの無い不気味な虫を発見する。ドアの側面の壁面に細長く平べったいものが張り付いている。しばらく見ているうちに、その薄気味悪い生態に〈次第に魘《うな》されている気分になった〉。路面に降りるとそこにも〈黄白色の長い虫が這っていた〉。

いっせいに何か気味悪いものが地上に現れたという驚きはほとんど恐怖に近くなった。（中略）この不気味なものたちは私の内部からはいだしてきたのだ、という恐怖を圧さえ難い。（中略）私は矢庭に傘の先で濡れた路面の名前さえ知らぬ生物を突き刺し寸断し始めた。その突然の衝動が怯えからか恐怖からか怒りからかわからない。（中略）（玄関のドアの壁面のものをも引きおろし、同様に突き刺し寸断した。―引用者注）。

ところが翌日の昼近く外に出てみたら、前夜寸断した「死骸」はどこにも無く、〈常軌を逸した〉深夜の自分の凶行の跡は、影も形もなくなっていた。主人公はその頃ある新聞に定期的にエッセイを連載していたので、その事実を書くと、しばらくして一読者から手紙があり、それは「ミスジコウガイビル」という扁形動物の一種であると知らされる。傷を受けても再生力が強いとの説明があったから、寸断されてもそれは死んだのではなく、それぞれが一夜のうちに逃げ、どこかに隠れ去ったのだろうと納得する。この人騒がせな虫もその地の〈先住者〉の一種だったのである。

ここでわたしは想像する―先住者たちから見れば、そこに後から引っ越して来た主人公一家は、言わば「侵入者」である。「ミスジコウガイビル」はいわば「国つ神」であり、主人公はこれを武力で追い払い、その地を占拠した「外来神」とも言うことが出来る。そのような神話的出来事が、霖雨ふる深夜に再現されたのであった……。

小説の最後は、次のようになっている。

私がガン手術からどうやら回復したのもこの家だったことを思い出す。

この文は一見さり気ないが、重要だ。先住者たちや自分を住まわせているこの地の地霊ともいうべきものの力が、自分を死の淵から再生させ、回復に至らしめたのだ、と作者は暗に示したかったのではなかろうか。この点には日野における汎神論的感覚の一層の深まりを読み取ることが出来よう。

（注）

（1）大森荘蔵著『時間と存在』（一九九四・二　青土社）、同『時は流れず』（一九九六・一　青土社）等

（2）本書「二　『断崖の年』」の「2　汎神論的自然への接近―小説「牧師館」」参照。

3 滅亡前の「生命」の妖美
――小説「闇の白鳥」

小説「闇の白鳥」(『すばる』一九九六・五)は、日野啓三が腎臓癌罹患後、己が生命のやがての滅亡を予感、さらに「生命」なるものの最後の病的昂揚を夢想し、形象化して見せた短編である。それは驚くべき不気味さと妖美に満ちている。

東京の三月。冬型気圧配置が崩れる。低気圧の波が中国大陸から次々と流れてくる。天候と気温と風向きが日毎に入れかわる。その間にも春気は滲みひろがる。不安な季節だ。

この冒頭の一節は、作品全体の背後を不安な雰囲気が包んでいることを、まず示している。場面は、久しぶりの東大(らしい)の同窓会が終わったあと、四人のかつての同級生が、皇居の堀端にあるホテルで飲み直した時のことだけで終始する。

鬼頭―大手町にある大新聞社の幹部社員。

桂―ある女子大の教授。

那須―外国でさまざまな職業を経巡って来た〈ヒッピーのはしり〉。

私―作家で、この物語の語り手。

那須と遇うのは卒業後四十年ぶりとあるところから、彼らは六十代半ばと推定出来る。このような集まりの場合、まずは学生時代の思い出から話が始まるのは定番だろう。エリートで気の置けぬ同級生同士らしい会話が、酒間に飛び交う。

〈おれたちのクラスにはいろいろ妙なのがいたな〉と言う鬼頭の語をきっかけに、変わったクラスメートの存在が次々に話題になる。例えば、「敗戦」と言うと「終戦」と言えと本気で怒る特攻隊帰り。ある年夏休みに入る時、偶然一緒に帰ることになった学生がいた。彼とは決して親しい仲ではなかったが、この時はいかにも感情を込めて話しかけて来、乗り換えの電車で分かれる時は、名残惜しそうに手を振って去った。変な奴だと思っていたが、休みが明け大学に出てみると、その男が休み中に自殺したと聞かされる[1]。

やがて、クラス中ただ一人の女子学生、〈最もユニークだった宗《そう》優子〉のことで話は持ち切りになる。病弱で卒業後夭折してしまうのだが、〈優しく〉しかも〈どんな時も冷たく落ちついていて〉、〈頭の冴えた女〉。〈何よりもほっそりとした姿形と心もち上唇がまくれ上がってふっくらと膨らんだ小さめの唇が、骨にしみるように魅力的〉。〈飢えた男子学生〉の注目に何時も晒され、〈助手や講師さえ彼女が現れると途端に表情が変る〉。

鬼頭ら四人が四人とも、今まで他人には言わなかったが、それぞれが宗優子との個人的な思い出を持っていて、酒の勢いに駆られ、打ち明けあう。この辺まで自然に筆を運んでくる日野の芸は、まことに巧みだ。

鬼頭は、彼女が死ぬ三ヶ月前にひそかに病院に見舞っていた。〈きれいなんてものじゃなかった。肌理《きめ》細かな皮膚は透き通るようになって、（中略）そう、この世のものならぬ気品を帯びて〉、とここまで言って絶句してしまう。桂は、彼女が夭折したと聞き、〈残念で悲しくて勿体なくて、ひと晩じゅうひとりで街を歩き続けたよ〉と告白する―〈あんな優しいひとがあの若さで死ぬなんて〉。〈私〉は、二度か三度、講義のあと新宿の「フランス名画座」

に誘い、そのあと中村屋でお茶を飲んだ。〈明らかに求愛の調子を帯びた感傷的な手紙を三度か四度手渡したことがあったが、返事をもらったことはない。自分などには手が届かぬ遥かな憧れのひとという思いだったのだ〉と言う。

彼女の病気が何だったのかが話題になってから、那須の小説構成上の役割が急に大きくなる。彼は、実は彼女と最も近い関係にあったことが、徐々に解ってくる。彼女は〈遺伝的な病気、致命的な難病〉を発したのだ。那須と彼女は遠縁で、〈同郷の親類だ。名前は違うけど。優子の方が本家〉と那須は言う。更に、親同士が決めた婚約者だったことも告白する。彼の具体的な話が進むに従い、他の三人は、〈息をつめるように〉沈黙してしまう。〈私〉は那須の告白を聞くや、〈これまでは毅然と優雅だったその（彼女の―引用者注）姿態が、いま痛切に憂愁の翳りを帯びて、細く長くねじれて、見えない空間の、時代の、運命の力に圧しひしがれて、ジャコメッティの彫像のように〉見えてくる。

その時不思議なことが起こる。日野という作家の場面転換の妙が発揮されるところだ。

彼らは、今風ではない〈くすんだ品格〉のあるホテルのレストランにいるのだが、〈大きなガラスを透して、手入れの行き届いた庭園越しに、暗い濠の水面が広がっていた〉。那須の話が一段落した時、その濠に一羽の大型の白鳥が突然姿を現す。皆は〈息をのんだ〉。

黒く淀んだ水面、その仄明かり、その奥の古い石垣の苔むした暗褐色の中で、白鳥は余りに白かった。（中略）艶やかに輝くように白く、威厳を帯びて幽美に妖しかった。

嘴の付け根の皮膚の膨らみだけがなまなましく紅い。

小柄な頭部を宙に高く支えながら、その長い頸は何と無理なくたおやかに湾曲していることだろう。（中略）

その白い曲線の何という微妙さ。霊妙に繊細で同時に蛇のような生命力を秘めている。

（中略）

白鳥が自分を見せている相手は那須に違いないと、私は自分でも信じ難い不思議に濃厚な気分でそう思った。

白鳥が目前の濠に現れるということは、理に合わない現象だった。面前の濠は四方行き止まりの小さな池で、〈私〉は今までここに白鳥を見かけたことは一度もなかった。しかも、他の大きな濠にいる白鳥は、いずれも〈薄汚れて惨めだった〉のに、目前の〈白鳥は余りにも白かった〉。

小説という虚構世界を作り出すことを職業としている〈私〉でも、〈闇の中から急に現れた白鳥が若くして死んだ宗優子の化身と思い込むような人間ではない〉。にもかかわらず、皆が〈異常な熱心さで遠い魅惑の記憶を話し合っていた最中に、それが忽然と漂い出てきた偶然に、一種空恐ろしい思いを覚えていることも事実だ〉と思い直す。

似たような思いを、いや私以上に強い衝撃を隣の那須は受けているようだった。次第に上半身を乗り出して広いガラスの向こうを彼は目をすえて見つめていた。椅子の肘掛を摑んだ手の指が震えているのを私は盗み見た。

（中略）

「おまえがふっといなくなったのは、美しい許婚者が死んだからだったのか」と絡みつくような口調で言った桂に、那須は答えなかった。聞こえなかったのかもしれない。

しばらく沈黙が続いた後、那須が再び話し出したことが、この作品のヤマ場となる。

那須が〈前をみつめたまま背をかがめて静かに話し始めた〉内容は、次のようなものだった。

—大学の最後の学年になった頃、優子の父が死ぬ。宗という旧家に伝わる遺伝病による死だった。優子の母はすでに亡く、二人の兄も戦死していたから、長女の優子が喪主を務めた。〈喪服姿の優子は実にきれいだった。気味悪いほど〉。弟が一人いたのだが、〈知能の少し弱い中学生〉だった。—

〈近隣の地主同士だけで何代も婚姻を繰り返してきた旧家の血は、濁っていたというか弱っていたというか〉と那須はつぶやく。桂は教授らしく、そういう場合は〈劣勢因子が重なって現れるか、優勢因子が際立って現れる〉、前者が弟の場合であり、後者が彼女の場合だ、と解説めいて言う。

—葬式は旧家らしく立派だった。翌朝の火葬場での骨拾い、家に帰って〈大きな金ピカの仏壇〉の前でのお経。更に翌日も読経があって、やっと近親者は帰宅することになる。優子と中学生の弟だけでは可哀相だと、もっと残ると言う親戚もいたらしいが、自分たち二人だけで父と〈静かにお別れしたい〉という優子のたっての主張で、全員が帰ることになる。—

優子の短い言葉で、彼女に期するものがあったことを、作者日野が暗示しているわけだ。

那須は皆と共に一旦屋敷を出て、近くの町の家に帰ったが、忘れ物があったことに気付き、屋敷に取って返す。実は、優子とその弟だけを残してきたことが、どうしても気掛りで仕方なかったのだ。そう話す那須の異常振りに〈私〉は何か不吉なものを感ずる。


陰々と静まり返った古い屋敷の全体が、一挙に滅びのにおいを濃くしたようだった。（中略）神経が鋭すぎる彼女がこの気配を全身に感じ取っていないわけはなかった。いまや彼女自身と弟だけが屋敷に残された最後の生命だ。

日野は、那須が今度の同窓会が開かれる前に、かつての優子たちの屋敷跡を訪ねたことを、この部分を書く前に挿入している。ここには日野の意図がはっきりしている。その時の屋敷跡の印象――

ずっと無人だ。白く長かった土塀の中は庭木が伸び放題。雑草が茂り放題。幾棟も離れがあった屋敷の屋根瓦はずり落ち軒の板は腐って……つまり壮大な廃屋だ。

庭は荒れ放題になってしまう。築山のうしろの塀際の木々が枯れ枝を垂れ下げ、人の背丈ほど伸びた萱の間に張りめぐらされたクモの巣に引っかかった無数の落葉が揺れている。そこに夕陽が差し込んでいて、陰になった部分からは夕闇が音もなく湧き出していて……。

この廃屋の印象が、葬式後の優子たちが残された屋敷の印象と重なり、後に続く叙述を一層暗く、陰惨なものにする。屋敷に立ち戻った那須がガラス越しに見たものこそ、まことに不気味で妖しい光景だった。

「仏壇の前、骨壺の下の夕闇の淀みの下に」と目に見えない何かに挑むように声を強めて那須は言った。「白くくねる脚のようなものがぼんやり見えた。いやはっきりと見えた。おもむろに揺れる喪服の裾も」

この夕闇の淀みの中での優子の怪しい動きは、彼女には幻覚として見えている死んだ父と「インセスト」をしているのだ、としかわたしは取る以外ない。

那須の話がここまで来た時、皆に「あっ」と声を上げさせることが、目前の濠に起こる。

長く白く艶な頸を蛇の鎌首のように起こして、白鳥が真直ぐにこちらに向かって近づいている。

この部分はあまりにも今までの話と照合し過ぎていて、日野の虚構の「出来すぎ」と取られなくもない。それは兎も角として、この小説の締め括りの一節は凄い。

「生命というものは」と那須がニヤリと笑って言った。「滅びを確かに実感したとき、盲目の存続と意思と衝動に駆られて、何をするかわからんのだよ」

この部分こそは、癌罹患により、自己の滅びが近く訪れるかも知れないことを否応なく自覚させられていた日野が、その実感に拠り生み出した言葉、と言えよう。

そして又、この作品のイメージの不気味さ、一種の怪奇性は、彼の初の虚構長編小説『抱擁』（一九八二・二　集英社、泉鏡花文学賞受賞）の世界と遠く通底しあっている、とわたしには思われるのだ。

（注）

（1）日野にとり、このエピソードは心に強く残るものであり続けたらしい。長編小説『台風の眼』（前掲）でも、短編小説「梯《きざはし》の立つ都市《まち》」（『群像』一九九六・一〇、原題「梯の立つ町」）でも想起されている。

4　異界としての現代
——小説「梯《きざはし》の立つ都市《まち》」

日野啓三の短編小説「梯《きざはし》の立つ都市《まち》」（『群像』一九九六・一〇、原題「梯の立つ町」）は、種々の不気味な雰囲気に満ちている現代都市や、そこにおける孤独感を描いた秀作である。短編小説集『断崖の年』（前掲）で見せた日野の宗教的なるものへの接近が、より深く形象化されている作品である。

　これは、前半と後半にはっきり分かれている。

　前半の舞台は、夜九時頃の東京大手町界隈の高層ビル街。日野自身を思わす主人公〈私〉は勤め先の新聞社を出て、人と会うべく、皇居の堀端に面したホテルに向かう。周りには〈豪壮な高層ビルが陰々と並んでいる〉。（傍点は引用者。以下同じ）所謂バブル期に建てられたものばかりで、〈全く装飾もなく、正確な直線と平面で構成されたがっしりとした直方体そのもの〉である。勿論明かりはある。しかし所々の窓からもれている〈冷たい青っぽい光〉や街灯、木立や花壇をライトアップする照明灯などすべては蛍光灯の光で、〈被写体の人工性を容赦なく顕《あらわ》にしてしまう〉。街路樹は、それらの光で〈一枚一枚の葉は葉脈が透けて見える程鮮やかに瑞々しいのだが、精巧なビニール製に見える〉。この陰鬱なビル街を描き出す日野の筆致は、次のように独自だ。

　銀座の方向にタクシーが一台フルスピードで走り去ったあとの通り一杯の静寂、街灯だけ冷え冷えと明るい歩道、その両側の切り立った崖のような高層ビルの沈黙と威厳—そこには言い難い何かが張り詰めている。
特にその夜、その張り詰める何かの気配が、ひしひしと肌に痛いほどだ。その感覚は意識の奥にまで、微細で鋭い無数の見えない針のように刺さってきて、意識の内容が小さな穴だらけになって顫動し始めるのだった。

このような大手町界隈の高層ビル街は、〈時代の流れの繋留から切り離されて、キリコ[1]の絵の中の街のようになり、さらに十七世紀の謎の画家モンス・デジデリオ[2]の妖しいとしか言いようのない超現実的な廃墟の光景〉と重なって来る。それは換言すれば、「異世界の光景」と言っていい。〈私〉はその「異世界」に居るような違和感を覚え出すわけだ。

日野は腎臓癌を患うことにより、都市感覚や自然感覚を一変させた。その前の彼の都市感覚は、次のようなものだった。

少し夜遅くなると、長く広く真直ぐな（地下鉄の—引用者注）通路は蛍光灯の照明だけがむらなく光って、人影なく静まり返っている。（中略）
そういう場所で、男（日野自身を思わす—引用者注）はなぜか気分が浮き浮きして弾んだ。自分の身体も消えて透きとおって、意識だけが張りつめる。息苦しくではなく、開かれて緊張する。（中略）
近代化とは鉱物が光になるプロセスではあるまいか、と考えたりする。
街灯の人工光線が明るくなった。街灯に照らされると、排気ガスで薄汚れた街路樹の葉並が、鮮やかな緑を取り戻して生き返ることを発見した。（中略）男はかつて春先の土手の道を歩いたときよりのびのびと弾んだ気分で、長い地下通路の幾つもの曲がり角を曲がり、エスカレーターに乗った。

どちらも、「地下のシミ」と題する作品（『群像』一九八七・一）からの引用である。

　現代都市についての感覚は、「梯の立つ都市」と「地下のシミ」とでは、まるで正反対である。前者での感受性では、妖しい異界のような暗い違和感を〈ひしひしと肌に痛いほど〉に与える存在なのであり、後者は、〈浮き浮きして弾んだ〉親密な気分を与える存在なのだ。

　いずれも高度経済成長下の東京大手町界隈なのに、かくも正反対になってしまった原因は、日野が腎臓癌という死ぬかもしれない大病に罹ったことにあったわけだ。[3]

「梯の立つ都市」の〈私〉は、前述のような高層ビルの谷間を歩きながら、自分の前を二メートルほど離れ、付かず離れず歩いている人物をふと発見する。背が高く、フードつきで裾がひどく長い黒のレインコートを着ている。後姿からは、男か女か定め難い。

　どちらにしても生活のにおいがきわめて薄いが、それは現実感が希薄だということにはならない。逆に意識の最深層と身体の最暗部が重なって溶け合う所を〈魂〉の領域とすれば、そこにじかに触れてくる気味悪い現実感である。

　こいつはこの街の、この光景の静寂の奥、キリコあるいはモンス・デジデリオの絵の裏側へと、私を誘っている―と思いはじめる。歩道を先の方へではない。〈現実〉を上の方にか下の方にか、垂直に私を連れ出そうとしている。黒く長過ぎるコートがいっそう私のめまいを誘うように揺れる。

キリコやモンス・デジデリオの絵を思わすように不気味な夜の街を、〈私〉を異界に誘い込むような妖しい魅惑を持って歩いている人物―神秘的でスリルに満ちたミステリー映画の一場面に出てくるような人物。ここまで辿ってくると、主人公の見ているのは現実の人物ではなく、幻覚なのではないかという疑いが、読者に浮かんでくる。しかし作者は、最後まで、その人物が現実の人物か、幻覚としてみた人物か、その点には触れていない。日野は、腎臓癌体験以来、自分が見たものこそ現実の全てであって、例えそれが幻覚であったとしても、自分が見た以上は、現実以外の何ものでもない、という「現実感」を持つようになっていた。単なる観念的ではなく、実感に即した〈知覚的、認識論的〉（「東京タワーが救いだった」）な「現実観」を、腎臓癌体験の時から、確乎として持つようになっていたのだ。だから読者が、その人物を現実のものとして読もうと、その時〈私〉が見た幻覚として読もうと、問題にはならぬわけだ(4)。

堀端の道路にぶつかり、左折すると目指すホテルがあるのだが、左折したら、〈黒いコートの後姿と重なるように、東京タワーが光り輝いて聳えていた〉。〈私〉がタワーを見上げた〈ほんの一瞬〉に、黒いコートの後姿は消えていた……。

ところでこの夜の一週間後、〈私〉の腎臓腫瘍が発見されたのだった。そして、〈ふしぎな黒いレインコート〉を巡るあの超現実的な体験こそ、〈私の切迫した運命の親切な予告者だったのではあるまいか〉、と〈私〉は気付く。それまでの叙述が、暗く不吉な感じを伴っていたので、読者は、この主人公の神秘主義的な見方を、あるいはそうかも知れない、と思わされてくる。

手術の為入院した六階の病室では、思いがけず東京タワーが窓の正面に見えた。黒いコートの人物を見失う直前に見たタワーは、〈端然と、だが幻想的に、まるで別の《現実》の突然の侵入のように聳え〉ていた。そのタワーに〈私〉は病室で再会したわけだ。

やがて手術後、このタワーが、術後の〈私〉が錯乱してしまい、〈破調しかけた〉危機に陥ったのを、〈天と地の底を貫く垂直の中心軸〉として救ってくれたのだ、と思うようになる。(5)

ここで作者の筆は、さらに新しい段階に踏み出す。〈私は忘れていた古い書物の言葉を思い出したりした〉。それは『旧約聖書創世記』の中の一節である。

　時に彼夢《ゆめ》みて梯《きざはし》の地に立ちゐて其山嶺《いただき》の天に達《いた》れるを見又神の使者《つかひ》の其にのぼりくだりするを見たり。

〈私〉がこの言葉を思い出し、この作品を書いた時期の日野がそれを書き付けたことは、その時の日野が、「神」そして「信仰」に、これまでよりも更に一歩近づいたことを意味する。

後半は、腎臓癌を手術してから六年後のことになる。

〈私〉に外国での仕事が入り、旅券を新しくするために、新宿の都庁に行った時のことが描かれる。

新都庁舎はさすがに高く、周りはホテルや大企業本社の三十階以上のビルばかりだが、それらのどれよりも高く大きく抜きん出ている。壁面には看板も広告もない。辺りには電柱なども全くない。主人公は〈この世ならぬ異界にまぎれ込んだ危うい気分になりかける〉。そして、この作品前半に描かれた、六年前の大手町界隈での不気味な体験に通じるものがあると感じる。

　私は地下広場風の空間にいる。（旅券交付所は地下のフロアにある。—引用者注）地下といっても頭上は大きく吹き抜けで、都庁舎の超高層が倒れこむように頭上に聳えている。
　庁舎の本体ビルから左右に、輪のような構造体が広場を馬蹄形に囲んでいる。ヴァチカンのサンピエトロ聖堂広場の記憶が浮ぶ。
　次第に庁舎ビルが宗教的陰影を帯びてゴシック寺院の尖塔のように見え始め、広場を囲る廻廊の上に聖像が立ち並んでいるような感覚を覚える。

作品の前半で〈私〉の意識に展開したドラマが、それから六年経った後半においても、同じ経過をたどって展開しているといってよい。

〈異常に張り詰めた気分のまま〉、〈私〉は広場の一画に見つけたキャフェテリヤに、逃げ込むように入る。広場に面した席に腰をおろすが、そこでも〈私〉の意識は妖しく暗い。一度癌と言う「死病」を患った自分には、有効期限十年の旅券を再び更新することはあるまい、などと考える。

　少し恐ろしく少しさびしく、そして湿った風が広場を吹き降り、吹き過ぎてゆくようだった。すでに亡くなった親友（自殺の可能性がある）[6]と子宮癌で若くして死んだ昔の恋人[7]（見舞いにも葬式にもゆかなかった）のことを思い出した。
　私だけこうして今生きていることがとても奇妙だ。

こうして見て来ると、この「梯の立つ都市」という作品は、『断崖の年』（前掲）で克明に描かれた、〈私〉の腎臓癌発症の後日談と言うことが出来よう。日野は、二〇〇二年一〇月一四日に四度目の癌である大腸癌で亡くなるのであるが、一九九〇年の第一回目の癌体験が、彼にとり、いかに大きな意味を持つものであったかが解り、何か粛然たる思いに駆られるではないか。

キャフェテリヤに暗い気持ちで座っていた〈私〉は、突然一人の友人が近づいてくるのを見つける。〈私〉は〈キャフェテリヤを出て、広場の端まで走っていった。不意にひどくうれしかった〉。この友人は新聞社の読書委員会で一緒の学者だったが、〈ひとまわり年齢も下だが、頭も感情も実にしっかりしている〉。

実はこの友人とは、東大の政治学教授御厨貴であった。そのことは、別な資料が明らかにしている。即ち御厨貴はのちに、「日野さんの遠近法」という追悼文（『文學界』二〇〇二・一二）を書き、其の中で言っている——〈病後の体なのに、あの時の日野さんは、無人の都庁広場に、転がりそうになりながら全力で走って来られた〉。作中では前記のように、〈キャフェテリヤを出て、広場の端まで走っていった。不意にひどくうれしかった〉とあるが、〈私〉の心理と行動が事実其のものであったことが、実証されているわけだ……。

それ程に、都庁舎地下のキャフェテリヤの〈私〉は、暗い心境に捉えられていたのだ。一緒に再び店に入り、テーブルで向かい合ったとき、〈私〉は次のように言う。

ここで坐って見上げると、都庁の建物が天まで届く塔のように見える。（中略）まるで君があの塔を伝い降りてきた天使のように見えたよ。

これは決して誇張ではない。六年前には『旧約聖書創世記』の文章がそのまま思い出された。しかし、六年後の今は、単なる言葉ではなく、実感として心に思わずも浮かび上がったイメージとなっていたのだった。現代を、時々、異界として思うようになった〈私〉＝日野の意識の深層に、「神」や「信仰」が、それだけ重いものとして定着し出していたのである。

（注）

（1）キリコ　デ・キリコ・ジョルジョ（一八八八〜一九七八）　イタリアの画家。シュールレアリスム運動などの先駆者として、二十世紀絵画史上の重要な存在とされている。
（2）モンスリー・デジデリオ　十七世紀フランスの画家。廃墟のような絵を良く描いた。
（3）本書「二『断崖の年』」の「2　汎神論的自然への接近―小説「牧師館」」参照。
（4）本書「二『断崖の年』」の「3　現実感と連帯感の新しい発見―小説「屋上の影たち」」参照。
（5）本書「二『断崖の年』」の「1　象徴としての「垂直の軸」―小説「東京タワーが救いだった」」参照。
（6）日野啓三『台風の眼』（前掲）参照。
（7）注（6）に同じ。

い。

5　奥深い小「事件」
――小説『踏切』

『踏切』（『すばる』一九九七・一）は、〈私〉が作者日野啓三と等身大の所謂私小説である。夫（私）、妻、三十近い息子という家族構成も、自筆年譜通りである。地形や家のたたずまいも、わたしが実地踏査した限り全く違わない。

日野の家は、東京の私鉄井の頭線の下北沢駅と新代田駅のほぼ中間にある。線路は複線で、ほぼ直線的に東西に走り、日野邸は、線路から二メートル位離れた北側に建てられ、線路に南面している。日野邸がある一画だけ地盤が低くなっていて、〈二階の居間が走り過ぎる電車の車両と同じ高さ〉で、〈ごくたまに電車が何かの都合で徐行したり停車しかけたりすると、社内の吊革につかまっている人と、ちょうど眼が合ってしまって困ることがある〉。玄関は東面し、その前の細い道路は、数メートル行くと土手に突き当たり、左折する。この曲がり角には急な石段があり、登るとすぐ踏切になっている。警報がついて居るが、遮断機は一本しかない。

この小説は、前半が踏切をめぐる叙述、後半がある若い女性をめぐる「事件」のそれになっている。

〈私〉は、〈歩いて五分ほどの下北沢まで行くとき、その踏切を通る。駅前まで食料品などの買物にほとんど毎夕方行く〉。〈晴れた日の日没近い時刻に通るときは、必ずのように踏切の途中で立ちどまる〉。

作品としての「物語」は、踏切の上の佇立から始まる。

まずは日野の美的感覚の鋭敏さに注意されねばならない。大きく開けた空の〈黄色から橙色へと変ってゆく鱗雲は美しい〉。新代田駅の〈ホームと夕空のコントラスト〉に最も眼を奪われる。〈マルグリット[1]かデルヴォー[2]の絵で見かけたことがあったような超現実的光景〉だという。

問題は夜だ。

夜踏切をわたる時は、書き上げた原稿をポストに入れにゆく場合が一番多い。〈この時も無意識のうちに踏切の中央で立ちどまる〉。


その深夜に冷然と光り走るレールをみつめる度に〈魅入られるようにして、私は必ずそれをしばらく見つめてしまう〉、何か絶対的で必然的な掟が、否応なく実在することの徴《しるし》を見せられたような思いに駆られる。


即ち深夜のレールから日野一流の存在論的な思考が始まる。〈絶対的で必然的な掟〉とは何か。

ここで〈私〉は、ほぼ六年前のガン手術の時のことを想起する。〈この期の日野の作品には、ガン手術のことが見えざる深部にいつも底流していて、些細なことでもきっかけがあれば、すぐに作品上に浮上して来る。〉〈転移の危険にひたすら怯えていた頃は、それを逃れえぬ死の掟のように感じたこともあった〉。しかし今の〈私〉は、そう言い切ってはまだ足りない、と思っている。


それが本当に絶対的に必然のものであるなら、死すべき命運《さだめ》だけではなく生くべき義務《さだめ》でもなければならない。いや生物の生死だけではなく、この世界が、この宇宙のすべて無ではなくこのように在ることの、解きえない謎そのものの徴《しるし》でなければならない。

即ち〈絶対的で必然的な掟〉とは、単に「死」というネガティブな性格だけでなく、「生」というアクティブな性格をも含み、果ては謎に満ちた宇宙の存在にまで拡大して肯定せねばならぬもの、と〈私〉は考えを進めるわけだ。

その永遠の掟の一点を、われわれは一瞬横ぎる。その交点がこの踏切だ。

彼によれば、われわれの人生とは、その掟の一点を一瞬横切るのを指して言うものなのだ。永遠の掟から見れば、それは極めて小さく、短いのだが、その時人生は確かに存在しているのであり、それが「今」だ。レールを横切っている踏切は、このことの現実的な象徴となっている。—わたしは、この部分を以上のように理解する。(3)

次に踏切への〈私〉の視座が変わる。彼の家の玄関の真上に小窓が開いている。〈このところ、一階の書斎から二階の居間に上がったとき、何気なく寝室に入って小窓を覗くことが多くなった〉。夜の闇の中に踏切だけが仄明るく浮かびあがっている。〈眺めるというよりは心理的に窃視するという心事に近い。見てはならぬ光景、この世のものならぬ神的な舞台を密かに覗き見る緊張感〉。〈神的というより魔的というべきかもしれない〉。何故そんなふうになるのか。

この世界には、たとえば古代のギリシャ人たちが《必然《アナンケ》》と呼び、古代のインド人が《業《カルマ》》と名づけたような、ある非人間的な絶対（言葉の最も正しい意味で最も抽象的な法則）(4)が、青光る白銀のレールのように貫いていて、それをわれわれ人間は一瞬交わるだけだ—ということ自体が、どんな事件らしい事件よりも劇的であり神的であり魔的なのだ。

こう言われてみれば、闇の中に仄かにそこだけが浮かび上がっている踏切を覗き見たときの〈私〉の、一見不気味な心理状態も、読者にはある程度納得出来よう。しかし〈私〉はさらに、具体的に、より分かり易い説明を付け加える。

（時に踏切を渡る人を見ることがあると—引用者注）そんな見知らぬ人たちの姿が私のようで、私がその人たちのようで、とても身近にほとんど健気《けなげ》に感じてしまう。人間とはそういうものなのだ—闇からふっと現れてしばし永遠を横切って、またふっと闇に消える。

ここで〈私〉は、日野は、巨視的な視点から見た人間の普遍的な姿を説いているのだ。ここまで読んできた読者は、それは他ならぬ自分自身のことなのだと改めて気付かされ、ギョッとするだろう(5)。

〈私〉はもともと極めて音楽好きであるらしい。二階の居間に息子にセットしてもらった性能の良いオーディオ装置を持ち（注—日野の長男は音楽家）、時々CDを聴いている。〈ベトナムの戦争からボロボロになって帰国〉した頃は、もっぱらロックを聴いていた。当時流行していたビートルズなどは好まなかったと言う。「ベトナム戦争」体験で荒涼とした精神状態になってしまっていた彼にとり、穏やかで甘いものの多いビートルズのような曲が、肌に合わなかったのは当然だったろう。

いまはブラームスやシベリウス、〈なぜか十九世紀後半の北方系の音楽〉などを好むようになっている。〈十九世紀中頃以前の曲は聴きたくない〉と言う。〈私〉は自己分析をする——十九世紀中頃から〈何かが壊れ始めている。二十世紀の西欧は壊れ過ぎる、といまの私の感覚は逆らう〉。即ち十九世紀中頃以前の、形式とバランスの整った曲や二十世紀の音楽は今の彼の世界感覚にそぐわないのだ。

「事件」の起こったある秋の夜は、ブラームス最晩年のピアノ幻想曲集を聴いていた。(6)

象牙の針で魂に点々と黒い穴を穿《うが》つような音……音と音との間の底知れぬ空隙から、すすり泣くような、どうしようもなく嘆くような声がきこえるような気がする。

何という細密で詩的な表現だろう。(注—わたしはその曲を残念ながら聴いたことはないが) このすすり泣くような音に、現実の女性のすすり泣くような声が重なるところから、「事件」の叙述に移ってゆく。

若い女の声とはっきり知った〈私〉は、二階の寝室の小窓のところへ行き、玄関前の道路を窺う。眼に入ったのは、〈何か非現実的な姿態〉で倒れている若い女性。傍らに放り出されたように横倒しになった自転車。女性のそばには黒い血溜り。彼女は〈声を限りに叫んでいるのではなく、声をおさえて忍び泣いていているのでもない〉。〈のどからこみ上げてくる泣き声をそのまま声に出している〉。事態はミステリアスの度を深めて、〈私〉に訴えてくる——〈あの女の子は今夜不意に何か恐ろしいこと、というより理解し難いことにいきなりぶつかってしまったのだ〉。

ああして深夜の路上で怯えきって泣いている。白銀の掟と交錯してしまったわけだ。踏切は常に照明されて鮮やかな色の遮断機で守られているとは限らない。見えない踏切は誰にもどこにもある。

ここで、作品前半で書かれてある踏切の象徴するものと、見事に照応させられている。そしてまたしても〈私〉の六年前に患ったガン体験が甦ってくる。レントゲンに写し出されていた〈知らないうちに自分の体の中で育っていた厳然と奇怪なもののイメージ〉。〈白銀の掟〉を内包していた〈見えない踏切〉に突如立たされていたことを知った衝撃。それが如何に危機的状況であったかは、あとでわかる。その時〈私〉には告げられなかったが、患部を見せられた妻に、医師は「これじゃあと半年だ」と言ったという……。

現場を見に行った息子が二階に帰ってきて、〈私〉に告げる――

男ひとりと女ふたり、友達と三人連れでここまで来て、自分は自転車から落ちて、他のふたりは行ってしまった、と繰り返すだけ。何のことかわからん。本人自身もわかっていないみたいだ。

女性は「駅の近くに友達の家がある」と言っているから、自転車を引いて送ってくる、と息子は再び降りてゆく。〈私〉は想う――泣いている方の女性が、男から殴り倒されたのだろう、勿論愛情問題のからみから。残った男女ふたりは、邪魔な女性をその場に捨てて、勝ち誇ったように立ち去ったのだろう。

再び寝室の小窓から下を覗いた〈私〉は、息子と倒れていた女性が立ち去ったあとを、昂奮醒めやらぬ気持で、じっと見ている。

路面に乾き始めたかなりの量の血溜りだけが残っている。その異様に艶やかな黒が、静かな住宅地帯のこの夜の出来事が、筋書きも意味も全く不明なままに、〝現実〟であったことのぎりぎりの証であるようだった。

「事件」はここで終わるのであるが、日野は、この小説を終えるに当たり、次のように書く—

踏切が夜の底に、仄白い夢幻能の舞台のように浮かび上がっている。

夢幻能とは、故人の霊や神の精などが幻のように舞台に現れ、懐旧談を語り、舞を舞う。そして再び消え去る形式の能だ。〈私〉の眼前にいきなり「事件」が持ち上がり、ミステリアスなまま忽ちまた眼前から消え去った、そのことを描いた作品を結ぶに当たり、日野は、この象徴性を持つ踏切を夢幻能の舞台に擬した。そのことは、まことに適切だったと言えよう。

この小品（注—四百字詰原稿紙換算約二十二枚）は、リアルで細密な叙述に深い思想を滲ませながら、ミステリアスな「事件」をミステリアスのまま簡潔に描き出し、まことの佳品になっていると言えよう。

因みに言えば、日野自身、本作品所収の『梯の立つ都市　冥府と永遠の花』の「あとがき」で、この「踏切」に対し、〈一個のまとまった作品としては〉、〈作者自身としては気に入っている〉と述べている。

（注）

（1）マグリット　ルネ・マグリット。ベルギーのシュールレアリスム画家。画風は幻想的要素と辛辣な機知を併せ持つ。（一八九八～一九六七）

（2）デルヴォー　ポール・デルヴォー。ベルギーのシュールレアリスム画家。非現実的で奇妙な空間に無表情な裸婦や

鉄道などをよく描いた。（一八九七〜一九九四）

（3）日野は、後年「魂の光景」中の「踏切」（『聖岩』の「プロローグ　心の隅の小さな風景」中の一項目として一九九八年書き下ろし）で、同じ見方を次のように平明に書き換えている――

　銀色の電車がひた走る鋼鉄のレールは、自然の掟とか歴史の必然とか、そういう絶対的なものの象徴のように、深夜の私には感じられる。自然の掟は死を含む。歴史は終末を含む。そのレールを横切って、必然と交差して、私たちはしばしの間、踏切を渡ることが許されている。

（4）この括弧内の言い換えは、わたしにはよく分からない。

（5）この部分の文学史的先蹤は、梶井基次郎「闇の絵巻」（『詩・真実』一九三〇・一〇）にある。

　或る夜のこと、私は私の前を私と同じやうに提灯なしで歩いてゆく一人の男があるのに気がついた。それは突然その家の前の明るみの中へ姿を現したのだつた。男は明るみを背にしてだんだん闇の中へ入つて行つてしまつた。私はそれを一種異様な感動を持つて眺めた。それは、あらはに云つてみれば、「自分も暫くすればあの男のやうに闇のなかへ消えてゆくのだ。誰れかがここに立つて見てゐればやはりあんな風に消えてゆくのであらう」といふ感動なのであつたが、消えてゆく男の姿はそんなにも感情的であつた。

（6）前掲「魂の光景」中の「ブラームス」では、次のように述べている――〈私は後期のブラームスが好きだ。とりわけ最後のピアノ小品集が、狂おしいほど〉。そして「四つのピアノ曲」の第二曲、「三つの間奏曲」の第一曲、「六つのピアノ曲」の第二曲、第五曲、第六曲などにつき、微細にその良さを説いている。

6　光と闇と永遠の構図
――小説「冥府と永遠の花」

「冥府と永遠の花」（『新潮』一九九八・一、原題「十月の光」）も、私小説風の短編である。作品は全体の三分の一弱を占める冒頭部と、残り三分の二強の中枢部からなり立っている。日野啓三は、小説であれ評論であれ、題名に凝る傾向を持つが、それにしても「冥府と永遠の花」とは、いささか仰々しいと思われるかも知れない。しかし作品末に到れば、大方は納得させられるだろう。

日野は、芥川賞受賞作品「あの夕陽」（前掲）以来独自で美しい光をそれぞれの場に相応しく効果的に描き出してきた点で、「光の作家」とも呼ぶべき存在である。「冥府と永遠の花」の冒頭部は、その点で最も際立っている作品の一つと言ってよいだろう。

〈私はこの月のために他の十一ヶ月を我慢して生きている〉。この月とは秋十月のことだ。この意表をつく書き出し！　その十月の〈冴えた日射し〉を彼は堪らなく好んでいるのだ。作品は、東京の私鉄井の頭線の下北沢駅から自宅までの嘱目の光景を、克明に描き出すことから始まる。しかしそれらの場面々々は、実は十月の光の様々な様態を描くために選び出されていると言っても過言ではない。例えば、下北沢駅のホームと線路わきの雑草―

真夏の日射しのように炙《あぶ》るのではなく冬の鋭すぎる陽のように突き刺すのでもなく、十月の光はずり下げた女子高生たちの白いソックスの襞と戯れるように、エノコログサの突き出た小さな穂の柔らかい毛を優しく撫でるようにきらめいている。

電車が入ってきて人たちが急いでホームの上を動くと、光は色とりどりの衣服のまわりで波の相でゆらめき、電車の動きで震えるエノコログサの穂先では無類の粒子となって弾《はじ》ける。

〈そう波動でもあって光でもある光の本性が、そのまま透けて見えるようじゃないか〉

目を細めて、私はしばらくホームを覗き見ている。

何という微妙で鋭敏な光への感受性であろう。

この期の日野の私小説では、先に体験した腎臓癌手術のことが、必ずといっていい程作品の底から浮かび上がってくることは、すでにたびたび述べた。この作品も例外ではない。

七年前の手術の前夜、病室に独り横になっていることに耐えられなくなった〈私〉は、病院の前の喫茶店に逃げ出す。そのガラス戸をすかし、ＪＲ中央線の信濃町駅改札口が見える。（注―日野は慶応大学付属病院に入院していた。）改札口から出てくる人を見ながら、〈いつもの通りのその何でもない光景が、この世ならぬ明るさに輝いているようだった。生きている、とはああいうことなんだ〉という感慨に耽る。死の危機を控えた者が抱く感慨として、誰にでも想像の出来る感慨だろう。

その時の思い出から今の嘱目の光景にすぐに思いが飛び、〈私〉は次のように感覚する――

十月の午後の光は、色とりどりの服装が行き交ってざわめくホームの上も、色褪せかけたエノコログサの穂の

> 連なりも、葱の先の突き出た袋を下げて立っている私も、同じように陽に照らし出している。同じように明るく確かに、だが同じように次の瞬間何がおこるかわからない危うい影とともに。（中略）
>
> 私だって、このところしばしば原因不明の鼻血が出る。晴れ渡った秋の陽はそんな他人には見えない内部の翳りまで、意地悪くもなく優しすぎることもなく照らし出す。（傍点引用者）

この鼻血云々のさりげない叙述は、本作品後半の中核になる事態のさりげない伏線になっている。

次に〈私〉は〈現代風〉の長屋が百数十メートル連なる路地に入る。長屋の克明な描写。人通りはない。〈真直ぐの細長い空間には光の粒子が音もなく撥ねかえっている〉。〈目に入るすべての物が、いつになく鮮明に見えて、確かにそこにあると実感させる〉。この〈一種異様な現実性〉は、〈無限遠の彼方からの透明過ぎる光〉により実現しているのだ、そして〈私〉は考える。再び癌手術前後のことが、作品の流れの底から浮かび上がる。

それまでの半生のなかで、忘れられぬいくつかの場面を思い浮かべるのだが、〈「あのときは本当に生きていたな」と萎えかける心を支えてくれた光景〉には〈常に光が射していたことを知った。必ずしも秋の日射しばかりではなかったけれど、時を超えて魂の芯に射し込むようだったあの光は何だったのか〉。

ここからは日野独自の「光の哲学」ともいうべきものが展開してゆく。

まず〈そのふしぎな光〉は〈この危うい世界を生きてゆく上で〉最も重要な働きを持つものと考える。〈無理をしなければ思い出せないような記憶、実感をもっては[1]想起できない多くの略歴的事実〉にはこの光が射していない。要するに自分の人生においてどうでも良いような経歴の場面には、このような光が射していなかったことに〈私〉は気付く。

次に、この光は、〈どうしようもなく自分の期待と意思を超えるもの〉（別の作品では、〈何か大いなるもの〉というような語が与えられている――引用者注）に関係がある。この光の力は〈無記の力〉《ニュートラル》で〈私を死なせるだけでなく生きさせる力〉でもある。〈その力はどこからか来た、あるいは来なかった〉。
ここまで来て〈私〉の思考は一旦停止し、〈私〉による眼前の光景の讃歌に転ずる。

そのふしぎな透明さが照らし出すのは、このような物と世界が意味も目的も不明なままに、いま実在しているという必然。

〈光の光〉(2)の中ですべてはこうでしかなく、このようである不気味なほどリアルに。

存在の根源を支えていると考えられる光への讃歌！「光の中の光」とでも呼ぶべきものへの讃歌！
そして次に、眼前の光景の描写と、その時よぎった不吉な認識にふれてゆく。

狭い路地の上の空も狭かったが、雲ひとつなく光溢れる空はどこまでも遠く深かった。そこから燦々と降り注ぐ明る過ぎる光は黒く透き徹っても見えた。(3)そして一瞬黒い影のような物がすっと心を過ぎった。ときがとまったようなこの美し過ぎる認識は不吉だ、と。（傍点引用者）

不吉なことは、その翌日に実際に起こった。
この作品の中枢部で書かれている第一は、意識と身体の微妙な相関関係だと言えよう。

〈私〉は一年近く前から、何の前触れもなしに、不意に鼻出血に見舞われることが多くなっていた。その日は新聞社の読書委員会に出ねばならなかった。家を出、井の頭線の車中で〈急に《今鼻血が出たら》と不安になった〉。そして前日の光の中でふと感じた〈不吉な不安〉が思い出され、やがてその不安は〈予感〉に変わった。その予感は強さを増すばかりで、委員会でも帰りの地下鉄の車中でも、緊張しきって過ごす。そして渋谷駅付近で、遂に血が出始める。日野は以下、切羽詰まった場合の意識の動きの微妙さと、それが身体的起動に繋がって行くさまを克明に、リアルに描き出してゆく。不安と予感は何の理由もなく、ふと浮かび出たものである。しかし鋭敏な神経と意識、身体を持った者にとっては、これらが密接に相関し合って、新しい現実を導き出すことが多い。日野は、このことを突然の鼻出血という「事件」に凝縮して、詳しく描き出して見せているのである。

第二に書かれているのは、現代文明の行き詰まりと土俗回帰の問題である。

出血をティッシュで必死に抑えながら、いつもは渋谷駅で井の頭線に乗り換えるのだが、そのまま乗り続け、池尻大橋駅に降り、タクシーを拾い、帰宅することにする。

池尻大橋駅の階段を上り外へ出ると、〈都内で私の最も嫌いな道路のひとつ、国道二四六号線〉の前だった。しかも〈私〉がたまたま立った場所は、〈都内の高速道路網の中で最も複雑な構成部分のひとつ〉をなしていて、それが真上から重く圧し掛かって来るようだった。

目的も意味もなく、ただ巨大に強力に豪然と組みあげられた鉄骨が、国道の真上を、頭上を、夜空を埋めている。その光景は神が死んだ宇宙の正体を不吉に魅惑的に表象した十八世紀イタリアの悪夢的な幻想版画家、ピラネージ(4)の銅版連作「牢獄」の拷問的な世界そっくりだった。

自宅のある方向へのタクシーを拾うため、横断歩道を渡っている時、更なる大量の鼻血が〈私〉を襲った。今は両方の鼻腔から吹き出た血は、衣服を汚し、ティッシュを幾枚も換え、血まみれになったティッシュの捨て場を探す。渡った側の歩道に沿って灌木が垣根のように続いており、その根元だけが黒い土を露出していた。

その小さな黒土の上は私の血を捨てるに最もふわしいところだと感ずる。捨てるのではない返すのだ、と。土は快く血を吸い込んでくれるだろう。(中略)

艶っぽく赤黒い粘液状の塊がドロりと三箇所四箇所。汚れた灌木の葉もいじけた枝も無関心。土だけが和やかに馴染んでいる。コンクリートかアスファルトの上に吐かねばならなかったら、私の血も無惨だろう。

〈黒土〉のところに吐き出された血が、〈捨てるのではない返すのだ〉とあるところが重要だ。吐かれた血には、〈土だけが和やかに馴染んでいる〉。古来「人間は死ねば土に返る」と言われてきた。この土俗的感覚が切羽詰まった〈私〉の中に甦り、一瞬〈私〉を和ませ、同時に「無惨な光景」に息を詰まらせてきた読者をも和ませる。鉄とコンクリートの塊が地獄的に人間を圧迫し、排気ガスの充満が人間を窒息させようとしている現代の末期的状況から逃れ出る唯一の方向を、この土俗的感覚が暗示しているのだ。

ふと気がつくと、〈私〉から二メートルほど離れた路上で、中年の男が若い女性を抱き寄せ、接吻を始めている。

陰々たる高速道路の真下で。女の子を騙す男があり、高が鼻血で動けない男がいる。(中略)

これが掛値なしのおれたちの宇宙だ、ともう一度自分に言って噎《む》せた。いま私は不運だが不幸なわけではない。

何故〈不運だが不幸なわけではない〉のか。宇宙全体の視点に立って見れば、こういう事態は在りうることなのだから不幸などとは言えない。しかし人間世界の視点では、たまたま自分が巡りあったことなのだから、不運としか言いようがないわけだ。

三十分ほどして（あるいは〈一時間近かったかもしれない〉）、出血はふっと止まる。

ここで「事件」は終わるのだが、「物語」は終わらない。いやむしろこれからがクライマックスに入ると言っても良いだろう。

帰宅していっぷくした〈私〉は、前夜見残していたビデオの続きを見ることにする。エジプトのナイル河を、カイロから源流に遡ってゆく長編のドキュメンタリー。

考えてみれば空間的にナイル河を遡る旅は、現代都市カイロからエジプト古代文明を経て、イスラム化した黒人の教会、農耕以前の黒人の部族（牛の無菌の尿で顔を洗う）から更に人類出現以前の時代へと、時間を遡行するめくるめく旅でもある。赤道直下なのに氷河が輝く峰。

〈前日からの不安な緊張も、つい先刻の滑稽な悪い偶然の出来事も急速に遠のいて〉ゆく。（傍点引用者）この旅が進むことに合わせ、〈私の意識も奥へ深層へ、時間の源へ荒涼と開けてゆく〉。源流近くの、標高四千メートルほどの地点まで来て、いよいよ問題の花がビデオに映し出される。

荒涼たる岩陰の冷たい水溜りの中に、小型のヒマワリのような形の草花が花開いているではないか。ただし花の色はヒマワリの黄色ではなく、部厚く固い葉はサボテンのようだ。中央の丸い頭状花序の部分は灰色、そのまわりに何十枚も重なり合って開いている舌状花は透き徹る白、付け根の部分だけがうっすら紅い。

この〈奇跡のような可憐〉な花を、〈麓の部族のひとたちは、「永遠の花」と呼んできたという〉。〈摘んで持ち帰ってもその透明な高貴の白は氷河とともに、血の気配の色は生きものたちの生命とともに、いつまでも変らないからだそうだ〉。

荒涼と不気味な世界を耐え抜いて、やっと思いもかけず出会う恩寵のような〝永遠〟。ついさっきまで私がさ迷った高速道路の鉄骨下の地獄的光景が改めてなまなましく甦る。地獄をくぐり抜けないと〝永遠〟に出会うこともないのだ。それがキリマンジャロだけでなくこの宇宙の根本の掟に違いない。

自然な現象だとわらうとしたら、きみは自然こそ神秘であることを知らない。なぜ宇宙には闇と光があるのか、光は朝ごとに射しこむのか、そして光がこんな太古のままの極限の地で、血の色の花を開かせるのか。（傍点引用者）

かくて一見唐突に見えたビデオ鑑賞が、さっきまでの「事件」を叙してきた「物語」の中に、うまく納まる。前日の〈十月の光〉の中でふと感じた〈不吉な不安〉を経て、〈地獄的光景〉の下で苦しまされ、やっと止まった多量の紅い鼻血。それがナイル河源流への困難を極めた旅に耐えてやっと見出した、太古の光に照らし出されている〈永遠〉なる〈紅い〉花、と重なる。ここまで来ればもはや、「冥府と永遠の花」という題名が、決して仰仰しいものでないことも自然に納得できる。

そして、末期症状を呈し始めている現代文明からの脱出の方向をも、僅かながら暗示していた古来からの土俗的感覚！

以上のような一編のテーマを、凝縮して示されているのが、次の、作品末尾の見事な一節なのである。

高速道路の鉄骨の蔭の小さな地面に滴った私の血のことを思う。明日の夜明け、「牢獄」の鉄骨の間から射しこむ最初の光がどうそれを照らすだろうか。どんな永遠の徴《しるし》が花開くだろうか。

（注）

（1）「想起」という語についての日野の特殊な概念内容は、長編小説『台風の眼』（前掲）で更に詳しく述べられている。

（2）〈光の光〉なる語は、この短編が書かれた前年の「流砂の遠近法」（『読売新聞』文化欄連載）中で初めて使われている。そこではこの語につき、〈われわれが感知する一切の光を光たらしめている究極の光、あるいは光性〉と定義され、十二世紀イランの一人の哲学者が到達した思考らしい、と言っている。

（3）この感覚は、文学史的には、梶井基次郎の散文詩的作品「蒼穹」（『文芸都市』一九二八・三）が日野に先行している。次はその末尾の文章である。

濃い藍色に煙りあがつたこの季節の空は、このとき、見れば見るほどただ闇としか私には感覚出来なかつたのである。

（4）ピラネージ　十八世紀イタリア・ロマン派を代表する版画家。初め建築を学んだが、後に奇想、幻想の版画創作で知られる。「牢獄」はその代表作品。日野は本書のカバーの装画に「牢獄」の一部を使っている。

7 極北の孤独の行方
――小説「ここは地の果て、ここで踊れ」

短編小説集『梯《きざはし》の立つ都市《まち》 冥府と永遠の花』（前掲）は九編の短編小説から成り立つ。うち七編が私小説風、二編が虚構小説。「ここは地の果て、ここで踊れ」（『すばる』一九九八・一、原題「ここで踊れ」）は、「黒よりも黒く」と共に二編の虚構小説のうちのひとつである。

小説のエピグラフは、次のように大変変わったものになっている。

やめてくれない？　夜中にいきなりオオカミみたいに吠えるのを、近所の誰かに聞かれたら、頭がヘンになったと思われるわよ、と妻が言う。

しかしここには、この虚構小説の現実的なモチーフがはっきり提示されているのだ。

日野は、何度も言及して来たように、一九九〇年六月に腎臓癌の告知を受け、その後摘出手術をして、〈死の恐怖に直面〉する。苦しい意識と〈身体という内なる自然への急速な高まり〉（自筆年譜）とを感じ、術後もその意識と身体への関心をますます高め、深めてゆく。死に直面させられた人間の孤独感の、どこにもやり場のない嘆きのもとに、あたかもオオカミのように野生の叫びをあげたくなる瞬間に、彼は、幾度も見舞われたに違いない。エピグラフは、そのような場面を、簡潔に、さりげなく書きとめているのであろう。この根源的な、内より湧いてくる極北の孤独感！　それをモチーフに、虚構として拡大化し、提示したのが「ここは地の果て、ここで踊れ」という作品だった、と言えよう。

日野は、北極海の一部、東シベリア海の海岸近くの一小島にソビエット・ロシアの気象観測所をまず設定する。さまざまの経過の後一頭のシベリア犬と共に、そこに独り取り残された観測員を主人公として、一編の物語を描き上げたわけだ。その末尾には、〈福田正巳『極北シベリア』（岩波新書　一九九六・一二）を参考にいたしました〉と注記しているが、この書は、東シベリア海中の新シベリア諸島を中心に、極北シベリアの気象や地学や開発の歴史などを啓蒙的に解説したものである。「ここは地の果て、ここで踊れ」中に出てくる気象や地学などの専門知識は、この新書に書かれていることを、すべてそのまま利用している。又、日野自身が新聞記者時代に〈北極圏の湖のほとりを歩いた〉経験があり（平野啓一郎との対談「聖なるものを求めて」前掲）、その時の実感も一部に生かされているようである。

物語中を現実に流れている時間は、一〇月（注—気温は零下二十五度、北極からの風速は四十メートル）の一日。病死した老犬を北極キツネに食い荒らされるのを防ぐために、〈二万年前の最寒期に、地表の割れ目に溜まった降雪が溶けて氷結した永久氷〉を鉄棒の尖端で突き砕き、日没までかかって、やっと墓穴を掘りあげ、そこに老犬の遺体を埋葬する。一日が終わると共に、物語も終わる。

学問的には「エドマ」と呼ばれる〈永久氷〉は極端に硬い。掘り進むことに疲れ、しばしば休息せざるを得ない。その間に、〈私〉により自身についてのいろいろの回想がなされている。又、氷を掘り続ける間に浮かんでくる色々の感慨や果てしない夢想が、長々と述べられる。それらを丁寧に叙して、一編の小説が構成されてゆくのである。

最初に描かれる回想は、〈私〉が「二人」だけの約三年間、厳しい小島で暮らした〈私の唯一の同居者、頼もしい同志、感情細やかな話し相手、いや家族つまり賢い祖母だった〉雌の老シベリア犬〈バーブシュカ〉[1]の臨終についての場面である。

彼女は普段どんなに厳しい気象条件下でも、〈夜は外の雪の中で丸くなって寝た。それがシベリア犬のプライドであり極北地帯での長い長い間の掟であった〉。しかし、〈急に衰えだした死ぬ三日前の晩だけは、瀕死の彼女を、私は自分のベットで抱いて寝た〉。そして臨終の直前、世にも甘美な人獣相姦の場面が現出する。

> 少しずつ冷えてゆく彼女の体を強く抱きしめて、ウトウトと眠りかけたとき、わたしとしてもいいよ、と囁き声を聞いた。温かく柔らかく白っぽい人間ほどの大きさの、しっとりとふわふわしたものが、体を開いていた。人間ではないが犬でもなかった。限りなく無私の好意のような不思議な声だった。この二年三ヶ月だけでなく、七人の同僚が一緒だった時期も含めた五年ほどの間、一度も意識したことのなかった体の昂《たかぶ》り、そして魂が溶け合うあたりの暗く熱い疼《うず》き。（中略）
>
> 仰向けになった彼女の、毛のない下腹の信じ難く滑らかになまなましい皮膚に私のそれを押し付けながら、とても自然に長々と、濃く熱い液がそれの中の細い管を流れ出てゆく感触に眩暉し続けた。相手の体も二度三度と物憂く震えて、そしてふっと動かなくなった。

古今東西を問わず異類婚については、神話や伝説、説話や古い物語、そしてポルノ絵画などで、まことに多く読んだり見たりしてきた。しかし、日野が描き出したこの場面のような、リアルでなまなましく、しかも無類の美しさを持つ感動的なものを、わたしは知らない。ここでのバーブシュカと〈私〉は、異類の域を超え、愛情に満ちていとおしい雌雄の生物、いやそれ以上の存在になっている、と言えよう。

次に続く回想は、〈私〉とバーブシュカだけが観測所に残留することになる経緯である。ソビエット政権が崩れかけ、観測所を維持する物資も機材も送れなくなる。このところには、エゴイズムを丸出しにした観測所員たちの姿が、異様な緊張感のもとに描き出される。

〈「一人だけ残して本国に引き上げろ」という命令〉がくる。

――残留を希望する者がなければ、所長権限で指令する。

モスクワ出身の一番若いコーリアが、金切り声でわめき、キルギス出身の老副長は低い声だが梃子でも動かぬ意思をこめて、引退して帰郷すると述べたあと、再び重い沈黙。いつも変らぬ強風だけが、吹いている。

その時〈私〉は、〈多分長い沈黙に耐えがたくなり〉、バーブシュカの静かに澄んだ目と見合わせたのをきっかけに、思わず〈自分が残る〉と言ってしまう。〈たちまち所員たちは上機嫌になり、交々に私のまわりに寄ってきて、私の英雄的義務感、自己犠牲の精神を賞揚し、肩を叩き、手を握り、抱きかかえて接吻までした〉。老所長だけは、あのロシア文学の伝統的台詞を呟く――〈おお偉大なる悩めるロシアよ、おまえはどこに行こうとしているのか?〉。

いざとなった時の極限の人間を風刺し、滑稽化して余すところがない場面だ。

一年後、〈私〉は、〈本部の財政難……交代要員を乗せる船を、チャーター出来ない〉という電報を受ける。

更に一年後の今年の夏、救いの船が近づいてくる。しかしその船は〈小型で古るぼけてい〉て、幾度も接岸を試みたが、八月の氷は厚く、海岸までは着き得ず、むなしく反転し去った。帰り支度をすべて整え、旧式のトランクを両手にさげた〈私〉が、バーブシュカを伴い、目前で引き返してゆく小船を見送る絶望的で孤独な姿！

場面は現実に戻って、〈私〉は〈氷を突く手を止め、あたりを眺め〉ている。

ここでは太陽が出ることがあっても、〈落ちるのでも沈むのでもなく、凍った水平線の向こうにズレ込むのである〉。荒涼たる辺りの風光を、〈私〉の〈細胞のひとつずつが感じ取る〉[2]。その北極圏の気配は、〈冴え過ぎてそれは霊気に近い〉。この〈霊気〉という語に、わたしは強い関心を持つ。

　この地球が、宇宙が灼熱の混沌から、何らかの形を、物質の秩序を作り出してきて、多分、絶えず変形しつつあるという事実が孕むふしぎなベクトル、傾向性。それは基本的に物質的なもののはずなのに、その気配に霊的なものを感じてしまう……。（傍点引用者）

これは日野自身が、北極圏の一部に立った時の実感が言わせた部分である。彼は先に触れた平野啓一郎との対談「聖なるものを求めて」で、〈北極圏の湖のほとりを歩いていたとき〉、〈動物も植物も一切ないところ〉（中略）に〈何かいる気がして、これを霊と言ったのだなと思いました〉と発言している。

日野は、一種の神秘主義者になったのだろうか？　事実は決してそうではないのだが、この点については、後で詳しく考察する機会があるだろう。

日野は柄谷行人との対談「死について」（前掲）で、腎臓癌手術直後は、〈霊〉などはないと思い、〈僕は霊という言葉が嫌いだよ〉と言っている。しかし今触れたように、柄谷行人との対談より六年後のこの小説でも、七年後の平野啓一郎との対談「聖なるものを求めて」（前掲）でも、はっきり〈霊〉なるものを認めているのである。特にこの小説では更に具体的に、次のように書いている。

私にはわかる—世界が混沌ではなく形を持っていることが、しかもバラバラの形ではなくひとつの意思、いや気分、気配のようなものによって、ひとつのまとまりを成していることが。
ただその意思が何をめざし、その気分が何を夢みているのか、それはわからない。

再び墓掘りを始める。愛するバーブシュカのためには、いかに困難でもそれを途中で放棄するわけにはゆかない。〈私の中からは信じがたい意思と力が湧き続けている。あの遍在する意思の一部と体の一部が自然につながったように〉。周りの荒涼たる自然の中に満ちている〈霊〉と〈私〉は一体化し始めている、と言い換えても良かろう。四十センチほどの深さまで掘り進むと、〈氷片は透明だが光らない〉。〈二万年の闇をこめて不気味に暗い〉。それを見ているうちに〈私〉は、ひとつの昔の光景に思い当たる。ここから〈私〉の少年時代の回想に入る。
〈私〉はバイカル湖のほとりで生まれた。父はブリヤード族の漁労長、母はロシア人の医師。少年時代の夏は湖で泳ぎ、冬は氷上で遊んだ。〈仲間たち〉と遊び戯れるよりも、独りで氷を見ていることが多かった。バイカル湖の二、三メートルにも及ぶ厚さの氷に魅せられてしまったのだ。同じように氷の好きな〈色の白過ぎる痩せっぽちの女の子〉がいて、二人は〈氷に魅入られ魘《うな》されていた〉。少女は〈凍結したバイカル湖の氷の中を一直線に走ったヒビがいつの間にか裂け目に〉なるのを怖がった。しかし少年の〈私〉と彼女は、いつもこわごわと見入ることを止めなかった。—わたしはここで、チェーホフの掌編「たわむれ」（一八八六）を思い浮かべる。少女は、少年と共に急な坂を橇に乗って滑り降りるのを、ひどく怖がりながらも、一緒に滑り降りることを止めようとしない。猛烈に巻き起こる風の中で、少年が「きみが好きだ」と言ったように思われるからである。それを確かめたいばかりに、震えるほどの恐怖に耐えながら、何回でもすべることを少年に懇願し続ける……もはやすっかり大人になってしまったかつての少年が、今は平凡な他人の妻になっているその少女を、時に懐かしく思い出すことがある―この幼くして純真な小さな恋の物語に、この〈痩せっぽち〉の少女との〈私〉の思い出が似た雰囲気を持ってはいないか。この思い出は、厳しい酷寒の中の労働に耐え続けている〈私〉を一瞬和ませたのではないか。と共に、読者にもしばしの息抜きを与える。

バイカル湖の亀裂は、氷が一瞬にして解体する徴でもある。〈結晶の安定は解体の不幸と裏表〉である。それは、人は勿論、橇を引いた犬、トラックさえ一瞬に飲み込んでしまうことがある。そして今、「エドマ」を掘っている北極海の氷の亀裂の怖さが、改めて〈私〉の意識に戻る。

いま見えない亀裂が走る藍色の静寂、太古の沈黙は、改めて私の魂を凍りつかせる。本物の孤独のゾッとする感触。
〈おれは本当にここに居続けるのか〉
自分の中を鋭く亀裂が走るのを感じた。（傍点引用者）

日野の筆致はここで、予想を絶した北極圏の厳しさ、自己自身の心身、周りの気配を貫く恐怖感を、これでもかこれでもかと苛烈に描き出してゆく。耐え難くなった〈私〉は、〈初めは低く次第に音程を上げて、顔を上げて、細く長くオオーオと吠えていた。バーブシュカが日暮れどき、近くで闇に向かってよくそうしていたように〉。

もう少し穴を掘り進める必要がある。

もう体力がかなり消耗しているのが意識される、〈まとまりが緩み始めた細胞たち、とりわけ脳の襞から滲み出てくる、とても落ちつかない黒い気分を、薄れ掛ける意識で懸命に抑えて鉄棒を突き下ろす〉。（傍点引用者）

いま、針の先のようなおれ、おれの体温、おれの意識、おれの理性―消えそうにちっぽけなそれらを支えて動かしているのがおれの意思でないことを、ぼんやり感ずる。何か得体の知れぬもの、いま足元深く凍りつきながら見えない息を息づいているような不可解に巨大なものが、実はおれを動かしている……。（傍点引用者）

まもなく〈私〉の意識は朦朧としてしまう。

その意識を再び戻したのが、世にも稀な冬の太陽のまことに強烈な日没の光だったのである。

それは信じ難く強烈な光だった。

光線は凍りついた水平線の一箇所から迸り出て、重なり合った濃く灰色の密雲のうねりの腹を赤黄色に照らし出し、その反射が氷結した海面にきらめき渡って、島の丘の西側斜面の私のところまで、目を開いていられないほど照り返している。

日野は、渾身の力を込めて、この〈信じがたい〉、〈冬の太陽〉の〈畏怖〉すべき、異様な光景を具体的に描き出そうとしている。

このような日没の光景は、〈生まれてから一度も出会ったことがない〉。〈魅入られたようにしてその信じがたい光景を見詰めながら、次第に恐怖から畏怖の念に変わってゆく〉。日野はこのあとも、この〈畏怖〉すべき異様な光を、さまざまに描き出そうとする。

わたしはここで、『断崖の年』（前掲）所収の短編のひとつ「雲海の裂け目」（前掲）を思い出さずにはいられない。そこには、雲海の裂け目から噴き上げるように突然迸り出て来た夕陽の〈束〉を描いている。その圧倒的な輝き！[3]それに比べると、この北極海の冬の日没の描写はかなり長く続くが、日野が力を入れれば入れるほど、どこか空回りしている感じが否めない。「雲海の裂け目」の場合は彼の実体験に基づくものなのに対し、この場合は、あくまでも彼の想像力に頼った部分が多いせいだろうか。

〈眩し過ぎて顔を伏せ〉た時、掘りかけている氷の底の奥に、マンモス＝氷河期の象の一部と思われるものに目が留まる。〈奇妙な興奮そして親愛感の波〉。おのれの中の〈シベリア人の、北方モンゴロイドの遥かな血の疼き〉が全身を襲う。〈また顔を上げて水平線の彼方の光を見直した〉。ここで〈私〉は、自分が今までとは違った世界に巻き込まれてしまっていることを意識する。

　暗い水平線の輝く一箇所から、もっと暗い意識の奥から、同じ金色の非現実的の光が溢れ出て、外の内の視野と思念の全面、そこに浮遊するすべてのもの（中略）が、同じようにきらめいたと思うと、同じようにゆっくり溶け始めた。

周りの〈霊〉的なのもの、自己意識、〈非現実的の光〉等々、すべてがもはや完全に一体化して感じられている。先に日野は、〈何か得体の知れぬもの〉〈不可解に巨大なものが、実はおれを動かしている〉と書いた。しかし今度の時点では、個人の存在を超えたものは、自分の外にあるばかりではなく、内にも入り込んでいる。その意味で両者は完全に一体化している、と感ずるようになっているわけだ。〈私〉は、思わず〈仰向いて、高く長々と孤独なオオカミの遠吠えを吠えた〉。

（ここがおまえの丘、遥かな祖先からの深く暗い血の流れに触れたところ、おまえの魂が生まれ変わった場所だ）

と姿の見えないオオカミが強風の彼方で言った。

（どこに行っても、おまえは必ずこの丘に戻って、最期の踊りを踊るだろう）

それは父の声、北方モンゴロイドの遠い部族の声だ。（傍点引用者）

かくて、長い間極北の孤独[4]に耐えてきた〈私〉が、このオオカミや父や北方モンゴロイドの部族の声を、内心で啓示的に聴くことにより、今や孤独を超えた存在になっていることを自覚するのである。

すっかり闇が降りた中、自室のベットに寝かせておいたバーブシュカの遺体を抱いてきて、辛うじて掘りあげた墓穴に丁重に埋葬する。バーブシュカとの極北の孤独生活は、このようにして終わりをとげた。〈明日は私はここを出よう〉。何処へ？　先に待つものは死か？　生か？　〈それは体が教えてくれるはず〉。即ち己の中に、氷河期の最寒氷期をも生き延びてきたモンゴドロイドの粘り強い血が、おのずからの道を示してくれるのではないか……。

現代文明が生み出した先端的な政治状況が行き詰まり、やがて崩壊した時、人類は、二万年前の古代人に回帰し、辛うじて生き延びるという近未来を、この一人の観測員がわれわれに暗示しているのではなかろうか。

日野は、一九九七年一月から『群像』に長編小説『天池』の連載を始め、一九九九年三月で終わっている。その間に並行して短編「冥府と永遠の花」を書いたわけだが、その発表直前に膀胱癌の手術を受けた。更に約八ヶ月後に鼻腔癌の手術も受けた。入院中は『天池』を休載したが、退院後すぐに書き継ぎ、それと並行して、「ここは地の果て、ここで踊れ」も書き、発表したことになる。驚嘆すべき生命力と筆力と粘りと言えよう。

因みに言えば、日野は『梯《きざはし》の立つ都市《まち》　冥府と永遠の花』の「あとがき」で、本編に関し、小品「踏切」と共に、〈一個のまとまった作品として〉、〈作者自身としては気に入っている〉と述べている。

（注）

（1）バーブシュカとは、ロシア語で祖母の意。観測所員たちがつけた愛称だろう。

（2）繰り返しになるが、（『断崖の年』所収「牧師館」についての論における（注1）参照）ここで再確認しておこう。日野の作品においては、身体感覚がしばしば細胞感覚として受け止められている。

例えば腎臓手術の朝――

身体の方が昨夜辺りからひとりでに動き始めている気がする。細胞たちが主導権をとり初めたと感じた。（前掲「東京タワーが救いだった」）

同じ手術の数日前、植物に異常な興味を覚え始める――

それは男自身の意思ではなく、男の体と生命を形づくってきた細胞たち自身が不安に怯えて、いた仲間たちを呼び寄せているようだ。（前掲「牧師館」、いずれも傍点引用者）

（3） 本書「二 『断崖の年』」の「5 「無《ナダ》」と宇宙的な光──小説「雲海の裂け目」」参照。

（4） 念のために言えば、今迄「極北」に傍点を打ってきたのは、「地球の北の果て」と「究極」との両意を掛けていることを示すためだ。

四　『聖　岩』

1 〈何かが壊れて行く〉

——小説「塩塊」

一九九〇年代半ばの春、〈私〉は一泊二日の日程で、金沢市に赴き、「自然と文学」というテーマのシンポジウムに参加する。このとき基調講演を担当した米国のテリー・テンペスト・ウィリアムスというネイチャーライティングの女性作家と知り合う。その経過を、日野啓三は、四百字詰原稿用紙換算三十枚ほどで私小説風に書いた。初め「塩塊」と題され、『すばる』（一九九五・六）に発表。その後、多くの加筆訂正がほどこされ[1]、短編集『聖岩』（一九九五・一一　中央公論社）に収録された。この作品は、『梯《きざはし》の立つ都市《まち》　冥府と永遠の花』（前掲）にも再録された。その際、題名だけ「大塩湖《グレートソルトレーク》から来た女性」と改められたが、本文は『聖岩』所収のものと殆ど変わっていない。（『梯《きざはし》の立つ都市《まち》　冥府と永遠の花』巻末の初出一覧の「大塩湖から来た女性」の項は誤り）

本論は、『聖岩』収録文をテキストにする。

この短い作品は、多くの問題点を抱え込み、極めて凝縮された佳品になっている。

第一に問題にすべき点は、ウィリアムスというネイチャーライティングの米国女性作家である。「ネイチャーライティング」とは、文中の解説に拠れば、ヘンリー・ソロー『森の生活』（一八五四）に始まる米国独自の文学ジャンルで、単なる秘境探検や野生生物観察の記録にとどまらず、その作品の芯には、〈この時代の不安な魂の震え〉がある。それ故に、近来この潮流は新しく見直されつつあるのだ、という。「自然と文学」というテーマの基調講演者としては、うってつけの人選と言わねばならぬ。

作中の〈私〉はほとんど作者と等身大と思われるのだが、ウィリアムスとは羽田空港でシンポジウムの企画者により紹介された。紹介された際、〈私〉はシンポジウムの参考にと、自分の英訳された短編小説を渡し、彼女は自作長編小説の日本語訳を貸してくれた。彼女の作品中には、自分の母に腫瘍が発見され、母が「精密検査の前にグランドキャニオンの川下りに参加したい」と希望したことも記されていた。彼女に渡した〈私〉の短編小説は、約五年程前の癌手術直前に、東京西郊の奥多摩渓谷に行ったことを書いたもの（注—日野自身の「牧師館」を指す）だった。〈時間が必要だったのよ。そのことを受け入れて、そのことを考えてみる時間が〉—これは彼女の母の言った言葉なのだが、〈私〉の場合も同じ心だった。〈私の恐怖に照らし出されて異様に輝く自然を、私は綿密に書いた〉。このことを思い出すことで、彼女の母の心境との偶然の一致に驚くとともに、今まで一面識もなかった彼女を急に身近な存在に感じた……。

ここで、この作品の第二の重要な問題点である癌関連のテーマが露頭を見せ始める。

小松空港に降りて、一行は金沢駅前の高層ホテルに入る。昼食の際、〈私〉はたまたまウィリアムスの隣になる。彼女は改めて自著に長い献呈の辞を書いた上で、それを呉れた。

—〈深い敬意をこめてこの本を贈る。私たちがともに抱くこの大地への深い愛《アフェクション》の印として〉

〈私〉は、またしても自分の癌体験のことに心が傾いてしまう。ふと思い立って、夕暮れの奥多摩に行ったときのことにつき、彼女に語りかける。

川はふしぎです。その激しい音に聴き入っているうちに、川がまるで自分の中を大きく流れるように思われてきて、恐怖する自分が薄れていった。あなたのお母さんもそうだったと思う。

彼女は答える。

精密検査の結果は悪性だったけど、コロラド川を下りながらすべてを受け入れられる気持ちになった、と母は幾度も言ってました。

……しばらく二人の間に話が途切れるが、突然彼女はぽつりと言う――〈Sometimes 孤独な思いをすることがある〉。それを聞いて〈私〉は、初め彼女が自分の文学界上の位置につき〈孤独〉と慨いたのだと思ったが、実はそうではなく、その言葉の底に〈西部の大平原の深い憂愁の思いが沈み込んでいるようにも感じられた〉。そして献呈の辞に書いてくれた〈深い愛《アフェクション》〉がアフリクション〈苦悩〉と二重写しになっているのではないかと思う。日野が、〈私〉をして良い意味での深読みをさせた箇所と言えよう。

部屋に上がった〈私〉は、貰ったばかりの短編集の一編を読んでみた。東アフリカの有名なセレンゲティ国立公園を、マサイ族のガイドと歩き回る話だ。〈私〉はそれを読み、五年前の春、急にアフリカのサバンナに行きたくなったことを思い出した。そのための健康診断で、何の自覚症状もなかったのに内臓の腫瘍が発見された。この短編には、時期は違うかも知れないが、女主人公が〈私〉に替り、〈夢の中の自分〉としてサバンナを歩き回っているような〈奇妙な現実感〉があった。夢中で読んだ。作品の中にあった次のフレーズに特に注目した。

テントへ歩いて戻りながら、私は立ち止まって南十字星を仰ぎ見た。それは私の新しい星座だ。草の茂みに踞り、その葉をしっかり握った。

〈私〉も入院前の最も不安だった時期、自宅近くの空き地の雑草の柔らかい茎、そして葉を、有刺鉄線の柵越しに握りしめていたこと（注―同じ場面は前掲「牧師館」にも書かれている）を熱く思い出す。

その夜、シンポジウムの前夜祭に当たるパーティーで、〈私〉とウィリアムスとの間で交わされた会話の一部―

「あなたはセレンゲティの草を握ったが、私は東京の雑草を握ったことがある」と私は言った。
「本当に！」と彼女は驚いた。
「わたしの体の細胞と草の細胞が直接に話をした」
と私が言うと、「どんな話を」と本気で尋ね返す。
「この危険に満ちた世界を生きて行くのはとてもきつい《シヴィアー》ことだが、お互いに元気を出して！と彼らと話し合っていた」（中略）
「そうです。本当に草は言います。あなたも草の言葉がわかるんですか」

そして〈私〉は改めて考える―

歴史と文化の違いを超えて、性差も超えて、いま共通し合えるものが、意識の地平の下に現れ始めている。本来の畏るべき自然（古代ギリシャ人たちはそれを「フュシス」と呼んだ）―最も基本的で普遍的なもの、最も直接的で、無限の奥行きと広がりを秘めたもの。文明の、文化の、それぞれの肉体の崩壊の予感の中から、おのずから姿を現すもの。

ここまで来れば、ウィリアムスと〈私〉が、まず癌なるものの孕む問題を介して、向かい合っていることがはっきりする。即ち、わたしがこの作品に於ける第二の重要な問題とした癌にからまる問題である。日野が癌を自覚した時、草や木との一体感を感じ、不安と恐怖を癒やされたことについては、今までに前注で例示したように、短編小説「牧師館」でより丁寧に書いている。ウィリアムスもアフリカの旅で、星空の神秘にうたれ、跪いて傍らの草を握り、草と対話をしたことを語っているわけだが、自分の細胞と草の細胞は生物の細胞として感応し合うことがある、と思う点で、彼女は〈私〉と感性を一致させているわけだ。彼女は長くユタ州に住み続けてきたモルモン教徒の一族に属するという。モルモン教という傍系キリスト教は厳しい戒律で知られるが、草と言葉を交わすところにいる時の彼女は、モルモン教という厳しい一神教とは異質の、汎神論的世界にいる、と言えよう。

前掲の、〈私〉が〈川はふしぎです……〉と言う部分は「牧師館」では、次のようになっている—

川水は不断に流れる。セミも長い地中の生活の後の、いま短い生殖の時だ。一面の緑の崖も山間部の早い秋の訪れとともに色褪せるだろう。そんな大きい循環の、あわただしくもゆるやかな感触が、ひそやかに濃く体じゅうにしみとおってくるようだ。かなり穏やかになった呼吸のリズムとともに、男は自分の体の輪郭がゆるやかに息づいて拡がっては、谷底の空間に溶けてゆくのを感じた。

そこに対応する部分が、前掲の、ウィリアムスの母が彼女に〈コロラド川を下りながらすべてを受け入れられる気持ちになった〉と何度も言った、と言うところだ。モルモン教の一族に属しながら、彼女の母も、〈男〉と同じように汎神論的感覚に癒やされたのである。

癌の問題はまだ続くのだが、ひとまずは後述にまかせる。

この作品の第三の問題点は、時代の動きに対する日野のアクチュアルで敏感な反応である。

パーティーを早々に切り上げ、部屋に帰りテレビを点けると、警察庁長官の狙撃事件と地下鉄サリン事件の大がかりな捜査ニュースが流れて来た。前者は、一九九五年三月三〇日午前八時国松孝次長官が自宅マンション前で公用車に乗ろうとした時、何者かに銃撃され、重傷を負った事件である。（ちなみにこれと関連させて考えれば、「自然と文学」のシンポジウムは同年三月三一日に行われたことになる）後者は、同年三月二〇日都営団地下鉄丸の内線の車輛内に、オウム真理教徒が猛毒のサリンを撒き、乗客や職員を多数殺傷した事件である。〈私〉は、同年一月一七日に起こった阪神淡路大地震を考え合わせて、〈大きく何かが壊れてゆく、という感覚〉が自分の〈体の中をゆっくりと過ぎ〉、沈んでゆくのを感じる。なお本作品では、後述のようにもっと世界的な大事件も問題にされている。

ウィリアムスの基調講演は、まことに意表を衝く異色のものだった。

彼女は、講演の後半三十分を、自作（長編『Refuge』―邦訳『鳥と砂漠と湖と』）の最終章の朗読に当てたのだ。その印象は強烈で、〈私〉は彼女の講演の前半の記憶を消してしまうほどだった。朗読の主要部分は次のようなものだった―

ウィリアムスの祖母と母、そして叔母六人が乳癌の手術を受け、彼女自身も二回の乳房の組織検査で、悪性すれすれと診断された。自分たちは〈片胸の女たちの一族〉である。しかし今までは、自分たちの血筋の女性で癌で死んだものはいなかった。

一族の女性たちが次々と乳房を切除されて死んだのは、ユタ州の西隣に拡がるネバダ州の砂漠で、核兵器の地上実験が一九五〇年代初めから十余年間も相次いで行われたあとだ、と気付いた。


彼女の朗読を聞きながら〈私〉は、自分の好きなロスアンゼルス出身の写真家リチャード・ミズラックを思い出す。彼は風景写真を専門にしていたが、八十年代半ばからネバダ砂漠専門に変わる。〈実験場上空を覆う黒雲、爆撃演習場の大穴に溜まった赤っぽい水、砂の上に無造作に転がった爆弾、砂漠の窪みに累々と積み重なった羊や牛の死骸など。／犯された自然の繊細で不吉な映像〉。ミズラックのとらえたこれらの映像とウィリアムスが朗読する〈片胸の女たちの一族〉という強烈な言葉とが〈重なり解け合って、その後の彼女の朗読を、文章としてより濃密なイメージのうめきとして私は聞いた〉。

朗読は続く――この部分はこの作品の大きな山になっている――ある夜、彼女は〈世界から来た女たちが、砂漠で赤々と燃える火を囲んで狂ったように踊る夢を見た〉。彼女たちは、インディアンの老女から教わった古い牧歌的な歌を歌いながら踊っている。やがて彼女たちは、鉄条網を越えて、実験場の汚染地域に行進し始める。次々に逮捕されるが、行進は止まず、〈いつの間にか夢の女たちが「私」に変っている〉。地上実験停止後は、地下で実験が続いた。警官に、手錠をかけられている彼女たちのブーツの中から紙とペンが見つけ出される。警官の質問に彼女たちは、自分の「武器」だ、と答える……。

ウィリアムスは、夢を述べることで、文筆活動による反核運動を強調したのである。

彼女の講演を作品中に丁寧に描き出すことは、本作における第二のテーマである癌問題と第三の問題であるアクチュアルな時事問題を同時に提示していることにもなるわけだ。
会が果てたあとでも、〈私〉の幻想が続く――

放射能を帯びた砂漠を大股に歩いてゆく彼女の後姿が見えた。インディアン風のバンダナで髪を縛って、蓬の色の厚地の長衣を着て、革のブーツの中には彼女の「武器」を匿し持って、年齢にしては多すぎるように思われる髪の白いものは、危険な砂漠の風に吹き曝されたためかもしれない。

別れの時が来、〈私〉は彼女に挨拶する――〈危険にみちたこの世界を生きてゆくのはとてもシヴィアーなことだけど、お互いに元気で〉。彼女は、〈自然な笑顔〉で、〈私の故郷の塩〉だと言いながら、一塊の岩塩を〈私〉に呉れた。

以来〈私〉は、この塩塊を常に机辺に置いている。ある深夜、舌の先で舐めてみた。〈塩辛さより苦みを感じた。少し暗く奥深い複雑な苦み。乾いた光の味もした。ネバダからの放射能粒子の味かも知れない〉――ここで小説は終わっている。

この短い作品の中に、何と多くの問題が内包されていることか！　繰り返しを恐れずに言えば、まずテリー・テンペスト・ウィリアムスという、極めて個性的で過激なアメリカ女性。〈私〉の癌体験。生物の類を越えた細胞同士の感応。〈片胸の女たちの一族〉の、原爆実験に起因する癌による悲劇。世界の環境問題。反核運動、等々……。

わたしは、二〇〇六年一月、広島県福山市の文学館で開かれていた「日野啓三の世界」展で、この一見何の変哲もない塩塊を見ることが出来た。ガラスケースの中の塩塊を見ながら、それが日野の〈宝物〉となった由来を語ることから始まるこの作品の重い世界を、わたしは幾たびも反芻していた。容易にその場を立ち去りがたかった。

注

（1）この書き直しは実に広範囲に渉っている。テーマに直接関係のない部分はすべて削除され、個々の表現はより適切な言葉に洗練され、作品全体が、『すばる』に発表された初出稿に比べれば、実にすっきりしたものに仕上がっている。特にクライマックスになっている女性たちの核爆弾実験場に向かう行進の夢の場面では、インディアンの老女から教わったという歌を繰り返し歌わせるなど、初出にはない場面を設定し、作品の効果を盛り上げている。

2 剝き出された実存―神秘主義への接近
――小説「聖岩」

題名となっている聖岩とは、「エアーズ・ロック」と通称されるオーストラリア大陸のほぼ中央部にある一個の巨岩である。世界最大の砂岩の一枚岩。推定年齢三億年、高さ三百三十メートル、周囲九キロ。原住民アポリジニの聖地とされている。主人公〈私〉は、〈大陸全体の大地の力が、ここに集中し凝縮して、静かに天へと垂直に上昇する……〉とし、名の知れぬ何者かの〈示現《エピファニー》〉と感得している。(『キリスト教神学事典』―一九九五・三　A・リチャードソン、J・ボウデン編　教文社―では「エピファニー」を「神顕現《かみ》」と訳している。念のために断っておくが、〈私〉はキリスト教徒とはなっていない)

この短編小説は、二十年前、〈私〉の勤めていた新聞社がオーストラリアから招待を受け、約一ヶ月間その各地を巡遊したときの記録もしくは紀行文という形式を取っている。中南部海岸に近い中都市アデレードで催された文化会議に、オブザーバーとして出席することが主目的であったが、作者は、会議そのものについては描いていない。主として描かれているのは、たまたま知り合った三人の原住民《アボリジニ》や、オーストラリアの広大な自然とエアーズ・ロックの種々相、そしてその麓に一軒だけあるモーテルを経営する女性などについてである。

まずアポリジニについて―

〈私〉が最初に出会ったアポリジニは、大きな公園で、観光土産になる様々な動物の木彫を作っている老人である。〈何よりも強く印象づけられたのは、その無表情である。（中略）こんなに面相を推し難い人間に出会ったのは初めてであった〉。

二番目は、文化会議の主要メンバーのひとりの老女性詩人。白人の文学者を含め多くの発言者たちは、アボリジニに対する二百年に渉る迫害と差別を、言葉激しく糾弾したのだが、当のアボリジニ老女性詩人は、怒りも嘆きもしなかった。彼女は〈雲を歌った自作の詩〉を朗読した。それは次第に〈自信と威厳を帯び〉〈その姿全体がみるみる地平線から湧いて膨れあがる雲のように感じられた〉。それは〈果てしない外部でひとりでに動き膨れる大きな白い何か〉で、彼女は〈大いなる母《グレートマザー》〉という神話的イメージそのものに見えた。

三人目は、エアーズ・ロックの近くのモーテルで下働きをしているらしい老人。〈私〉が〈人間、死んだら、どこに、行くのだろうか〉と聞くと、黙って空を指す。〈では空に上がって、何になるのだろう〉とさらに問うと、そんな当たり前のことを聞くのかとばかり、笑いながらたった一言、〈風《ウインド》〉と答える。

この三人に共通する特徴は、われわれ現代人が生きている世界の次元を越えて、大自然に同化して生きている点である。〈私〉は、現代に逆らってそのように生き、自足していることに意表を衝かれ、大きな衝撃を受ける。

次に描かれるのは、オーストラリア大陸のとてつもない広大さである。

オーストラリアで感じる〈私〉の〈疎外感〉は、外国の土地にいるが故ではなく、〈自然そのものの中での人間の違和感ないし孤独感というべき感情である〉。

〈私〉は思う―先のアボリジニの老人の〈無表情〉も、老女性詩人の大きな内面も、〈この大陸の大きすぎる自然の次元のものである〉。

たまたま食堂で隣り合わせた白人に案内されて、街の夜景を見せて貰う。眼下に広がる街は、もう深夜近くになっているのに、すべての明りがつけっぱなしになっている。

この街の自己証明はそのまわりの、さらにその果ての、この荒地の、この大平原の荒涼たる闇に対する自己証明なのだ。明りを消せば、周囲の広大な闇が忽ち人間の都市を呑みこむだろう。自然が文明の営みを覆いつくすだろう。ぞっとするほど恐ろしいことで、涙が出るほど健気なことだった。（傍点引用者）

〈私〉は、この光景を見ながら、人間たちが〈世間と戦って生きる、などということは実は恵まれた偶然のことであって、恐るべき自然に囲まれて肩を寄せ合って恐れながら生きるのが人間の基本なのだ〉と思う。しかしこの段階では、〈この大陸の広大さはまだ序の口〉に過ぎなかった。

〈私〉はそのあと、アデレードからパースまでの二晩三日がけの鉄道の旅に出る。オーストラリア最南部の平原を真横に走るのである。

車窓から見続けたのは、天と地を鋭すぎる巨大な刃物で正確に真横に切ったとしか思われない地平線。

夜明け方に野ウサギの群れが列車と平行して狂ったように走るのを一度だけ見た。

日はただ照り、雲は動かず、ひたすら乾いて沈黙し、時間まで気化してしまった気がした。

これらアトランダムに取り上げた車窓からの眺めの日野による的確で見事な描写の連なりは、〈私〉をして、〈その荒涼さは生命の芯まで恐怖を覚えさせると同時に、ふしぎな神聖さに輝いていた〉と言わしめている。

次に日野の叙述は、〈私〉の体験したエアーズ・ロックへと移る。〈私〉はアデレードから一人だけの乗客として、小型のプロペラ機に乗り、約六時間、大陸の中心部に向かい北上する。その間眼下に見たものは、〈溶岩の広がりのように硬く鋼物質〉の大平原。森林らしい森林は認められず、霞ヶ浦の何十倍もありそうな干上がった塩湖が見えた。

この自然は人間の思い入れや共感を、冷然と黙殺して微動だにしない。いわゆる人間的なものの入り込む余地がない。その巨大な硬質な沈黙。

何時間も、剝き出しの大地の上を飛び続けていると、私自身も一種深い精神的めまいとともに、「空虚」に引き込まれ、「実在」のニヒルに硬質な感触に触れかける。

巨大な自然に圧倒され続けていると、〈私〉がひいては人間という存在が余りにも卑小で〈空虚〉の中に解体してしまうことを、日野はこのように表現したのだろう。

ついに機は、〈巨大な隕石が落ちてきて半ば埋ったよう〉な、〈岩山ではない〉〈岩塊〉の上に来る……。

エアーズ・ロックから二キロほど離れた簡単な滑走路に着陸する。そこには〈筋肉質の体格のいい金髪の若い女性がジープで迎えに来ていた〉。一軒だけあるモーテルを一人で切り回している女性である。小説場面はここから一転して、しばらくは人間くさい世界になる。

彼女は女性的魅力を存分に振りまきながら働き、ブルドーザーで道路を造っている若い男たちの荒々しい欲情の対象になっている。オランダのユトレヒトに生まれ、ヨーロッパの古都の息詰まる思いに耐えられず、西アフリカのアリ、イスラムのキブツを経て、ここエァーズ・ロックに辿り着く。すでに二年経っている。このあとには、アリゾナの砂漠の小さな町に行きたいと言っている。日野はこの「さまよえるオランダ人」を極めて巧みに形象化している。

彼女は東洋人の〈私〉に興味を抱き、冗談を交えてかなりに性的な働きかけをもする。

〈私の―引用者注〉身体には狭い室内でじりじりと濃度と圧力を増すセンシュアルな気分が、この小屋の一歩外には果てしない闇と、二億年そのままの静寂だという想像と重なって、息苦しいほどになる。自分自身の手ごたえを、何かフィジカルに確かめないと、この大陸中心部に凝縮した〈無〉に全身消されてしまいそうだ。女をモーテルの部屋に誘う程度のことで埋め合わせるとは思われぬ見えない巨大なるものの恐怖。

〈中略〉

満月の夜の大岩を見に行こう、自分の足で歩いて―という衝動が不意に身体の奥の方から強くこみ上げてきた。

極めて人間臭いモーテルから、満月が照らす大平原に飛び出した〈私〉。心は次第に神秘主義の世界に入り込んでゆく。以降、作品としての進行も、クライマックスに向かい、一挙に昂まってゆく。モーテルを出るとき、オランダ女は、「途中に毒蛇が出るかも知れぬ」旨〈私〉に忠告したが、それも無視。道のない道をひたすら真っ直ぐに歩く。〈本当に毒蛇に嚙まれてもここならいい、死ぬならこの中心の場所は最もふさわしい、と本気で思いかける〉。〈異様に気分のたかまった体〉には、〈寂寥感も孤独感も全く覚えない〉。〈気分は荒々しく澄んでいた〉……。

次は、作品のクライマックスに登り詰めてゆく場面にふさわしい、実に激しい叙述だ。


いつのまにか巨岩の全貌が目の前にあった。「おお」か「ああ」か、思わず自分のものでない声をあげたと思う。昼間は陰々と茶褐色で、夕暮れには幻想的な紫色に染まって見えた岩の全体が、いまはただ黒い、純粋に黒い物質の巨大な塊で、その側面に刻み込まれた深浅さまざまな割れ目と隙間と襞としわに沿って、月光が流れ落ちていた。無数の銀色の光の細流に見えた。

光も水のように流れるのだ、と私は放心して呟いていた。岩の真下に近づけば、その細流のしぶきを体中に受けられる。骨まで光るだろう。

地質学者たちの言うように、この光もあたりの地形も二億年前とほとんど違っていないとすれば、私は二億年という時間の流れを、いま目の前にしている。光の流れは時間の流れでもあった。光を創ったものと時間を創ったものは同じものに違いない、と私は透きとおるようにわかった。この中心の岩は夜の奥で、その秘密を堂々と示している。

だがそのものの名を、私は知らない。

その示現《エピファニー》の光景は、ひたすら静謐で、限りなく威厳に満ち、そしてただ美しかった。


何という印象的で執拗な描写と思索だろう。ここは、まさにこの「聖岩」という力作の、紛れもないクライマックスになっているところと言うべきだろう。日野が、この編所収の短編集を、中公文庫に『遥かなるものの呼ぶ声』として収めたとき（二〇〇一・三）、この編の題名を「示現《エピファニー》　月光のエアーズ・ロック」と改めた理由が頷ける。〈光の流れは時間の流れでもあった。光を創ったものと時間を創ったものは同じものに違いない、と私は透きとおるおるようにわかった〉とは、満月の光を全体に浴びているエアーズ・ロックを前にして、〈私〉が神話的感覚と同化したことを意味する。別の箇所では、アボリジニの神話は、天地始源の時を〈夢のとき《ドリームタイム》〉の出来事である、と考えた、と言っている。〈光を創ったものと時間を創ったものは同じもの〉という感覚は、ほかならぬアボリジニの神話に通じるものであり、エアーズ・ロックという奇蹟の巨岩に顕現している〈何ものか〉とは、アボリジニが信ずる神だったのだ、と言えまいか。そして〈私〉にもその神の実在がこの時実感されたわけなのである。

なま身の日本人〈私〉を捉えたアボリジニと同質の〈霊的興奮〉を、日野は無類の美しさで描き出し、われわれ読者をも興奮に誘い込む。そしてわれわれをして、自身の内面の根源的部分にある異界的なものに触れしめる。

以上のようなオーストラリア大陸旅行の際の〈霊〉的体験は、実は二十年前のことだったが、二十年を経てなお鮮明に記憶している奇妙な夢に、叙述は移る。それは月光のエアーズ・ロックから帰った明け方のモーテルで見た夢だ。一望の荒地の上に横たわった〈私〉に、第二の〈私〉が、「早く目を覚ませ、さもないと死ぬ」という意味のことを必死で呼びかけている夢だった。

窓から流れ込む冷気に眠りから覚めた彼は、急に気付く——

> 自分は死にかけていたんだ、と素直に心底から思った。みだりに中心に入り込んではならない。資格もなく聖地をうろつきまわってはいけないのだ。（中略）
> ここはおまえの心的エネルギーの容量を越えている。

〈私〉は早々にエアーズ・ロックから立ち去ることを決意して、起床する。

オランダ女は、きびきびと朝の仕事に立ち働いている。モーテルの窓から見たエアーズ・ロックは、〈暗緑色に縮んだように見える。襞の部分が深いしわのようだ。天からの光を受けない岩は、ただ大きいだけの岩塊に過ぎない〉。〈私〉は考える──

どうしてあんな夢を見たのだろう。自分が死にかけている夢をあれほどはっきりと、こんな場所で？　平原も地平線も、聖なる岩も沈黙していた。ここでは自分の本当の現実の姿が、剝き出しにされるのだろう、という気だけがしきりにした。目を覚まして起きあがれ、と繰り返した夢の中の声は何者の声だったのだろう。（傍点引用者）

考えている〈私〉の傍に、いつの間に来たのか、アポリジニの老人が立っている。（この論の冒頭で触れたように）彼に〈人間、死んだら、どこに、行くのだろうか〉と誘い出されるように尋ねると、空を指す。〈空に上がって、何になるのだろう〉という問いには、笑った後、ひと言〈風《ウインド》〉と答える。その時、〈聖なる岩の上で渦巻いて大平原を吹き過ぎる風の顔を、私は一瞬見たように思う。〉（傍点引用者）と、日野は書いて、この一編を閉じる。

神秘主義近くにまで昂揚した〈私〉は、その非日常から一旦は現実に戻るが、最後にはやはり神秘主義的なものに惹かれたことを、日野は暗示しているのだ。先の引用文の中に、〈ここでは自分の本当の現実の姿が、剝き出しにされるのだろう〉とあったが、日野はこの作品で、まさに、その人間の現実の姿を剝き出しにして見せたのである。このように形象化された現代の人間の実態は、『遥かなるものの呼ぶ声』（前掲）の「あとがき」にあるように、〈荒涼〉としてはいるが、やはりいとしく〈美しい〉のである。

3 〈天〉への根源的憧憬
――小説「幻影と記号」

短編小説「幻影と記号」は、トルコのカッパドキアに於ける尖塔の群れへの驚倒、そこにこもった初期キリスト教徒の修道士たちの、切羽詰まった〈天〉への憧憬などを描いた、日野啓三の私小説である。『すばる』（一九九五・一）に発表、後に『聖岩』（前掲）に収録された。書名が『遥かなるものの呼ぶ声』と替えられ、中公文庫に容れられたとき、この作品の題名も「聖記号　カッパドキアの岩窟」と替えられたが、内容には変更はない。

この作品には、二つの時間が流れている。

一つは、主人公〈私〉（注―主人公は日野と等身大）が四十代半ば、東京都千代田区一番町（注―都心部）のマンションに住んだ間のことである。「自筆年譜」（文庫版『砂丘が動くように』所収）に拠れば、一九七九年からの六年間。この作品の冒頭にあるように、〈四十代後の後半、このまま五十歳になるということが私にはとても耐え難く思われ、理性的には納得しがたい恐怖感を覚えた一時期がある。できるだけ外出を避けて自分の部屋に閉じこもっていた〉状態にあった。〈まわりは高層鉄筋マンションとオフィスビル。岩の谷底のような感じなのである〉。近頃問題になりつつある「男性の更年期障害」に、〈私〉も罹っていたのだ、と言えるかも知れない。

その頃、『未来への遺産』（第一集～第三集　一九八〇・一一　学研）という〈カラー写真の図版が美しい大判の書物をしばしば眺めていた〉。中に収められていたトルコ中部アマトリア高原のカッパドキア地方の、〈とりわけ一木一草もない谷間に林立する尖塔状の奇岩と、その内部に洞窟を掘って閉じこもったふしぎな人々に〉、特に強い関心と深い興味を覚えた。

たまたま勤務先の新聞社で、〈日曜版のフロントページ用に世界の秘境・奇景を訪ねるシリーズ〉という企画が持ち上がり、〈私〉はその一部の担当を命じられた。興奮のうちに〈直ちにカッパドキアを思い浮かべた〉。『未来への遺産』第一集にあるカッパドキアの写真と記事を、改めて見直したとき、〈私〉は、〈自分でもよくわからない強く身近な思いを覚えながら、部厚い鉄筋コンクリーに冷えがしみこんでくる部屋の隅の仄暗がりに、頭巾《フード》のついた羊毛織りの灰色の長衣に身を包んだ男がひっそりと踞っている気配を感じたのだった〉。世界の秘境・奇景探訪シリーズの担当を〈私〉が命じられたのは、この〈顔の見えないあの灰色の粗末な長衣の修道士風の幻像が呼び寄せた偶然だった〉のだ、と思われた。

もう一つの時間は、それから約十年後、カッパドキア探訪についての作品を書いている現在の時間である。そもそも回想とは、その時点に於ける想起、再想像である。そこには必然的に、大なり小なり現在の心情が投影される。カッパドキア探訪をめぐる作品を書いている現在が、それまでの意識を大きく変えさせられたと自認する「事件」―日野が腎臓癌罹患で命を脅かされたあとであったことを、読者は、強く意識しておく必要がある。理由はこれからの叙述が徐々に明らかにして行くだろう。

回想はイスタンブールから始まる。このトルコ第一の都市はユネスコ世界遺産に登録されており、観るべき名所・旧跡を多く持つ。しかし〈私〉は、そこでは英語の出来る中年のトルコ人運転手の車を、二週間の契約でチャーターしただけで、カッパドキアに向け、早々に南下する。途中、古代ギリシャの植民地エフェソス〈現在はエフェス〉に立ち寄り、かねて興味を抱いていた自然哲学者ヘラクレイトスに思いを馳せる。また、その地の博物館で、古代のアルテミスの大きな女神の模像を観る。顔は端麗な女性なのに、〈胸にはざっと数えて実に二十個余の乳房が突き出て〉いる、有名な女神像だ。〈私〉は、このギリシャ神話の処女神を〈明らかに原始の大地母神〉だと感得する。もう一つ、近くの教会にある全身が真っ黒な聖母マリア像にも大地母神の雰囲気を感ずる。

人類最初の理性的思考の地には、白と黒の大地母神像が崇められていた。その長く暗い呪術的伝統と戦いながら、「自分自身を探求する」個人の理性的思考は作られたのだ。地中海的明晰などと単純に言えるものでは決してない。

これが、エフェスに寄り道したときの、〈私〉の感想である。あるいは「発見」とも言えようか。夕暮れ近くになって、パムッフレのモーテルに入る。夕食後温泉池で泳ぐ。その池は、昔あった神殿が地震で廃墟と化し、その上に溜まった温水なのだ。

〈私は倒壊した神殿の上を泳いでいる〉

ふっくらと丸く滑らかな大理石の柱は、仄暗くなま暖かい水中で、異様になまめかしい。まるで女神の一部のようにさえ感じられる。

〈私は水死した女神の散乱した死体の上を漂っている〉

気味悪く瀆神的で、引き込まれるように甘美でその甘美さがさらに気味悪い。

〈自分自身の無意識のねっとりと暗い深みから、自分を思いっきり引き抜くようにして池を出た〉。―徐々に怪しくなって行っている〈私〉の心理状態が、巧まずして描かれている、と言って良いだろう。

モーテルに戻ると、運転手から意外なことを聞く―〈モーテルの後には地震で壊れたヒエラポリスの廃墟があるよ〉。「廃墟」と聞いては、たとえ少々の危険があるとしてもじっとしてはいられない。何故なら「廃墟」とは、〈私〉＝日野にとっては、そもそも、自分がものごころついて以来の自己存在の原点だったからである。（日野の「廃墟論」―『存在の芸術』一九五八・一一　南北社―参照）直ぐに夜の廃墟を歩き出す。

　廃墟のにおいというものがある。乾いた土地の石造りの都市や建築物の場合、直接鼻腔を刺す臭気はないはずなのに、滅亡のにおい、荒廃の気配が、ひしひしと全身の気孔をとおしてしみとおってくる。そこには壊滅をもたらした戦乱や自然災害の轟音や唸り、逃げまどう人々の悲鳴、叫び声などの音、住み慣れた都市や家を棄て去る人々の苦痛の思い、焔の色、血の味なども交じり合っているけれど、そうした有形有情の知覚を超えた、無意識の、一種形而上的なにおい。本来のカオスに還った物質そのもののにおい。

前掲「廃墟論」の、遥かトルコの地に於ける再確認と言えよう。

以下を読み進んで行くと、〈私〉の心理の中で、複雑な〈何ものか〉に向かい、激しく昂ぶってくるもののあることが、文辞の裏側から徐々に読者に伝わってくる。

懐中電灯で道の両側を照らしながら行くと、〈半地下建てのようなとっても小さな家が並んでいる〉。二千年前の石棺の蓋のない一つに入り込み、横たわってみる。

〈星空に向かって開いた石棺の中は、思いがけなく安らかだ。懐中電灯を消した。時間も消え、静寂さえ気化し、そして地響きのような音、多数の人間の重い足音が、棺の内側にこもって聞こえてきた〉。それは〈ペルシャへ、インドへと向かうアレキサンドロス大王の遠征軍の足音に違いない〉と、〈私〉は幻想する。

歴史そのものが創られるナマの地鳴り。個人の生死、一都市の運命を超えるその重いリズムが、神聖都市の廃墟の墓地の、石の永遠と共鳴し続けている。

カッパドキアという、異界としか言いようのない所へ入り込む〈私〉の、緊張し、昂ぶった心の準備は、もはや完璧と言うべきだろう。

翌日（注―イスタンブールを出て四日目）いよいよカッパドキアに入る。一旦、街の中心部のホテルに入り、荷物を置いて、直ぐに車で出る。『未来への遺産』で見た〈ヘンな岩のある谷〉へ行くべく運転手をせき立てる。〈急に広い谷間が開けたとき〉、〈数え切れぬ奇岩の並ぶ風景が、初めてなのに初めての気がしなかった。確かに異常で、奇怪なのに、懐かしいというような気分が自然に湧いてくる、意識の最深部から記憶を超えて〉。（傍点引用者）

この傍点部分を後文のため、留意しておいて貰いたい。以下、無数に拡がる奇岩群に対する〈私〉の印象が延々と書き進められて行く……。

この尖塔形の奇岩群への〈私〉の注目の仕方には、二つの特徴がある。

一つは、かってそこに穴を穿って住み、厳しい生活に耐えながら、神を求め続け、生を終えた初期キリスト教の修道士たちへの憧憬である。

奇岩群は、個々には色や形さまざまだが、基本的には、円錐状に屹立している。

大地そのものの反重力、天への伸び上がる力が密集しているように思われ、自分の体の中、意識の奥からもおなじ天への志向が、頭蓋骨を突き破ってタケノコのように伸び上がる気がした。

多くの〈自然の尖塔には明らかに人工の四角な穴があいている〉。〈まるで髑髏そっくりに下部に口を思わせる黒い穴、中程にうつろな眼窩そのままの小さな穴〉。〈今ここを先端が硬くとがった金属棒で掘り広げては、岩の破片を外に運び出し続けた少なくもひとりの人間がいたのだ、と次第に強く実感されてくるのだった〉。

その〈人間〉に対する〈私〉の想像力は急速に拡がって行く。

〈この岩の部屋を掘ったのは、ギリシャ人かあるいはシリア人、ユダヤ人か、初期キリスト教徒だったことに間違いない〉。彼らは、〈単に時代の政治的社会的混乱を逃れてきたとは思えない。避難地としてはこの地はあまりに不毛すぎる。谷々の岩の頂が鋭く天を指しているように、心の中に天への想いを強く激しく抱いた人たちがこの谷を選んだのだ〉。

〈私〉には、次第に彼らの心情が他人事ではなくなってくる。

水も食物もほとんどない不毛の火山灰台地で、何か月もかかって岩窟をひとりあるいは数人で掘り抜いて、そうしてついにこの石の寝台に腰を下ろしたときの、彼のよろこびと心のたかぶりを、私は感じ取ることができる。まるでもうひとりの自分のことのように。

彼が掘り続けたノミの音とそのこもった反響が、意識の遥か奥で聞こえる。（傍点引用者）

ここで強く留意すべき点は、〈私〉の想像裡の初期キリスト教徒に激しい行動を促したものが、天なる神へのギリギリの憧憬、祈りであることである。この点こそ、実は、日野の最初の癌体験の際の切なかった心情と重なっていたのだ。

「東京タワーが救いだった」（前掲）の後半で強調されている〈垂直なるものへの志向〉が、これら初期キリスト教徒の切ない天への志向の底部を支えていたのである。このことを納得するために、まことに格好な資料がある。

わたしは先に、この作品には二つの時間が流れている、と言った。その第一の時間帯で書かれた、カッパドキアについての日野の文章がある。「三つの聖地」（『読売新聞』一九七九、『聖なる彼方へ—わが魂の遍歴』一九八一・一二PHP研究所所収）という紀行文で、その中に「幻想のカッパドキア」と言う章がある。

いま眼前に開けた広大な谷間に林立する白っぽい岩の見渡す限りの連なりは、まさに宇宙飛行の果てに不時着した異星の光景のようだった。風変わりな地上の一角という以上の、太陽の光線も空気の組成も違っているのではないかと思わせる異質さがある。

この文章の後で、案内人の説明として、〈紀元二、三世紀のローマ世界の末期、その末世の俗界に背を向けた修道士たちが、この過酷な谷間の岩に洞穴を自ら掘って住み着いた〉と書く。そして、この自然の尖塔の地は、〈天を志向する宗教的、形而上的精神性が、その形になったような神秘と幻想の場所である〉と、この時の日野は説くだけである。

ここでは、第二の時間帯において書かれた「幻影と記号」のような、修道士たちの切羽詰まった神への憧憬、祈りの情熱について、何らの感情移入もされていない。〈天を志向する宗教的、形而上的精神が、そのまま形になった〉

と言っても、それは単なる知的理解の域を出ていない。「幻影と記号」では、不毛の地の過酷さに耐えながら、祈り続けた修道士たちの心情を、くどいほど綿々と書いて行く。そしてその修道士たちに現在の自分を重ねて見ようとさえする。「三つの聖地」にはそういう日野は全くいない。この両者の違いをもたらしたものこそ、敢えて繰り返し言うが、「東京タワーが救いだった」で集中的に描き出している、日野の腎臓癌の体験が、彼の精神や魂に新しくもたらした〈天〉なるものへの渇望、〈垂直の軸〉の果てにある〈何ものか〉への心底からの憧憬だったのである。

いまひとつ「幻想のカッパドキア」と「幻影と記号」との違いは、尖塔の色々の場所に記されている〈不思議な抽象記号〉への注目が、前者には全くなく、後者には詳しく書かれている、ということである。それは、単なる円や同心円―〈すべてを包み込んで安定する〉、または十字―〈垂直の縦軸と水平の横軸の交点あるいはその両軸に引き裂かれる人間意識の原型〉などである。〈それらの形と記号は極限まで単純化されているだけに、それを刻みつけ、それだけを意味ある唯一のこととして生きて死んだ人々の精神の勁《つよ》さと集中力がひしひしと伝ってくる〉。それらは、〈食って生きて死ぬだけではない人間であることのギリギリの何かを、惻々と感じさせるのだ〉。

〈私〉は、オーストラリアの「エアーズ・ロック」で見た、何千年も前の線刻の絵―〈小さく二重三重の同心円の記号〉を思い合わせる。また、〈私としてはその基本的な太古の聖なる形の十字形から、キリスト教の十字架伝説、両腕を左右に広げたキリスト磔刑のイメージも作られたように思う〉とさえ想像力を膨らませている。

最初に述べた、この作品を流れる二つの時間、その第二の、現にこの文章を書いている時間において、彼は、終局的には、自己の意識に伝わり続けている最も古い層、ギリギリの純な魂の層に降り立とうとしていたのである。〈私〉は、カッパドキアの抽象的な記号を繰り返し思い返し、ひとつの結論に到達する。

非具象で宇宙的で、しかも肉眼に見えぬこの宇宙の絶対的な力あるいはパターンの存在を静かに実感させる記号。その記号だけを壁に刻んで不毛な谷で反俗的な孤独の生活を生きた人たち。

天を指す奇岩の中での天への志向とは、この宇宙の根源的心理への愛を意味する。審《さば》く神、契約する神、怒りの神、妬む神への怖れではなかった。

これを自己の最深部に、ついに発見する〈私〉。しかも彼は、最近の聖書学に助けられつつ、現在流布している福音書物語の以前に、ウル・キリスト物語のあったことを推定する。そこでのキリストは、〈流浪の人生哲学教師〉に近かったと想定し、次のように言う――

このイエス自身の言葉と推定される「神」が、如何に物語文学福音書の「神」のニュアンスと異なっているか。孔子が言った「天」にいかに近いか、何十万年来、人類は天の下で、天とともに生きてきたのである。その「神」をもしイメージすれば、白いひげを生やした老人でも、高い場所に座った最高権力者でもなく、二重三重の同心円―天の理法の、自然な人間の魂の相に近いであろう。

要するに〈私〉＝日野は、この段階で、ますます〈天〉なるものを自己の内外に実感する中で、言い替えれば汎神論的世界観のもとで生きようとする姿勢を濃くして行くわけなのである。

かくて「幻覚と記号」という作品は、次のようなフレーズで結ばれることになる――

カッパドキアにも東京にも同じ日が昇り、紀元後数世紀も二十世紀も、天はひとつである。（傍点引用者）

4 〈美と暴力と〉
——小説「古都」

一九七七年晩春、日野啓三の勤務する新聞社は、中国から取材チームとして招聘を受けた。当時日本人は、招聘という形でしか中国には入れなかった。編集委員だった日野はその一員に選ばれ、初めて中国の地を踏むことになる。一九七七年と言えば、十年に渉り続いた「文化大革命」の終焉が宣言された年である。中国側は、毛沢東死後の安定ぶりと、〈「文化大革命」が如何に恐るべき不合理な争乱に過ぎなかったか〉を、北京その他の主要都市の現状を見せることによって、日本に伝えてほしかったらしい。

「古都」（『文藝春秋文芸特集』一九九五・夏号）は、その訪中時より十八年後に回想された、一見紀行風の作品である。しかしこれは、単なる紀行もしくはルポルタージュものではなく、れっきとした小説作品となっている。

全体は九章に分けられ、その第一章に当たる部分は、取材訪問した多くの主要都市の中から杭州市[1]のみを選び出し、〈西湖[2]のこの世のものならぬ美しさ〉を簡潔に強調することに当てられている。そして次のように書かれている——〈人間の歴史のひとつの秘密にかかわる私の体験と幻想の物語　杭州と西湖のささやかな物語を私は語ろうと思っている〉。（傍点引用者）　即ち語り手〈私〉＝日野は、この紀行風の作品を「物語」とはっきり意識して書いている。現に書かれている場面は、取材チームの動く時間に沿って展開して行くのではなく、小説的に再構成されている。

日野啓三は、一九九〇年八月の腎臓癌摘出手術以降、おのれの意識の深層に思考を集中させて行くことにより、新しく見えてくる世界を作品化する場合が圧倒的に多くなった。そういう傾向の中で、この「古都」なる作品は、政治という外面世界をまともに扱った例外的作品と言えよう。しかしこれを収載した短編小説集『聖岩』（前掲）が、二〇〇一年三月に『遥かなるものの呼ぶ声』と改題されて中公文庫に入れられたとき、〈美と革命と〉という副題が追加される。そのことは、この作品が単に政治世界の複雑さを描こうとしたものではないことを端的に示している。即ち、〈美〉と政治世界との厳しいかかわりを中心に追求した点で、日野の作品としての独自性を顕示している。

本題に入る前に、〈ひとつの前置き話〉が書かれている。それは〈物語の主題とどこかで深くつながることになる〉回想的なエピソードである。

〈私〉は、編集委員になった翌年の一九七六年、勤めていた新聞社と同系列のテレビ局で、夕方の短いニュースのキャスターを兼務した。ある日、(3)五時からの放映が始まって間もなく、〈毛沢東死去、公式発表。何でもしゃべり続けろ〉というメモが、ディレクターから回ってきた。この大ニュースに〈極度にあわて混乱した〉〈私〉は、毛沢東の死の歴史的意義や影響などを一応形だけしゃべると、それ以上の言葉が出なくなった。〈混乱は恐怖に変わり、ほとんど現実感を失った〉。テレビでは四秒以上間をあけてはいけないというのが常識なのに、十二秒間も穴を開けてしまった。その間、頭の中では、アグネス・スメドレー(4)が延安の洞窟で初めて会ったときの毛沢東の印象――〈女性的で……謎めいて測りがたく……不吉な……ロバのように頑固……孤独……冷笑的でおそろしい……〉（『中国の歌ごえ』）などが、切れ切れに浮かんでは消えていた。

語り手は言う――今考えてみると、〈私自身も彼女と同じような感情を、毛沢東に対して、とくに「文化大革命」

に対して、心の奥では抱くようになっていたのではあるまいか〉。その感情が、表面的な「偉大な毛沢東」の死を報じている最中に、反発的に浮かび上がり、続く言葉を失わせたのだ。

作品「古都」では、「文化大革命」時代の毛沢東の奇怪な行動が、各所に挿入されて、謎に満ちたこの人物が作品の裏側から作品全体を覆っているようさえに、わたしには見える。

本題は第三章から始まる。わたしはそれを二点に絞って考察してみたい。

第一は、語り手が見聞きした「文化大革命」の、想像を超えた凄さと、その残響についてである。

杭州駅に着いた取材チームは、そのまま市内最大の絹織物工場に連れて行かれた。ハイテク装置はまだなく、〈古典的な機械と人力で操業されている〉ところを見たあと、会議室風の部屋で、〈工場の幹部から、この工場が「文化大革命」の時期に如何に恐怖の工場と化したか〉という実情を聞かされた。

これまで訪れた都市、工場、農村でも、「文化大革命」中の非道な行為の数々を教えられてきてはいたが、このように直截に、あるいは劇的に語られたことはなかった。説明者が痩せて顔色のよくない地獄の生き残りのように陰気な人物だっただけに、その表現には実感があった。

内容は、翁という姓の、この工場の元捺染工についての、詳しい話であった。彼の捺染工だった時代は、〈怠け者の嫌われ者だった〉が、〈自分の出世の欲だけは抜群〉。「造反有理」の運動が始まるや、工場の造反組織にもぐり込み、率先して暴れ回り、いわゆる「四人組」(5)に認められると、五千人を擁するこの大工場の〈事実上の帝王〉にのし上がった。街のチンピラを集めた私兵を持ち、私設の監獄まで作り、工場幹部たちを次々に脅迫追放、また反対派の人たちをその私設監獄にぶち込み、連日に渉り拷問を加えた、という。

聞いていた〈私〉の中では、〈不吉な性質……彼のユーモアは精神的な孤独の深い洞穴のなかから噴き出してくるように冷笑的でおそろしいものだった〉と、スメドレーが描いた延安時代の毛沢東像と、翁の人物像がどこかで段々とかさなって来る。

〈説明者が話し終えて、私たちは重く沈黙した〉。

そこへ、翁一味により傷を負わされた犠牲者たちが、呼び出されてきた。〈私〉は犠牲者たちの悲惨な傷跡を克明に描写して見せたあと、次のように言う――


　奇怪に変形した自分の体もしくは精神の異常さを、恥じる風でも誇示するのでもなく無表情に、外国人の私たちの前にさらし、ほとんど黙ったまま、また音もなく廊下に出てゆく。


〈私〉は、〈生き証人をこんなに集めて見せることまで必要なのだろうか。彼らがどんな思いで我が身をさらしたのか。（中略）これも新たな精神的圧迫なのではあるまいか〉と思う。

〈劉少奇国家主席をさえ獄死させるほどの権力を振るいながら今は刑務所につながれている「四人組」たち、死後は彼らとのかかわりを公式にはタブーとされている毛沢東〉。

工場を出た〈私〉は、〈想像以上に深い奥行きと陰影を秘めているらしいこの杭州という古都〉、そして「文化大革命」という政治的事件、ひいては毛沢東という人物、さらには中国という大国など、それらの奇怪極まりなさを改めて心に刻みつけると同時に、わたしたち読者にも怪しく深い蔭を刻み込むのだ。

作品「古都」で特に注目したい第二点は、長い歴史の激動をくぐりぬけ、伝承されて行く〈美〉の文化についてである。

絹織物の大工場に行った日の午後は、西湖に案内される。まずは、エンジン付きボートで、水上公園「湖心亭」という名所に行く。

その日そこで見た風景ほど、単純で純粋に美しいと感じた風景は少ない。（中略）そこは一切の形容、一切の連想なしに、ただ美しかった。（次に、風景の具体的描写あり――引用者注）

この永遠にも等しい一瞬の風景は死ぬまで、いやこのイメージの残像だけは最後の息を引き取ったあとまで、少なくとも数秒間は宙に残るだろうと思った。

ついで、人工の小島「三潭印月」に上陸する。

これほどまでに自然を手懐けて自然そのものになりきった小天地を、少なくとも私はこれまで見たことがなかった。これこそ最高の人工性ではあるまいか。精妙に考え抜かれ感じ尽くされ、しかも人間の行動とその歴史に対する深い絶望の冷笑的な気配もある……。

これが杭州の感性なのだ。

「湖心亭」や「三潭印月」が代表する美は、唐→宋→明→清→中華民国→中華人民共和国と続く凄絶な歴史の争乱をくぐり抜けて、今に至るまで生き残ったものだ。〈私〉はその美のしぶとい力に圧倒される。

「文化大革命」全盛時代の翁でさえ、「湖心亭」も「三潭印月」もぶち壊し得なかった。〈この地に生まれ育ったひとりとして、西湖とその優美さを彼の血は愛していたのだろうか。全国でも異常に凶暴だったというほどの彼の暴力を生み育てたのが、西湖のこの世ならぬ妖しさだった、少なくとも地上の権力を如何に握ろうとも、動かし難いその絶対的美しさへの苛立ちが、彼の狂おしさをいっそう増幅した……〉。日野の筆の逆説的効果！

翁は、賄賂でかき集めた金で、しばしばここで、往古以来の権力者たちと同じように、豪遊していたそうである。次に〈私〉は、季志綏著『毛沢東の私生活』(6)により、「文化大革命」時代の毛沢東について紹介している。彼はその時もっぱら杭州の西湖に滞在し、のちの「四人組」のメンバーらと〈重大措置〉を決めていた。その意味で、杭州の西湖はいわば〈「文化大革命」の発端の地〉と言える。しかしそれは表面上のことで、「文化大革命」の絶頂期でも、毛沢東は政治上のことは部下に任せ、連日、彼の女性漁りの場であるダンスパーティで遊び、登山に興じ、あとは無言で思索に耽っている場合が多かったという。そして〈今度は千人の人民が死ぬだろうな、(中略)何もかもひっくり返りつつある。私は天下の大乱が大好きだ〉と主治医の李志綏に嘯いて見せたそうだ。

確かに毛沢東はしぶとく冷徹でとりわけ逆境に強く、術策を好み、波乱はあっても遂に死ぬまで最高権力と威信を保ち続けたが、「皇帝」、最高権力者、傑出した統治者、比類ない革命家といった一般的規定からはみ出る要素が多すぎる……。

(中略)

毛沢東個人というより毛沢東現象とでも呼ぶ方がふさわしい規格はずれ桁はずれの、矛盾と謎そのものの生涯をとおして、自然そのものが歴史に露出した、という印象を圧え難い。自然は畏るべく恐るべきものなのだ。

これは、この作品を書いている時点の〈私〉の総括なのだが、〈私〉が回想しているところの、取材チームが実見し体験していることを辿ってくると、この総括は自然なものとして読者にも肯われるのである。

第六章に当たる部分では、取材チームは「西冷印社」(7)に案内される。そこで見せられた一枚の水墨画に、〈一瞥しただけで、私は息をのんだ〉。高名な南宋の画家牧谿《もっけい》(8)のものらしかった。説明の男は敢えてその名を言わなかったが……あとで分かるのだが、「文化大革命」時代の「造反派」は、旧派の家々を次々と襲い、秘蔵の文物を焼き払った。牧谿も例外ではなかった。この地に隠棲していた文人や墨客、そして「西冷印社」の一見ひよわそうな人々が、暴力に命がけで抵抗し、少なからぬ絵や書を守り通した。先に見せて貰った、もし本物であれば国宝級の水墨画が、真に牧谿かどうか、「西冷印社」で目下鑑定中ということだった。牧谿は一時西湖近辺に住んだことがあるとも言われている。

〈その水墨画につき〈私〉は──引用者注〉眼下の西湖を見渡しているのか、絵の中を覗き込んでいるのかわからなくなる。絵の中でも靄はうごき、小島は絶えず見え隠れしていた。西湖は絵の中で何百年も暮れ続け、これからも暮れ続けるだろう。自然そのものより永遠に、だろうか。

この一文は、日野の審美眼の鋭さと、絵の縹渺たる奥深さを巧に示していると言えまいか。

要するに、杭州や西湖は、いかなる政治の激しい変転をも超えて、その妖しい美を残し続けていることを、〈私〉は改めて確認するのだ。即ち言う──

先ほど見せてもらった牧谿かもしれない西湖の水墨画の、おのずからうごき漂う明暗の奥には、天と地、自然とわれわれ自身の魂の芯を貫く永遠に真なるものの不可視の一点が、見すえられているような気がした。

ホテルに帰った取材チームは、「杭州革命委員会」の歓迎宴に臨む。

そこで、接待側チーフの「外事辦公室主任」という肩書きを持つ人物―長身痩軀にして白髪の美しい、文人か詩人のように見えた―の傍らに、〈私〉はたまたま席を与えられた。そして、例の牧谿らしい山水画を巡って、本音で話し合うことも出来た。

老主任はもう一つのエピソードを〈私〉に打ち明ける。

「四庫全書」(9)という中国最大の叢書についてである。主任は言った―

つまり中国全土にかって在り現に在りこれからも在るすべて、人間が考え感じ想像し夢みた全てについて書かれた文章が集められた。中国の全てとは、私たちにとって世界のすべて、宇宙のすべてなのです。

（中略）

混沌に対する人間の精神の証《あかし》です。自然はそのままでは無だ。言葉によって自然が世界になる。無限の陰影と層位と筋道と変化と意味を帯びて……。

そして、この「四庫全書」が杭州にあると聞いたときの〈私〉の驚き！

しかも、「文化大革命」の際、翁一派はこれをも焼き払おうとした。しかし〈弱そうにさえ見えた「西冷印社」の人たち〉が、その暴力から命を賭して護り抜いたのだ、と主任は打ち明ける。この主任を含め、〈あの人たちが世界を守った……〉と〈私〉は心の中で叫ぶ。

風景も歴史も、毛沢東も、目の前の人物たちも、杭州、いや中国そのものが、一筋縄ではゆかぬ〈深い陰影と奥深さ〉を持っている、その実態に触れた印象を、日野は、この短編で描きたかったのであろう。

三十年近くも前の衝撃的で微妙な体験を、これだけ緻密に、しかも力強く描く病小説家日野のエネルギーと情熱に、わたしは改めて驚く。

(注)

(1) 杭州市　中国浙江省の省都。紀元前二二〇年代（秦代）からの歴史を持つ。北京、西安、洛陽、開封、南京と並ぶ中国六代都市のひとつ。古い文化の地、絹織物やお茶の産地、交通の要所、西湖を中心とする名勝の地などとして知られる。

(2) 西湖　杭州市の西部にある風光明媚な湖。唐の詩人白楽天が白堤を築いたり、宋の文人蘇軾が蘇堤を造ったりして名勝の地となる。西湖十景（三潭明月、蘇堤春暁、その他）と称される景は特に名高い。今は観光地として有名。

(3) 一九七六年九月九日の北京放送が、毛沢東の死（当日午前〇時一〇分）を報じた。

(4) アグネス・スメドレー　米国の女性ジャーナリスト（一八九二〜一九五〇）。一九二八年に中国には入り、共産党に関心を持ち、一九三七年には延安で朱徳や毛沢東などを知る。八路軍と行動を共にしたりする。『中国の歌ごえ』は、朱徳伝『偉大なる道』と並ぶ彼女の代表作。遺言により北京の墓地に葬られる。

(5) 四人組　毛沢東の権威をバックにした「文化大革命」の指導部。毛夫人の江青、洪文元、王洪文、張春橋から成る。毛沢東の死をきっかけとして、極端な暴力的やり方に国民の反発が強まり、次第に力を失う。「大革命」の終焉後は鄧小平ら「実権派」に逮捕され、裁判に掛けられ、投獄される。しかし毛沢東の象徴的権威だけは、その後も別格として残り続ける。

(6) 『毛沢東の私生活』李志綏著、新庄哲夫訳、一九九四・一一　文藝春秋。上下二冊。著者は二十二年に渉り毛沢東

の主治医を務めた。神格化されていた毛沢東の途方もない現実像が暴露され、世界的な反響を呼んだ。英訳版がアメリカで刊行された二ヶ月後、著者は謎の急死をする。

（7）西泠印社　人工島「三潭印月」の「弧山」の西側にある施設。古来からの印刻や書画を研究する学術団体に属している。一九〇四年創建。付近に詩人白楽天の建てた楼閣を初め、多くの楼閣がある。

（8）牧谿　中国の南宋末から元初における禅僧兼画家。文人としての素養もあった。伝不詳の点が多い。その山水画は珍重され、贋作も流布した。日本の水墨画に大きな影響を与える。

（9）「四庫全書」　清の高宗の乾隆三七年（一七七二）より、全国の書を集め、経・史・子・集の四部に分けて編集した大叢書。十四年の歳月をかけて完成した。総数七万九千七十巻。七部製作され、その一部が杭州の西湖の弧山にある「文瀾閣」に保存されている。（諸橋徹次『大漢和辞典』に拠る）

5 タクラマカン砂漠の神秘
——小説「遥かなるものの呼ぶ声」

すでに何回か述べたが、二〇〇六年一月、広島県の「ふくやま文学館」で「日野啓三の世界」展を観た。日野が常に机辺においておく〈愛蔵物〉三つも展示されていた。薬の空き瓶に入れたガンジス河の水、アメリカ西部の大塩湖の塩塊、そしてフィルムケースにつめたタクラマカン砂漠の砂。「遥かなるものの呼ぶ声」(『中央公論』一九九五・一、文庫化に際して〈タクラマカン砂漠〉という副題を加える)を読みながら、しばしばこの少量の砂を思い出し、感慨に沈んだ。

日野は、長編小説『砂丘が動くように』(前掲)を講談社文芸文庫に入れる際(一九九八・五)、「砂について」というエッセイを新たに書き添えている。そこで、自分は〈砂を書きたかったのである。と言ってももちろん砂という物質そのもののことではない。象徴としての砂だ、何の象徴か、私の意識下の何物かの。私は砂の多い場所で育ってはいない。だが砂のように育ったとは言える〉と、砂と自分の縁を述べている。『砂丘が動くように』以外にも、短編小説「砂の街」(『海』一九八四・二)や「鏡面界」(『海燕』一九八五・一〇、原題「鏡の高原」)など砂を主題とした作品を発表している。それから約十五年を措いて、この「遥かなるものの呼ぶ声」で改めて砂につき書くことになる。前者の一群の作品とこれとの間には、非常に大きな性格の差が横たわっている。この節では前者にはなく、後者で作品の中核になっているものにつき、わたしなりの検証を行ってみたい。

「遥かなるものの呼ぶ声」は、(一)から(三)まで章立てされているが、(一)の前に序説に当たる部分がある。その冒頭に、意表を衝く二つのエピソードが記されている。一つは、アフリカタンザニア西部で、〈若い雄のチンパンジーが川辺の林のひときわ高い樹の頂近くまで登って、山の彼方に沈んでゆく夕日を、ひとりだけでじっといつまでも見つめていた〉という京都大学の一研究員の報告である。もう一つは、五十歳代終わり近い主人公の〈東京世田谷の自宅の居間で、私は不意に心の中に夕日を見た〉という体験談である。〈心眼にいきなり赤く黄色くほとんど金色にくるめく大きな夕日が見えたのである。しかもそれは一望の砂漠の地平線に沈んでゆく夕日だった〉。

そしてその翌日、偶然にも、ある旅行社から電話があり、急に中国奥地のタクラマカン砂漠に行く話がまとまる。この話が決まった瞬間、〈とても異様な気〉がした。〈前日私の心に思いがけないイメージを送りつけた何かが、ほとんど同時に、そのイメージの現場に行く手段をも、この物理的現実に用意したみたいだったのだ〉。〈この旅行には最初から何か常ならぬ力が働いている〉。(傍点引用者)

この旅行が終わってから、おそらく普通の旅行記が書かれたのだろう。(推定、未見)それから十年ほど経って、今の心境裡で小説としてリライトされたのが、この「遥かなるものの呼ぶ声」ということになるのではあるまいか。

若い編集者と二人、四月初め羽田空港を発ち、まず天山山脈の西方ウルムチに一泊する。ホテルで「タクラマカン」とはウイグル語で「大いなる死の土地」を意味すると知る。〈自分でもよくわからぬ黒々とした不安な思いの中で寝につく。〈ひどくなまなましく心乱れたこわい夢を見続けた。意識の深層が異常にうごめいている〉。明日

は天山山脈を越えて、〈未知の異界に入ってゆくかのように怯えている〉。（傍点引用者）

要するに作者は、この旅行を支配している〈何か常ならぬ力〉を体感し、その超常的な〈何か〉を、作品として描き出そうとしたのだ、とわたしには思われる。

二人は午前九時、アスク経由ホータン行きの双発旅客機に乗り込み、天山山脈の上を飛ぶ。この山脈は新疆ウイグル自治区を二千キロに渉って横断する大山脈。孫悟空の物語で知られる〈魔の山〉だ。〈ほとんど悪意に近い冷厳の岩峰の上をこするように飛ぶ〉。下には〈思いがけない異形の光景〉が次々と展開し、〈魔物、妖怪が跳梁するあの幻想物語が決して空想でなかったことを、深く了解した〉。この辺りを描く日野の筆には、冷厳に冴えた〈何か魔的なもの〉が迫ってくるようなリアリティがある。

給油のためアスク空港に降り立つと、〈和田《ホータン》大風沙〉（注—一種の砂嵐）のために、機が飛び立つことが不能になる。夕方になり、漸く出発する。

機の窓外は〈ただ一面の仄明かり〉。タクラマカン砂漠の上空を縦断しているときの日野の心境—

むしろ陶然と夢心地に近かった。果てもなく大きく柔らかく、なま温かく幾分なまめかしいある何ものかに、そっと抱きかかえられている気。（傍点引用者）

〈形のない幽明の境地に妖しく誘い込まれ迷い込む感覚〉とも表現されている。午後遅く漸くホータン空港に着く。

ホータンの町は、以外に近代化された小都市でウイグル人が住民の九十七％を占めている。〈長途の旅というより異次元の世界に迷い込んだような想念の緊張の疲れ〉の中に、寝につく。（傍点引用者）

〈果てもなく大きく柔らかく、なま温かく幾分なまめかしいある何ものかにそっと抱きかかえられる気〉、〈異次元の世界に迷い込んだような想念〉とは、鋭敏すぎるほどの独自な感覚、と言わざるを得ない。しかしこれこそ、同じく砂や砂丘を描くことをテーマとしながら、前掲『砂丘が動くように』とか「砂の街」や「鏡面界」などには全くなく、この「遥かなるものの呼ぶ声」では異様に強調されている点なのである。

前者の作品群は、いずれも幻覚的で、ファンタスチックではあるが、終局的には、都会の現代化が極端になった結果人間性が圧迫され、孤独になり、あたかも砂漠の中に埋ってしまうようになることを諷喩している。くだいて言えば、演歌で〈東京砂漠〉と歌われるような状況の小説化なのである。「遥かなるものの呼ぶ声」はこれらとは性格が違う。この違いは何に淵源したものなのか。

作品の終わり近く、次のような叙述があり、この点に関し極めて示唆的である。

実は自分では知らないうちに私はもう死んでいて、少なくとも死にかけていて、それでこの世のものならぬ風景の只中にいるのだ、と囁く声のようなものが体の奥の方から聞こえる気もした。

（ほぼ一年後、私は臓器の悪性腫瘍を偶然に発見されるのだが、この時すでにガン細胞の急速な増殖を私の体は知っていたはずだ）

端的に言ってしまえば、一九九〇年夏に発症する腎臓癌が、彼の内部で深く「潜行」していて、それが顕在化した後の「遥かなるものの呼ぶ声」を書く時点で、その「潜行」を改めて思い起こしているのである。

翌朝は、年に一度しか降らないと言われている、その雨の日に当たってしまった。〈起きるはずのないことがここでは、次々と起きる〉。はやる心の彼はそれでも、雨をついて、古いホータン城の遺跡を見学し、そのあと、砂漠の端に行ってみる。〈砂丘は濡れて暗い土色、何か巨大な獣の死体がどたりと横たわっているようで、（中略）言葉もなく、髪から雫を垂らして幽霊のように引き返した〉。

暗くなり、漸く雨はあがる。夕食後、編集者と二人で「接待所」の周辺を歩く。ホータンの街は、水銀灯の明かりを反映して水底に沈んだような〈白夜ならぬ青夜〉。〈本当にブルーな〉街の中を歩きながら、〈東京の居間で砂漠の夕日をありありと幻視したときから私を動かしているのがもはや私ではないことを、ひそかに感じていた〉。

いまや私を動かしているものは、〝私〟のとは呼び難い意識の遥かな深層の何か、身体自体の、細胞たち自身の無意識の意識であり、それは不意に出現する魔的な風景とか、砂嵐とか、一年に三日しか降らない雨とか、この青い幻想的な夜明けとか、そんな自然の偶然の動きと、どこかで微妙に、ある意味では密接に連動していることに、私は気付き始めていた。

あくまで理性的でいながら〈私〉は、限りなく神秘主義的心境になっている。

ホータン滞在の最終日、漸く晴れた。帰りの飛行機に乗るまで、残されたのは、午前中だけ。

大砂丘に着いたときの高揚感！

〈「とうとう来た」〉〈「これが砂漠。本ものの砂の……」〉

前掲「鏡面界」では、砂粒は、単なる石英のみの小粒としか説明されていないのだが、ここでは、直径〇・〇五ミリから二ミリまでの岩の破片で、石英、長石、硫鉄鉱らしい金色の粒子や黒い砂鉄からなると、極めて科学的に精密だ。風に吹かれたときの動き方、流れ方の違い、しかも〈この息をのむ風紋の波形を生みだしながら、個々の砂丘の形が無限に異なってくる〉。〈これが真の生きた砂漠だ〉！

もし宇宙が素粒子たちの組み合わせとその変容によって成り立ち運行しているものなら、私は今宇宙がその仕組みの秘密を惜しげもなく晒している現場にいる。砂という最も単純な物質が無言で語る世界の最も深い秘密。最も直接に身体的で、最も深く抽象的な。

この変容のドラマには主催者も計画者も指揮者もいない。物質自身の、自然そのものの自己形成、自己変容のドラマ。決して神秘的ではないが、これ以上の神秘があるだろうか。

砂というものには一種のリズムがあり、〈私〉は、日頃から〈偏愛する〉ブライアン・イーノのアルバム『ザ プラトー　オブ　ミラー』を思い出した。

わたしがそのアルバムを購入して聴いてみると、神秘的なピアノ音から始まり、果ては電子音楽のような高まりになる曲が多い。〈私〉がタクラマカン砂漠で感じた、宇宙の透明にして広大に拡がる神秘感を、わたしなりに、感覚し想像することが出来た。

やがて〈私〉は、砂漠の地平線上に、スペインのバルセロナにあるガウディが設計した、有名な大教会を思わす〈白い幻影〉を見いだす。

その構造物は、極細の絹糸か、グラスファイバーか、光の繊維のようなもので比類なく繊細に織り上げられていて、可視と不可視の中間に純白にきらめきながら浮かんでいる。（中略）限りなく繊細で限りなく広大なもの、それが世界で、そこに還ることが死なのだ―とその不思議な幻影は、そっと告げ知らせているようだった。心の奥が奥に行くほど開いて、微光を発するような感覚。「砂に還る」という言葉が爽やかに身体のなかを流れた。過去の記憶が見る見る気化してゆき、いつの間にか現世の時間感覚が完全に消えていた……。

〈私〉が〈白い幻影〉に感じた神秘感を、作者は、力を込めて表現しようとしているが、わたしがそして読者が、それを具体的にイメージすることはなかなか難しい。とにかく極端に昂揚した〈私〉が、超絶的な幻影に捉えられてしまったことだけは確かだ。

〈私〉たちが砂漠に入って三時間、飛行機の出発時間が迫ってきたので、心残りながら「接待所」に帰る。アスクが大風沙のために出発が更に遅れることを知らされる。二人は、それまでの時間を使い、砂漠の別な所に行ってみることにする。〈私〉は〈きっと砂漠が呼んでいるんだろう〉と、〈本気〉で呟く。

〈それは大いなる死の砂漠よりもっと大きなもの、生死の境界さえ越えて遥かなるものの呼び声なのではないかと思った〉。(傍点引用者)夕陽をじっと見つめていたというタンザニアのチンパンジーも、その声を聴いていたのではないか、と〈私〉は今にして思う。

ここで日野は、「神の声」などという語を決して使おうとしない点に、留意せねばならない。

彼が、この短編を再録した著書『聖岩』を文庫化する際に、『遥かなるものの呼ぶ声』と改題したことについては、先に触れた。その文庫版のあとがきとして、「世界は荒涼として美しい」と題する一文をも添えた。その中で言う―

収録作品の内容をなす外国旅行は実際には一九六〇・七〇年代のもので、いまから振り返るとまだ結構若かった日々の旅行でやみくもに体験した意識下のたかぶりのかたちと方向を、意識化できるためにはその後幾度もの「死に至りかねない病」を経ることが必要だったようである。

繰返しになるが、同じ砂漠を扱いながら、『砂丘が流れるように』、「砂の街」、「鏡面界」などの作品群と、この短編小説「遥かなるものの呼ぶ声」との決定的差異をもたらしたものこそ、彼の癌体験だったのだ。これが彼の精神史にとり、如何に大きかったか、改めて知る思いになる。

6　大病院の象徴するもの

――小説「カラスのいる神殿」

短編小説「カラスのいる神殿」（『文學界』一九九二・二、原題「世界の同意」）は、日野啓三の死生観の一面が極めて直接的、具象的に描かれている点で、僅々四百字詰原稿用紙換算約二十八枚ぐらいの短編ながら、極めて印象深い作品となっている。

人が生まれて死ぬところが家だとすれば、百年前とは言わない、五十年前までは確かにそうだったとすれば、いつのまにかわれわれは家を失ってしまったらしい。

これは冒頭の一節である。そして次のように続く――〈単なる建物としての各自の家はある〉。首都郊外だけではなく、地方都市、あるいは農村地帯に於いてさえ、〈安物のデコレーションケーキの一切れ〉みたいな所謂「中流家庭」の家が増えている。かって夏目漱石が長編小説『それから』（『朝日新聞』一九〇九・六・二七～一〇・一四）において、日露戦争後の東京市の膨張につけ込んで、特に場末に安物の貸家がどんどん建てられて行くのを〈敗亡の発展〉と名付け、〈目下の日本を代表する最好の象徴《シンボル》〉と説いた。それと同質の現象が現下の日本でも起きていると、この「カラスのいる神殿」において日野が指摘しているわけだ。日野は書いている――〈まるで家が家として、

の理念を失ってきたことの埋め合わせに、見かけだけを飾らざるを得ないような具合だ〉。（傍点引用者）
ここで言う〈家としての理念〉という語には、生理上の生死の場所という意味以外に、別の形而上的意味も込められていることは、続いている次の一節でわかる。

死に場所、という言葉も狭い意味の場所とだけ考えるには当たらない。故郷に戻って死にたいとか、そのことないしその人のためになら喜んで死んでもいいと言いきれるような、死ぬ拠りどころあるいは死の意味というようなことまで、私は含めているつもりである。

かつて小林秀雄が「故郷を失った文学」（『文藝春秋』一九三三・五）を書き、〈東京に生まれながら東京に生まれたということがどうしても合点できない、又言ってみれば自分には故郷というものがない、というような一種不安な感情である〉と嘆いたことに、日野の感慨は通じているとも言えよう。さらには戦後も大分進んでから、三島由紀夫が、「平和国家」を標榜した日本に於いては、人間が意義のある死に方、その死に場所を得ることが極めて困難になった、と慷慨していたことにも通じる。（周知のように、彼は一九七〇年一一月二五日、東京市ヶ谷の自衛隊総監室に押し入り、「平和憲法」を破棄すべく自衛隊の決起を促し、割腹自殺を遂げた。己の死に敢て意味を付そうとした行為だったと言えよう。）
日野（叙述の細部から判断して、主人公〈私〉は日野自身と等身大と見て良い）の先の〈死に場所、という云々〉の引用文は、これだけの時間的、空間的な拡がりを持っていたわけだ。かれは作品の底部をなす大前提を冒頭に据えた上で、現代人の〈根源と終末のドラマと神秘を受け持つのは、今や病院〉であると断言する。そして、どんな風に病院が人間の生死に根本的にかかわっているかを、自分の体験を述べることで、実証してみせる。

この作品の主人公は、奇矯な言い方になるのを承知の上で言えば、大病院の高層建築物そのものである。わたしをしてそう言わせる根拠は、このエッセイが進むに従い納得して貰えるだろう。

この期の作品の例に漏れず、「カラスのいる神殿」も又、〈私〉が腎臓の摘出手術を受けたことが全ての出発点になっている。ここに於いては、手術をしてから一年余、今なお転移予防のため、免疫力強化剤注射に週三回、一日も休まず、信濃町の慶応大学医学部付属病院に通っている。

ある日、〈思いがけなく見なれてきた病院が違って見えた〉。〈病院がそんなに違って見えたのは初めてだった〉。病院は旧館と新館とからなり、新館は十一階建てビルに相当する高さであり、晴れた日には日ざしを受けてほとんど純白に輝いている〉。その壁面はもともと〈ソフトな白っぽい白彩〉がほどこされており、建物に〈情感的な潤い〉を与え〈一種母性的なオーラ〉を発していた。それなのにこの日は、〈妙に灰色に、しかも全体が縮んで見えた〉。〈固く冷え冷えと無表情に〉感じられた。それは〈信じがたい思い〉であり、然も〈視覚だけの問題〉ではなく、〈身体全体でそう感じた〉のである。

又、病院のエントランスや待合室に見られる多くの人々に対しても、今までとは違う感じになった。自分の〈身体が患者と正常者を区別〉していたのである。

手術後は、患者たちをとても身近に感じ、〈自然〉な〈親近感〉を持つようになっていたのに、〈この日、その患者たちへの親近感が薄れている〉ことにも気づいたのだ。

何故新館の高層建築や患者たちに、昨日までとは違う感じを抱くようになったのか？　あとで考えてみると、この日を境にして、自分の身体に健康感が蘇ったからなのである。

その日の〈私〉は〈自分の歩き方がいつの間にか殆ど普通に戻り掛けているのを意識〉した。〈私の細胞たちは勝手に浮き浮きと弾んでいるようだった〉。

要するに、身体全体が健康感を回復し、病院や患者たちの世界の次元とは違う次元に、自分が移ったのだ。そこには思いがけぬ「ドラマ」が展開したのだ。そのドラマが、「カラスのいる神殿」という作品のドラマの基調となったのである。

この自分の体感としておこった「ドラマ」は、なかなか信じ難く、本来は喜ぶべきことなのに、逆に不安になってきた〈私〉は、いつもの処置を終えた後、玄関を出て、傍らの樹木の下のベンチに腰をおろして、病院の建物の印象が本当に変わったのか、眺め直してみた。そして先ほどの印象が本当だったことを確かめた。

その後、初診の時の建物の印象に立ち返り、そこから辿り直してみる。いかにも神経質で、所謂御念のいった人間と言わなければならない。しかしこの作品では、その性格が要となっているのだ。

最初の印象は、ただ〈清潔な大きな病院〉ということだった。

入院二週間は検査の連続。悪性腫瘍とはっきり告知されたのが手術日の二日前。その夜、ひとりでじっと病室にいることに耐えられなくなった〈私〉は、外へ出て、とある小さな石の上に踞《うずくま》るように座り、威圧するように高い新館を見上げた。この時感じた次のような感懐は重要である。

病院は大きいだけでなかった。それは卑小な私の生死を司る絶対的な建物だった。神殿であり、最高裁判所だった。自分の生死はそこの判決、そこの恩寵にかかっている。

何故か？

この大きな建物は、〈陰惨な気配〉の検査室、手術室、〈放射線治療科〉、〈がんセンター〉、〈癌病棟〉、そして

〈霊安室〉まで、病気に関する全てを内包している。即ち〈大病院だけは人間の運命の全体に対応する。普通見たくないどころか考えたくもない最後の部分まで引き受けている〉と、〈私〉は今更に気付く。

遅かれ早かれ、いつか人間は全てここに来るのだ、という恐ろしさと崇高さが腑分けし難く混じり合い溶けあって、大病院の建物は手術前の私の目に、ほとんどこの世ならぬ姿に見えたのだ。

だからこそ、〈病院が神殿だ、という思念の流れ及び実際の新館の建物がそう見えた〉のだ。背後の暗い空に時々浮かぶ遠花火は、このことを〈客観的な事実〉として〈世界が同意〉していることを示す、必然的な現象のように〈私〉には思われた。

今から考えれば、悪くすれば死に繋がりかねない腎蔵の腫瘍を告知された時は、〈日常の意識が深くひび割れ〉て、隠されていた真実が意識の表面に浮かび出た時だったのだ。人間の生死の真実は、普段は日常の意識に覆われていて、何らかの危機がそれをひび割るとき、当人に垣間見せる。告知は、そういう事態を巻き起こした危機に当たっていたわけだ。とすれば、告知は〈私〉にとっては、ある意味では「尊い」時でもあったと言えよう。

〈私〉は小さな石の上に踞ったまま、さらに細かく考えを進める。

手術前の自分は、〈死を一般的観念としか考えなかった〉。

手術が成功して、当面は生き延びることになるが、その後の一年余は、〈転移の危険に怯えながらもとにかく今日は生きている、と一日一日がそれ自身で光るように実感された〉。そしてこの稿を書いている今は、回復を体感できるまでになった。

〈私〉は密かに呟くように言う——

神殿の扉が閉じる。意識の深層が閉じる。体力だけが回復するだろう。数年あるいは　十数年後に、必ず又此処に戻ってくる。（だから今は—引用者注）仮釈放あるいは執行猶予。

人間の生と死の運命的な実態を、垣間見てもはや動かぬ認識を体得した者でなければ、このようには断言できぬ言葉と言えよう。わたしがこのエッセイの冒頭で、この作品には〈日野啓三の死生観の一面が極めて直接的、具象的に描かれている〉と評した所以である。（因みに言えば、日野はこれを書いて約十年後、此処に戻って大腸癌で死去した。）

〈私〉が〈樹木の下のベンチにかけて、病院の建物の印象が本当に変わったのか、眺め直して〉いる時、背後の木の梢でカラスが鳴き出した。〈重々しくなまなましい鳴き声だ。世界が私の考えに同意したのか、それとも警告したのか〉と咄嗟に、しかし自然に思う。〈反射的に私も同じ声の高さと音量で、カーと叫んだ。間髪を入れず、カラスも鳴き返した〉。四、五回鳴き合った後、カラスは声の調子を変えて、〈ククッと断続的な鳴き方をし、私もその鳴き方に同調をした〉。〈生物がこの世に生きて行くということは、いまきみが感じ考えている通りの容易ならぬことなのだ〉と言っているように思われた。

この物語を閉じるにあたり、如何にも相応しい挿話の点綴と言えよう。

何故か？　このカラスの挿話は、〈私〉が自然と一体化していることを示しているからである。病院の建物の印象の変化から始まる作品中心部も、人間の生と死の運命的定めを体感できた点で、自然と一体化したものと言える。

その意味でカラスの挿話と通底しているのである。

序でに言えば、わたしが今まで読んだ日野の作品群の中で、カラスを描いて印象的になっている作品は、この「カラスのいる神殿」以外に、もう二編ある。

「カラスの見える場所」（『新潮』一九八二・八）は日野の癌発病以前の短編小説であるが、徐々に聴力を失い孤独になって行く青年が、夕方になるとアパートの屋上に上がり、その時だけ集まって来るカラスの大群に囲まれて、得意のサックスを吹く。吹き終わるとカラスは一斉に飛び立ち、何処かへ消えてしまう。かれらは大東京のゴミ捨て場、所謂「夢の島」を根城にしているらしい―現代の大都会における孤独をテーマにしている作品と言っていいだろう。

もう一つは長編小説『台風の眼』（前掲）の一場面。日野自身がモデルと思われる主人公が、通院の帰りに、かつて学んだ東大駒場の教養学部にふと寄ってみる気になり、敷地内の一角のベンチに腰を下ろす。すると一羽のカラスが舞い降りてきて、自分の直ぐ前を親しそうに歩き回りだした。〈私〉が〈多分彼らの意識に近い状態にあることを、このカラスは感じ取ってすすんで近づいてきた近づき方であり、身のこなしであり、そして情感のこもったやわらかな鳴き方である〉。この場面はかくて、「カラスの神殿」と同じように両者が不思議に感応し合っている場面、と言える。

それにしてもカラスは普通ひとに気味悪がられたり、憎まれたりする鳥であり、記紀の八咫烏のように神武天皇東征の際の先導役を務めたり、民俗的には神の使いであったり、神の化身であったりする神秘的な存在でもある。日野がこのカラスに特別の関心を示していることは、なにか興味深い問題を孕んでいるように思われる。

7 縄文時代後期の〈私〉
――小説「石を運ぶ」

「自分探し」などとよく言われる。「自分探しの旅」とか、「自分探しの自分史」とか。また、「ルーツ探し」などということもある。古くは島崎藤村『夜明け前』（第一部 一九三二・一、第二部 一九三五・一一 ともに新潮社）、新しくは安岡章太郎『流離譚』（一九八一・一二 岩波書店）等々。フランス印象派のポール・ゴーガンの絵画「われら何処より来たり、何処にあり、何処に行くや?」（一八九七）なども人間の宗教的、哲学的「ルーツ探し」と言えなくもない。

日野啓三の短編小説「石を運ぶ」（『中央公論文芸特集』一九九三・夏、原題「顔のない私」）は、書き出し近くで、〈私とは本当のところ何者なのだろう。気軽に、「私」という言葉を、いつも口にもし文章にも書くけれど。〉と、「自分探し」のテーマをはっきり提示している。

しかし日野の場合は、先に挙げたどの場合とも大きく異なっている。彼は、現在から約四千年前、即ち紀元前二千年の縄文時代後期にまで、一挙に遡るのだ。

精々数百年程度の自分の家系の過去は探ろうとしないながらも、考古学的、人類学的、生物学的な過去に対しては、私は普通以上の熱意と親しみを持ち続けてきた。卑弥呼程度の過去ではない。有史以前の、縄文時代の土器の歪みに、殷墟の暗い血の臭いに（中略）私は自分を、故郷を感じとってきた。単なるこの私でない私。果て知らぬ過去の闇から目眩く未来へと連なる私。少なくともその影を、その遙かなる記憶と秘かな予感を。（傍点引用者）

このような認識を再確認することになる切っ掛けは、〈死にいたり兼ねなかったガン手術〉をし、退院後二年程たったある夜のこと[1]。テレビにぼんやり目を放っていたら、北方の針葉樹林、〈ひんやり澄んだ東北の空〉が目に飛び込んできた。〈私〉＝日野は、〈この光景は確かに見たことがある〉、場所も時もわからないが、と思わず呟く。いわゆる既視感《デジャ・ビュ》である。〈その光景は不可解な親しさを帯びていた〉。〈あの北方の疎林をあの角度から見上げたのは私だ、という咄嗟の実感がどうしても抜けない〉。日野はこの既視感の心理的動きや、淵源を多くの角度から実に詳しくさぐり、それを文字化している。しかし確かなことは何一つわからない。かくて〈私とは本当のところ何者なのだろう〉という、先に触れたこの作品のテーマとなる問題に直面させられるわけだ。

次の叙述は、手術以前の東北行きのことに移る。ある旅行誌が国内の変わったところを訪ねるという企画を立て、宇宙ロケット打ち上げ実験直前の鹿児島県種子島に〈私〉は記者とともに行くことになる。ところが台風接近のため飛行機が飛ばず、南が駄目なら北、と単純に発想を転換、秋田県の縄文後期の遺跡「大湯環状列石」を訪ねることにした。発射台上のロケットのイメージが連想的に変形して行く経過が面白い。

直立する金属製のロケット→直立する鉱物的なもの→直立する石→秋田県の所謂「日時計石」

実は母方の祖父母は、東北水沢市出身。初めは、〈自分自身の意識の奥、意識下の記憶の闇の奥〉を〈意識の光のもとにさらけ出すのは、とてもこわかったのだ。しかしこわいということは、強く牽かれる力の裏返しでもある〉。今の日野はその裏返し状態になったのだ。

羽田空港から東京駅にとって返し、そのまま東北新幹線で北に向かう。日野と記者は、盛岡からタクシーで鹿角市郊外の大湯温泉に直行する。温泉街を抜けて十分ほど行くと、道の両側に二つの環状列石があった。一つは野中堂環状列石、他は万座環状列石、それを総称して大湯環状列石と称することが分かる。写真で想像したより広く、小さな野球場くらいある。

縄文時代というと複雑で歪形的な土器の形を連想するけれど(2)、この遺跡で驚くのはその二重同心円の環の形の、大胆に抽象的でシンプルな形の美しさだ。外側の環の直径が約四十メートルほどだが、これまで発見された二重の環の外側にさらに三重四重の環があったらしい。

日野は直感する──これはある強大な権力者が、多くの農民や奴隷を駆使して作り上げたものではない。必ずしも多人数ではなかった縄文人が、台地の河原から引き上げた様々な形の石で、〈彼ら自身の意識に浮かんだ世界の、あるいは宇宙の形〉を作り上げたのだろう。何故そのようなものを作ったのか？　彼らを捉えていた大きな不安を鎮めるためである。

変化と不安は意識の糧だ。変動は意識を鋭敏にし、不安を鎮めるための新しい精神的試みが、何より自分たちの生活のために行われる。

古代学者たちの研究によれば、この遺跡が作られた縄文後期という時代は、気温が極端に低下、動植物の数が激減、狩猟・採集の縄文人たちに大きな不安を与えていた。

この、時代の内外の不安と〈抽象的でシンプルな〉形象・図形との因果関係につき、日野は、自己の思い出の中にそれと似たことのあったことを思い出す。

彼は小学校高学年時代、まだ誰も登校していない校庭で、棒切れを持ち、地面に様々の同心円や渦巻きなどを書き続けた。何故かそれが〈おさえ難い喜びだった〉という。今から考えれば、その頃は欧州大戦が既に勃発、太平洋戦争の直前、あらゆる面での軍国主義的圧制、己の内では兆し始めた性の悩み等々、内外ともに不安に満ちていた。無人の校庭で一見何の意味もない抽象的な図形を描きまくることは、それらの不安を「紛らわす」行為だったのだ。この事情は、縄文後期の人たちの精神構造や一見クレージーとも思える行為と同質と言えまいか。かくて、大湯環状列石の中に立って日野は言う――〈この環状列石を作ったのは私だ。われを忘れて小学校の校庭に同心円や渦巻きを刻みつけていた私だ〉。

日野が思い出した自己の少年像などは、極めて特殊な例ではないか。少なくとも日野と世代が近いにも拘らず、わたしにはそんな経験がない。ところが、最近（二〇〇八・七）の「NHK歌壇」で次のような入選歌にぶつかった。

十五歳ぼくとせかいの真ん中に分かりあえない直線を引く

ここには日野と同質の少年像がある、と驚いた。日野の場合は、己と四千年前の世界とが四千年の時間を飛び越えて一体となっている。歌の少年の場合は、〈ぼくとせかい〉が〈分かりあえない〉別々のものとなっている。そこに両者の違いがあるのだが、にもかかわらず、現代の各地に頻発しているテロリズムが象徴している戦争の危機、グローバリズムによる経済不況の波及、果ては二酸化炭素の多量排出によるオゾン層破壊、地球温暖化等々。これらは規模に大小の差があるだけで、日野が少年時代に感じなければならなかった不安と、その本質が極めて近いのは周知の通り。そして、少年は直線という抽象的図形を描き、その不安と対峙する。その点では日野と同質と言えるわけだ。日野だけが特殊だとは言えないことが、例証されている。

ならば、この〈抽象的でシンプルな〉形象からなる遺跡は、縄文人にとり、いかなる役割が期待された〈建造体〉だったのか?

日野はまず「日時計石」に注目する。〈組み石の環の内側に、ひときは高く細長い棒石（高さ一米以上）が、周りを花弁状に敷き並べられた小さな石に囲まれて、ぽつんと孤立している〉。それは、野中堂環状列石と万座環状列石に一つずつ、少し配置をずらして、建てられている。そして〈環の中心と直立石（時計石）が指し示す西北西という方向は、夏至の日の日没の方向でなければならぬ〉ということに気付く。このことに気付いてみれば、〈「日時計」という呼び名、天文的なものにかかわる印象は意外に正しいのではないか〉と考えられてくる。

この環状列石を構想して西北西という意味ある方向に直立石を立てた縄文人のすぐれた個人の意識の方が、迫りくる不安とともに鋭敏になって、頭上へ、空へ、宇宙へと大きく開かれていたのだ。大きな同心円というシンプルな形そのものが、天体の運行の観測から導かれた世界そのものの最も基本的な形である。

要するに、環状列石という〈構造体〉は、縄文人たちが、天体の運行や宇宙という広大なものに繋がることにより、現状の不安を鎮めようとする、一種の宗教的役割をになわされて、作り出されたものなのだ。環状列石の現場に立った日野の直感や詳しい観察、合理的考察がそう言うことを確信させたわけだ。

四千年前のこの舌状台地の狩猟採集民たちが、どんな思い、どんな不安な眼差しで、二本の直立石の先端を結んだ向うの山の端に沈む夕日を眺めたか、惻々と身に迫って感じられてくるのだった。

しかるに、町の観光課員も、そこから発行されているパンフレットも、この〈構造体〉をいとも単純に縄文人たちの共同墓地と決めて、何の疑いも持っていない。日時計は酋長の墓としか考えていない。現代人の何たる想像力の貧困ぶりか。[3]〈私〉＝日野は〈笑いかつ怒る〉。（なお、この作品を単行本に収録するに際し、作品末尾に、「付記」として、秋田県埋蔵文化財センターの所長が、日野の推測通りのことを〈実測により確かめた〉旨報道されたことを記している。）

ここで日野の思いは、世界最大級の環状列石として有名なイギリス南部の「ストーンヘンジ」に飛ぶ。実地に行ってはいないが、著書や写真でつとに知っていた。〈天文的な遺跡にはたとえ写真だけでも、心の奥が懐かしさで震える。とりわけイギリス南部の巨石遺跡ストーンヘンジ〉。

直径百メートルを超える円形の土構の内側に、石灰土を詰めた三重の穴の環、さらにその内側に四重の列石の環。ストーンヘンジは超弩級環状列石である。そしてその幾重もの同心円構造の遺跡は、東北東の方向を主軸にして構成されている。列石中心部からその方向に、夏至の日の太陽が昇る。（中略）深く天文的な構造物である。

そこに使われた石の規模の大きさ。中心部の最大の組石は高さ七メートル、重さは何十トンもあるように思われる。それは三十キロ北方の丘から運ばれたのだとも言われている。このように大規模の〈構造体〉を立ち上げた「ストーンヘンジ」人がどんな民族であったか、専門学者も今もって定めがたい、という。

それはともかくとして……

ユーラシア大陸高緯度地方の両端の島に、ほぼ同時期の同質の遺跡が残っていることが、私には偶然の一致とは思えない。澄んだ北方性高気圧の空が近かった人たち。ユーラシア大陸北方に連なっていたかもしれない狩猟民たちの鋭敏な宇宙的感覚《コスミック・センス》の見えない帯《ベルト》。

〈母方からの東北の血を通じて、いまも東京の住宅地で夕日を、月を眺めて血の騒ぐ私のような人間があり〉、そういう普通の日本人が毎夕刻スーパーマーケットに買い物に行く生活を繰り返している。それが時として、〈紀元前二千年の日本列島東北の舌状台地で、ブリテン島の南部の平原で、環状列石の天文図形を作るために毎日石を運んでいる、と想像する方が透きとおるように冴えた現実感を与える〉のだ。

宇宙的な、天文的な世界に原理的に繋がっている〈私〉。時間的にも、空間的にもまことに広大な〈構造体〉に繋がっている〈私〉。何とも規模の大きな自己の根源の発見ではないか!

〔注〕

（1）　作品の中心部は、癌手術以前のことである。しかしそれを描いているのは、退院して二年ほど経った時点であることを忘れてはいけない。その時点の感懐が、無意識のうちに前者に反映しているからだ。

（2）画家岡本太郎が晩年、縄文文化に異常な関心を示したのは、まさにこの点に、新しい美とエネルギーを発見したからであった。

（3）森浩一企画、富樫泰時著『日本の古代遺跡』シリーズ　二十四「秋田」（一九八五・一〇　保育社）でも共同墓地説に立っている。

8 恢復の知覚
――小説「火星の青い花」

「火星の青い花」（『すばる』一九九三・七）とは一見不思議な題名である。それを受けるように、〈どちらから書き始めようか。青い花から、それとも火星の黄色い荒れ地から？　どちらからでも多分同じことだ〉と冒頭の二行を独立して据える。読者は謎をかけられたように、忽ち関心を持たされる。

この短編小説は、前後二つの部分に分かれている。

前半には、〈三年近く前、私は悪性の病気で、一ヵ月大きな病院に入院した〉、その時の体験が書かれている。『聖岩』所収の前々作「カラスのいる神殿」は、〈手術して一年余過ぎていた〉時のこと。前作「石を運ぶ」は、〈退院後二年ほどたったある夜〉のことから話が始まる。したがって、この私小説三作は、日野が腎臓癌手術以後三年ほどの間に深い印象を受けたことを、時間の順序に沿って書かれていった一種の連作とも見ることが出来よう(1)。

入院中、色々の見舞客が花を持ってくる。様々な花の中で、入院初めの頃は、深紅のバラが一番気に入り、ベッドからよく見える場所に置いていた。〈不安がちな気分〉が、〈華やかな深紅のバラ〉のエネルギーに励まされるように思えたのだ。

ところが、〈手術の日が近づくにつれて、バラの花が気分を圧迫し始めた〉。何故か？　〈私〉はこの事態を次のように解釈する――〈妖艶な女ざかりの女、気が強くて肉体的自己主張の強い女、派手好きで情感たっぷりにいかにもおしつけがましく女らしい女〉、それがあまりに濃密すぎる、と感じられ出したのだ。手術が近づき、不安が切羽つまり、神経も弱くなって、右のような深紅のバラのエネルギーと対峙できなくなったのだ。

〈私〉はベッドから降り、寝ていて見えないところに場所を移す。代りに、今まで部屋の隅に置いていた竜胆の〈青い花〉に興味が移っていることに気付く。その青さは風雨で洗われた空のように〈純粋な青〉であり、〈硫酸銅そっくりの、一種この世のものならぬ青〉であった。

その不安な精神状態を、濃すぎる青い花は静かに吸い取ってくれるようだった。ある意味では極端に身体的になっている私の意識を、そっと別の次元に切りかえてくれるようでもあった。

〈極端に身体的になっている私の意識〉とは日野独自の言い方だ。自己の身体の内外の動きには意識のアンテナを鋭敏に、しかも広く拡げているのが普段の日野だった。まして今は生死に関わるかも知れない病に罹っているのだ。〈極端に〉ならざるを得ないわけだ。

手術終了後の一晩は集中治療室。そこから自室に移されたら、〈私の眼が捉えたのが窓際の青い花だった〉。それからの三日間は、間断ない幻覚、幻聴に苦しめられた。(2) しかしその合間に意識が冴えて戻る少しの時があると、〈青い花は常に変ることなく私の最も身近にあった〉。幻覚や幻聴に完全に呑み込まれてしまうことなく、それらをそれらとして客観視できたのは、〈その透きとおる深すぎる青さの平静さのせい〉だったのだろうと、後から考えれば解釈できた。

かくて〈私〉は自問する――〈深紅のバラが〝宿命の女〟だったとすれば、青い花はいったい私にとって何の象徴だったのだろう〉。

〈私〉の自答は次の通り——〈それは少なくとも性を超えた何か〉だ。〈世界がありそして私がそれを意識できるというほとんど神秘的な事態〉のしるしだった。

生命力などというあいまいなものではなく、それははっきりと意識の色。そして宇宙的な色だ。

この文章で、前半は終わっている。さて〈意識の色〉、〈宇宙的な色〉とは何か？　わたしはそれを具体的に規定せねばならぬ。

「意識」とは、日野にとり表面的な心理上の意識、深層下の意識、さらに無意識の意識と下降してゆく全部を含む。彼は腎臓癌の手術以降の作品群に於いて、これらそれぞれをその場その場で意識することにより、各作品を形成してきた。したがって「意識の色」とは、日野の作家としての根本的あり方を象徴する色、ととるべきだろう。

彼は三木卓との対談「記憶する身体、飛翔する意識」（前掲）において、〈巨大な宇宙的エネルギーの場があって、その中の偶然の波動の微かなひと揺らぎが僕の一生であった〉と発言している。しかも〈僕はこの宇宙の外《そと》は考えられない。考えるシステムフォルムがないからイメージすら持てない〉としている。したがって〈宇宙的な色〉とは、人間の認識能力を超えた所にあり、卑小な自己を包み込む巨大な存在を象徴する色、ということになろうか。竜胆の持つ濃い青は、死にも至りかねない病にとりつかれた〈私〉に、そう知覚させたわけなのである。

〈さて火星のことだ〉——後半の書き出しである。

前半の中心をなす青い花のことは、三年ほど前の、手術前後のことだ。後半の話は、それより三年ほど経ち、病がかなり恢復したここ数ヶ月のことに関わる。

癌が発症する少し前、ある雑誌社に頼まれ、中国奥地のタクラマカン砂漠に行ったことがあった。世界地図ではdesertと記されているところは、砂丘の果てない連なり（所謂「沙漠」）だけではない。荒れた不毛の平原（所謂「土漠」）を含んでいる。しかし記者と二人で行ったタクラマカン砂漠は、本格的な「沙漠」で、驚喜して数時間上り下りしても、何処までも「沙漠」であった。〈想像しうる限りの曲線〉、〈刻々に変化する曲線〉、〈その一種抽象的な形の変化は実に豊かであった〉(3)。帰国後も〈砂丘の曲線を思い出して心慰められ〉ていた。

ところが最近、〈砂漠は豊かに美しすぎると急に思い始めた〉。替って、〈不規則な岩の破片が一面に散乱する光景が、意識の奥からせり出してきて懐かしいと言いたいほどの濃い感情を伴い始めた〉。それは〈徹底的に荒れて、眼球に突き刺さってくるような眺めだ〉。この変化は何に起因しているのか、〈私〉は考え始める――体調も意識の状態も安定して（注―手術後の恢復が進んで）、そのことへの〈反発が兆し始めた〉ことを示しているのではないか。

むしろ三年前の手術前後の危機的な状況の方が、実は私の意識の深層が剝き出しになって活性化していたのではないか、それに比べていま私の知覚は受け身に目に見えるものしか見えなくなった。

人は死の危機に臨むと、根源的な生命力が精一杯の活性化をしようとする場合がある。この状態こそ、ある意味では最も充実して生きようとしている状態とも言える。病が恢復してきてみると、その活性化も中へ、奥へと潜んで行き、緊張感のない日常的な生活（注―生のマナリズム）に戻りつつあることを、〈私〉は鋭く感じとったわけなのだ。

これと同質の傾向は、先の「カラスのいる神殿」でも作品化されていた。「火星の青い花」でも「カラスのいる神殿」で書いたとおなじ現象につき、簡単に触れている。

次に〈私〉は、〈意識に突き刺さってくるように徹底的に荒涼たる風景〉が、かつてレーザーディスクで見た火星の風景だったことを思い出す。それはアメリカの火星探査機「バイキング」一、二号が火星に着陸し、地球に送ってきた〈本物の火星表面の写真〉だった。それと、太陽系惑星探査機「ボイジャー」が撮影した火星の写真を、わざわざ銀座まで行き、買ってきたことも思い出した。念のために言っておけば、このことは本稿を書いている現在から五年前、即ち癌発症以前のことである。その後先に述べたように砂漠の魅力にとりつかれ、火星の写真は、意識の奥に沈んでしまっていたのだ。ところが、その少し後に癌が発症し、やがて恢復がいよいよ確実になりだした時に、再びそれが〈砂漠の記憶の奥から浮き出してきた〉というわけなのである。

病の恢復の確かさとともに、自然に浮き出してきた火星の知覚の内容は、次のように表現されている。

「バイキング」が着陸したその地点に私は立っているような気がする。いや私は立っている。荒涼とした黄褐色の風景を思い出すのでもなく想像するのでもなくて、しばしばありありと知覚する。

さて青い花はその知覚とどう結びつくのか？

〈火星に立っているこの私でない私〉の思いに浸っていると、〈普段は目につかない一冊の本を意識の深みの目が捉えた〉。（傍点引用者）それは二十年以上も前に読んだドイツロマン派の詩人ノヴァーリス『青い花』の翻訳であった。これが、三年前の病床の〈私〉の神経を鎮めてくれた竜胆の花に連想を運んだのだ。

その青い花のイメージが、現に眼前に眺めていたような火星の風景と、ごく自然に重なり合った。火星の荒れ地の中に一輪の青い花が咲いているではないか。

この花はハイビスカスほどの大きさの花弁を持ち、しかもノヴァーリスの花は淡色の青なのに、こちらは竜胆そっくりの濃い青色だった。〈私〉の火星に咲く青い花のイメージは、このようにして完成された。さらに彼の意識は、形而上的、哲学的な意味をも拡げ、左のような別次元の風景をも現出する。

その青さは宇宙の静寂と謎の無限（人によっては神秘というかも知れない）を凝縮したひとつの物体として、ひっそりとそこにあった。強いて言えば、宇宙がその神秘的青から拡がったように思われた。空間も時間もそこから生まれた。

これこそ、病から恢復した〈私〉が達したクライマックスの意識情態である。同時に、この作品の構成上のクライマックスの部分もなっている。

書斎の真ん中に立ちつくしている〈私〉は、自分の未来をも予想する―〈私は、遠からず〈何百年も先のことではない〉火星の黄色い地面に立つだろう。そして必ず青い花に出合うだろう、という確信になって行った〉。そういう思いとともに、恢復の喜びが、油然と湧いて来た。この高揚感は、〈意識の浮遊状態〉のように素晴らしかった。そしてこの心理状態を暫く味わっていたく、いつもは眠前に飲む精神安定剤や催眠剤をわざと飲まずベッドで次のように思う。

この狂おしく透明な興奮状態を味うために、この私は六十年間も生きてきたのだな。

六十歳で発病した死に至るかも知れない悪性の病から、辛うじて脱しつつある喜びの表現として、これ以上の文章があるだろうか！

(注)

（1）『聖岩』（前掲）の「あとがき」に、〈連作を考えていたのではなかったのに、自然に四十歳以後の経験を書いていた〉とある。

（2）詳しくは『断崖の年』（前掲）所収の「東京タワーが救いだった」や「屋上の影たち」参照。

（3）詳しくは『聖岩』（前掲）所収の「遥かなるものの呼ぶ声」参照。

五　晩年の長編小説

1 「想起」される〝今〟
――長編小説『台風の眼』

日野啓三の長編小説『台風の眼』は、一九九一年七月から一九九三年三月まで『新潮』に連載され、少し手を入れて一九九三年七月に新潮社から上梓された。この期間には、短編小説「断崖の白い掌の群」改題「断崖にゆらめく白い掌の群」(前掲)、「雲海の裂け目」(前掲)、「世界の同意」改題「カラスのいる神殿」(前掲)も併行して発表している。一九九〇年八月の腎臓癌摘出手術後のこれら長短の作品群につき、日野は、『台風の眼』の野間文芸賞「受賞のことば」(『群像』一九九四・一)で、〈手術後の身体的には苦しい状態の中で、精神的には楽しく書き続けたことを覚えている。茫々と、だが丹念に〉と告白している。

『台風の眼』の所々には、入院前後から、手術後半年、手術後一年半、手術後三年、とその時々の時点のことが挿入されている。このことは、長編構成上見逃してはならぬひとつの要《かなめ》になっている。しかしおおかたは、四、五歳から始まり、癌発症一年前までの、五十余年間の諸々の出来事が、時間軸の流れに従って描かれている。この外形からは、一見「自伝的小説」のように見える。現に辻井喬、大江健三郎、小池民男、秋山駿らが文芸時評その他で、この作に「自伝」に類する語を当てている。現に本書単行本の帯にも〈自伝的小説〉と謳っている。しかしこの長編を単に「自伝」と言いきってしまうと、作品の本質を見落としてしまう危険が極めて大きい。池澤夏樹は書評（『毎日新聞』一九九三・八・二三）で〈自伝と小説の間をたゆたう力作〉と評しているが、このような言い方なら、本作の機微に触れていて、示唆的である。

作品は、〈序章〉から1、2、……17、〈終章〉まで、章立てされている。

そもそも〈序章〉は、父の死（一九八〇年）の約一年数ヶ月後、〈私〉が〈ゴースト〉(1)と共に父の墓と、父が死ぬまで住み、護っていた祖先伝来の古屋敷を訪ねるところが描かれている。この時点は、〈私〉の腎臓癌発見の直前に当たっている。

ところで、5の章の冒頭は次のようになっている。

一九九〇年夏(2)、悪性腫瘍手術の数日前に病院から自宅に戻った日の夕暮れ近く、私は電車を乗り継いでひとり奥多摩渓谷まで行った。無性に水辺に行きたくなったのである。夕陽の最後の光にきらめく谷川の水辺に坐りこんで、逃れようもなくなった手術の不安を鎮めようと努めた。(3)

何故このような部分を唐突に挿入したのか。

この部分の少し後で、一九九〇年の初夏の奥多摩渓谷行きで見いだした牧師館（注―実際は幻影）は、〈一九四五年の京城のあの家〉（注―〈私〉がその時下宿していた母と姉妹二人の家）にあたっていた、と言う。一九四五年〈私〉が下宿していたときは、敗戦末期で、中学生ながら、大軍需工場に動員されていて、常時爆死の危険にさらされていた。

敗戦前後の極度の不安の中をも私はかつて生きのびたではないか、という体験は、ガンの恐怖におびえた私に、思いがけない場所での幻影的イメージ（注―先の牧師館を指す）の形で語りかけたに違いない。

7の章では、一九九〇年夏の、悪性腫瘍手術のための入院前後のエピソードが挿入される。10の章では、癌手術一年半後の〈私〉の状況が挿入される。すなわち、〈私〉はまだ一日おきに免疫強化剤注射のための通院を強いられている。いわば〈保釈の身〉で、再発ということから決して〈無罪放免〉にはなっていないのだ。死の危機への緊張感に依然として立ち続けているわけだ。

要するに、この作品を描いている「現在」の状況の挿入は、本文が展開している様々の自伝的事項が芥川龍之介や川端康成の言うところの、所謂「末期の眼」により見られていることを示しているのだ、と言えまいか。死を間近に控えているが故に、目前の現実が普段は表面に出していない本質を輪郭鮮明に浮き上がらせ、しかもその世界が異常に「美しく」見えるという現象である。『台風の眼』に描き出されている世界、人生の諸相が極めて鮮やかなことの秘密は、まずこの点にあるのだと思う。

この作品を基本的に支えている第二の方法に、「想起」[4]ということがある。

「記憶」と言っても様々の性格のものがあり、〈一種高められた意識の状態になりうる出来事、意識の深層が開かれる状態になりうる記憶〉だけが〈意味のある〉ものだ。〈何年何十年たとうが、その出来事を現に内側から体験しつつあるように知覚できる状態になること、それを私は「想起」と呼んでいる〉と、〈私〉は力強く宣言する。

想起できることが現実だ、とさえ考えたい。それは記憶に対応する過去ではない。常に現在だ。現在の、現実の実在である。このふしぎな実在感だけが、たとえば死の恐怖に対応できる。

一九九〇年の夏、腎臓の悪性腫瘍の手術で一か月入院した前半の検査期間の極度の不安、手術後鎮痛剤を打ち続けた後半の強烈な幻覚状態の中で、自分のいわゆる過去のことなど、少なくとも連続した形で考えもしなかった、幾つかの出来事を繰返し「想念」した以外は。想起することによって、高められ強められる現実感を、ひたすら呼び寄せようとした。三十年生きようが、六十年生きてこようが、真に想起できる現実は同じように僅かなものだ。私たちは実はほんの僅かの、切れ切れの体験を生きているのではないか。ほとんどの時間はただ流れるだけだ。（傍点引用者）

一九九〇年夏の腎臓の悪性腫瘍のことを例に挙げ、「想起」された〈このふしぎな実在感だけが、たとえば死の恐怖に対応できる〉とある点に、強く留意しておいて貰いたい。それはあとで述べることと深くかかわってくるからだ。

また〈私〉が、この作品を描く場合の自分の位置を、「台風の眼」[5]という比喩で説明していることも重要だ。大学三年の時、文芸評論や書評をいくつかの同人誌に発表していた〈私〉のところに、当時の代表的文芸雑誌『近代文学』から、「現代外国作家論特集」の原稿依頼が来る。〈自分の書くものが本物の活字に印刷される初めての経験〉。〈私〉は、ソビエットの作家イリア・エレンブルグを批評することに決める。ところが、エレンブルグの生き方は、ひと筋縄ではつかめなかった。〈二十世前半激しい政治の波にもまれながら、他の多くの同伴的知識人文学者たちが次々と粛清されていった中で、エレンブルグの生き方は単純ではなかった。幾たびも幻滅し絶望しただけではない。西欧文化の繊細な複雑性を深く理解し愛しながら、ソ連の過酷な単純性に、ヒステリックに対峙しなかった〉。

締切りの前日、深夜になっても、一枚も書けない。〈何日間も十分に寝ていない体の方はしきりに眠りこもうとするが、頭は熱っぽくエレンブルグのことを考え続けている。だがいきなり穴に落ちこんだように、意識が消えた〉その時、〈ふいに不思議な声を聞く〉。〈はっきり目が覚める。「わかったぞ」と声をだして言った。本質的に虚無的な文学者として、エレンブルグは入り組んで歪んだ時代の変転を、一種皮肉な視線と心情で書き続けただけなのだ〉。〈激しい時代の対立と変転の嵐の中で、彼はいわば「台風の眼」だ、というイメージが〉浮かんできた。台風のまわりでは周囲の空気が渦を巻いて荒れまわるが、中心部の空気はむしろ発散してしまっている。この〈中心部の真空的な「倦怠と虚無」こそ、台風の膨大なエネルギーを生み出す力とも言える。虚無は単なるからっぽではなく、その逆だ〉。

〈私〉は〈自分自身がその虚点に化したように〉なり、まわりに激しく複雑に渦巻くエレンブルグの姿をありのままに写し続けた。そして翌日の夕方までに三十枚近い原稿を一気に書き上げることが出来た。〈私〉は言う――〈ものを書くと言うことがどういうことか、その力に初めて触れたと思う〉。文芸評論家日野啓三の真の誕生である。このエレンブルグ論を書いたときの比喩をそのまま応用して、長編小説『台風の眼』は、まわりに渦巻き続けた自分の半生を写し取った結果、成り立った世界だと、言ってもよいだろう。

〈私〉はべつの箇所で、次のようにも言っている。

私の生涯はこの私の人生の軌跡とは、実に何か別次元の奇態なもののようにさえ思える。

この『台風の眼』という作品が、〈私〉の半生を書くという外形をとりながら、作品の中に具体的に表現された世界は、生活史上の次元とは違う〈何か別次元の奇態なもの〉だと、〈私〉は思うようになったのだ。

「意識」という言葉を、私はいわゆる無意識を含めた広い意味で使うけれど、意識の深みは間違いなく身体のおぼろな思念と接続している。（中略）私一箇の身体を超えて深く遥かに宇宙的なものとつながっている。

このような次元の世界こそ、真に客観的に造形された、完璧な文学作品と言えるのではないか。『台風の眼』こそそのような作品になっているのだ。

複雑な生活史上のもろもろの出来事から、本作品で具体的に「想起」されているのは、如何なるものであるか。次にそれを検証してゆきたい。

先ほど、「想起」された〈このふしぎな実在感だけが、たとえば死の恐怖に対応できる〉と書かれていることに留意して貰いたい、と書いた。本長編で主として描かれているエピソードは、常に死を間近に控えた生の、切羽詰まった姿が殆どである、と言って良い。

〈私〉の幼時、侍従の祖父に〈何かを壊したかウソをついたというようなこと〉が問題になって、物置に閉じこめられたことがある。それは絶対に冤罪だった。物置は極めて狭い、真っ暗なところだった。

閉じこめられたこと自体はそれほど恐くなかった。全身に応えたのは冤罪の事実であり、理不尽の強い感じであり、この世界には泣きわめいても、幾ら説明しても了解されない暗く大きな力がある、ということの恐怖だった。（中略）

世界は底深く不条理なものに犯されている不気味なところだ。とりわけ他人というのは奇妙な存在だ、と節穴からただひとつの光を見つめながら、繰返し感じる。

極めて幼かった故に、右に表現されている難しい言葉などは知るべくもなかっただろうが、今から見ればそうとしか表現できないことの実感が、幼く素朴な精神に骨身に徹して襲ってきたのである。〈幾ら説明しても了解されない暗く大きな力〉、〈世界は底深く不条理なものに犯されている〉―この最も典型的なものは、自分の死だろう。幼い〈私〉は己の死という観念を持つには至っていなかったろうが、その性格は無意識のうちに、実感として心底に染みついてしまった、と解することが出来よう。

〈私〉は小学校時代を、朝鮮半島南部の小さな、平凡な町で過ごした。〈ところが入院して手術を待っていたとき、窓から神宮外苑の森とその上の夏空を眺めながら、幾度もその町のことを想起している自分が意外だった。あの森の向うにその街がそのままにいまもそこにあるようなふしぎな身近で〉。〈私〉は一般的な過去をくりかえし懐かしむというような性癖を持たないのに。その小さな町は〈ひとつの小さな、だが無限に開かれた、世界そのものの原型〉として目の前にあった。

かつてそこで〈私〉は、初めて死者を見た。大河に身投げして引き上げられ、かぶせられたムシロの端から出ている若い女性らしい足先。〈脹脛《ふくらはぎ》には、滑らかに肉が付いている。形のいい足だった。だがもはやその足が生きていないということは疑いなくわかる。脂肪分が固まりかけている〉。

こわいというよりもっと不快な、不可解なものをいきなり目の前につきつけられた形だ。どうして自殺したのだろう、という疑いより、人間はどうして死ぬのだろう、とつよく漠然と思った。明るすぎる陽の光の下での、明らかな事実だ。

又、初冬のある日、若くして死んだもの同士の結婚式を見る。この小さな町では、〈たまたま同じ頃に病気で死んだ独身の若者で、生きていたときは本人達も家同士も全く他人だった〉男女があると、二人をかたどった人形に極彩色の結婚衣装を着せ、関係者が集まって「結婚式」を挙げる。出席者は〈人形の前で食事をし、酒をのみ合った。悲しんでいるのか喜んでいるのか、相反する二つの感情が溶け合ったふしぎに強い感情の場だった〉。会食が終わると、二つの人形は輿にのせられ、行列を従えて、大河に向かう。輿は流れの中に担ぎ込まれ、河はそれを静かに受け入れる。〈岸の女たちが最後の別れに一そう大声で泣いて、「達者でね」とか、「幸福に暮らすんだよ」というような意味のことばを、河に向かって叫んだ〉。

何とも哀れで、しかも、心あたたまる風習だろう。〈私〉はあとでそれが「冥婚」と呼ばれる俗習である、と聞かされる。悪性腫瘍で入院している間、この「冥婚」が〈意識の奥に幾度も鮮やかに見えた〉。そして〈私の気分は濃く妖しく和《なご》んだ〉。

以上のように想起されることは、圧倒的に「死」に関することが多い。

京城の中学時代は、たまたま元牧師の未亡人の家に下宿する。暇を見つけては厚いバイブルを開いている働き者の未亡人、ミシン仕事で生計を支えている姉娘の良江、女子挺身隊員として軍司令部に勤め、機密に関する仕事に従事しているらしい妹娘の京子の三人からなる家庭だ。

〈私〉は特に良江が気に入り、普段は良江が仕事をしている傍らで勉強している。京城という古都のゆかしい雰囲気に近代性が奇妙に調和する都会の一部で、つましい平和で充実した生活を〈私〉は送ることになった。ところが戦局が切迫してきて、〈私〉が四年生になったとき、郊外にある大軍需工場に勤労動員されることになる。その頃は、内地の軍需工場の大半は空爆のために壊滅させられ、この京城郊外の大工場も、近く空爆の対象になることは必死だった。そこで工員として働くことは、爆死の危険にさらされることを意味する。

京城の春はこの世ならぬ明るい美しさに満ちている。それなのに若い死が足下に迫っている。〈動員までの残された一か月足らずの日々を、私は秘かに〝最後の春〟と呼んだ〉。そしてその〈〝最後の春〟は〝最高の春〟でもあった〉。〈この世界は見かけに反して理不尽に、不気味だ〉。〈だがこの春、世界の見かけは異常に誘惑的だ〉。すでに接吻を交わす関係にまで進んでいた〈私〉と良江は、ある日曜日の昼過ぎ、近くの住宅街を散歩する。

白塗りの低い金網の柵に沿って、連翹の花が真盛りである。（中略）

連翹の黄色には人目など意識しない孤独な高貴さがある。その孤独さが燃え立ち、高貴さがしんと輝いていた。晴れやかな静けさが、人通りのない住宅街の一角を息がつまるほど濃密に照らし出していた。（中略）ふたりとも黙って路上に立っている。目だけでなく身体そのものが、黄色を吸いこんでいる。明るすぎる醒めた黄色が身体の奥でひっそりと燃え。

「いまのこの瞬間以上の時は、万一、二十年三十年生きられたとしても、決してない気がするよ」

そう言いながら、急に胸がいっぱいになる。

何という美しくも切ない場面だろう。その美しさと切なさは、良江の場合は、連合軍の徹底した絨毯爆撃により、〈私〉の方は、大軍需工場への破壊爆撃により、死が身近に迫っているがゆえにこそ、もたらされたものなのだ。

ひとまず物語をずっと進めて、15の章立てのところを見よう。〈私〉は大学生最後の年に、奇跡的に良江一家と東京で再会することになる。

京城の時と同じように、〈私〉は良江の仕事をしている部屋で、卒業論文を書く。ある晩春の日曜日、ふたりは体の関係を結ぶ。狭い寝床に並んだ〈女〉[6]は、〈「スカートを脱がせて」と言う。（中略）この（ドスキンの布地の――引用者注）艶やかな黒い色を、男は一生忘れないだろうと思う〉。〈悪性腫瘍の手術直前の日夜も、連翹の黄色を背景とした〝最後の春〟とともに、〝再びの春〟のドスキンの黒は、繰返しなまなましく甦った〉。

以後二人は、寝処で、仕事部屋の裁断台の上で、ある時は椅子に掛けたまま、繰返し交わった。どの時でも〈女〉は言う――〈わたしの中に残さないで……あとで悲しいから〉と。良江が別れの近いことを予感していたからしい。彼女の体が段々痩せてくる。

ある日、〈女〉から連絡があり、目黒駅で待ちあわせ、ホテルへ初めて行く。良江は、自分の婦人科のガンが取り返しのつかぬところまで進んでしまっていることを知っている。死を前にした最後の交わりをしようとしていたのだ。

> 女の表情は考えるべきことを考え尽くしたように、さっぱりしていた。（中略）
> 「今日は遺しておいて」と囁く。
> 最後のつもりだと男はわかる。男は丁寧に女を抱く。女が泣き出すのではないか、と思ったが、そういうことはなかった。
> 一度だけ男は叫び声を聞く。ずっと遠い夜の果てで、人間の声のようではない叫びを。

単行本での15の章はここで終わっている。しかし雑誌初出では、次の描写が続く。

長い時間。
男が身を起こすと、敷いたタオルに鮮やかな紅い色が見えた。灯はとても暗いのに。

日野は、場面のあまりの無惨さを避けて、単行本では削除したのだろう。しかしわたしはそのままにしておくべきだった、と思う。二人の関係の非業さがより際だつから。

しばらくしてわたしは、良江のガン死を知る。ついでその母もガン死する。

日野は、生涯の多くの作品の中で、性の問題を取り上げることの少なかった作家であった。『生活という癒し』（一九九二・九　ポーラ文化研究所）の中で、〈身体の中ではセックスなんていうことは一部です。腎臓も肝臓もあります〉と発言している。しかしこの長編の中での良江と〈私〉の恋愛と性の美しい喜びと苦しみは、性の問題を描いて、典型の域に達していると言えよう。

この長編には、まだ多くの挿話が「想起」されているが、死が裏側にあるが故に、緊張し充実した生の姿の場合が圧倒的に多い。

日野の生活史の上では、最初の結婚と離婚、(7) 韓国籍の女性との再婚(8)など、人生の節目となることもあったが、それらは「死」とは直接関係がない故に、この「自伝的作品」では割愛されてしまっている。

ここで物語の時制をやや前に戻そう。

敗戦により朝鮮から引き揚げて父の故郷、福山の郊外にひとまず落ち着いた頃、〈私〉は〈自分という宇宙を作り直す中心になるもの、少なくとも中心の近くにいたい。そうでなければ自分が止めどもなく崩壊してゆく恐怖〉に捉えられていた、と言う。

敗戦時、古い受験雑誌から破りとっておいて手許に残した東京の第一高等学校の写真。〈亡霊のようなその時計台が、次第に私の中で、中心の塔という陰影を帯び始める〉。

それは東京でなければならなかった。（中略）そして中心に塔がなければならなかった。ヤコブが夢に見た、天使たちが登り降りする天まで達する「はしご」。もし時計台がなかったら、あるいはあのように想像をかきたてる時計台でなかったら、私は一高への夢想に憑かれなかったにちがいない。

垂直なもの。垂直への想い。

〈私〉は、十二月、一月、二月、終日暗くした部屋に閉じこもり、猛烈な受験勉強の結果、一高に合格し、上京する。

この一高の塔には、死の恐怖を抱き腎臓癌手術をした六十歳の〈私〉が、めちゃくちゃな幻覚に襲われながら、窓外に見えた東京タワー＝〈垂直なもの〉[9]によって救われた経験が、逆投影している。その経験のフィードバックによって成り立った形象と言える。

かくて、一見無関係に見える若き日の主人公の、一高への憧憬にも実は背後に死の問題が潜在していたのだ。

最後に17の章を問題にしてみたい。この章は、〈私〉が井頭線の線路脇に住んで、六、七年になる、ということから書き始められる。ある夜ゴミ出しに行くと、路上に一匹のヤモリが白い腹を上にして死んでいた。〈私〉は日頃ヤモリには〈特別の親愛感〉を持っていた。そこで一九六四年の秋、ベトナム戦争下のサイゴンに特派員として常駐していたとき、宿舎に百匹近い大型のヤモリと共に暮らしていたことを思い出す。

作品の上では、そこからいきなり一九六五年のベトコン少年の捕虜公開処刑のことに、叙述が移る。この公開処刑に立ち会ういきさつ、その後の日野の心情については、彼の長編ルポルタージュ『ベトナム報道―特派員の証言』（前掲）や、開高健の長編ルポルタージュ『ベトナム戦記』（前掲）に極めて詳しく描き出されている。しかし『台風の眼』では、その中の主要部分のみが抽出されている。

少年のようなほっそりして小柄の若者は、救急車の後部から連れ出されたとき、すでに自分の脚で立てなくて、死んでいるに等しかった。（中略）

強力な投光器。（中略）明るすぎる照明の中で、若者の横顔には全く血の気がない。

〈私〉は、その日午前四時に宿舎を出て、公開処刑の中央広場で待っていた。〈滅多にない事態への興味がないわけではない〉が、一方では〈その好奇心の気持ちを自分で恥じている〉。〈儀式のように、ショウのように、見せ物《スペクタクル》のように、こんなことを煌々と照明して、同じ人間たちが平然と行うということに〉反発する。

若者は叫ばなかった。（中略）

普通の兵士の中から強制的に選ばれたにちがいない銃殺隊の兵士は、明らかに故意に狙いをはずしている。五メートルも離れていないのに、杭の若者は腿のところから二筋の血が流れただけ。上半身には一発も当たっていない。

〈私〉は〈口の中がからからに乾きながら、何かほっとする〉。

すると〈したたかに冷静なプロの銃殺隊長〉は、自分の大型拳銃を腰から引き抜き、若者のこめかみに「クー・ド・グラース」（慈愛の一撃）を放つ。

一時に若者の両耳から目から鼻から口から、少なくも頭部の穴という穴から血が吹き出すのを、異様にはっきりと、映画のスローモーションのカットのように見る。

人間とはこんなに多量の血を含んでいるのか、と他人の頭で考えるように考える。

人間とは、人間とは、人間とは……と自分の頭で懸命に考えようとするが、後が続かない。人間とは、人間とは、という呟きだけがひとりで泡立ち続ける。

いつ夜が明けていたのか気付かなかった。（ゴチックは原文）

〈私〉を襲ったのは、「人間」というものに対する徹底的な不信感、と言って良かろう。先に触れた日野と開高の細密なルポルタージュのこの部分に相当するところを比較してみれば、『台風の眼』の公開処刑の場面の叙述は、現実の上に立ちながら、別次元の文学表現であることが、極めて明白である。

本書における〈私〉は、〈自身の行動もおかしくなって〉来る。自分の電報を有利に扱って貰うためには、盛んに賄賂を使うようになった。新任の記者やカメラマンに女を世話することに快感を覚えるようになった。ベトコンの知識人に接触しながら、一方では政府軍の秘密情報部員と親しくなる……。

「広場がうめいている」とか「世界は苛酷だ」とか「私が溶けてゆく」といった呟きのようなものが、聞こえてくるようになる。次々と脈絡もなく。それは私自身の茫々たる内部から滲み出てくるようでもあり（中略）幻聴ではないという自信はない。

ある夜〈私〉は、ベトコン少年の処刑された場所の近くのベンチに、深夜まで座っていて、武装警官が近づいてくるのを見て、立ち上がる。その時ひらめくように〈小説を書こうと思う〉。〈新聞の記事でもなく評論でもなく、小説を。／大きな説ではなく、小さな説を。／どこからともなく滲み出てくるこの終りのない呟きを、私の言葉に〉。このように〈私〉のこれからの変容の可能性を示して、〈終章〉へ入る。

〈終章〉で時制は〈序章〉の次元に返る。ただし、父の死後一年数ヶ月経った時点である。

〈私〉は、自分の遠い祖先が朝鮮の鋳物師に発しているのではないかという想念にとらえられ、その証拠を示す出雲の古跡を見るために、東京から西下する。途中、少し寄り道をして、〈私〉の父が死亡するまで護り続けてきた旧屋敷（注―父の死後は無人）の前に立つ。世話するものを失った旧屋敷は、もはや荒れ放題、まるで〈風葬〉されつつあるように見えた。

父は九十年ほどの自分の時間のうち、最後は自分の屋敷を護るための労働に〈使い尽くしたのだ〉と〈私〉は納得する。しかし、今は荒廃しきっている古屋敷を見ていると、時間は〈空間のもう一つの次元でもある〉と自然に思われてくる。〈時間が奇妙に渦巻いて〉まわりの〈晴れやかな空間に溶けこんでいる、濃密に〉。

今までの〈私にとり、時間は流れるものでしかなかった。しかし今は、「時間」と「空間」は別のものではない。

この実感が徐々に動かぬものになってくる。

〈終章〉はこの考えと対応して書き進められてゆく。

そもそも「時間」とは何故出現したのか。この問題につき、興味深いエピソードが紹介されている。それはゴーストにより代弁される。

　アフリカかオーストラリアの採集民族の中には、いまでもきのうと明日という言葉しか使わない部族がいるそうだ。一昨日、一年前、一年後という言葉がなかった。ある時、そう遠い時期じゃないある時、私たちの祖先が自分たちも必ず死ぬということに気付いた。とてもこわい発見だったと思う。それ以来、その避けられない死に向かって一方的に流れる時間というものが、世界に出現したんだ。世界はこわいところになった。人生は苦悩になった。計り知れないその流れのうちの、僅か三十年、五十年の小さな線分が、自分の生涯ということになっちまったから。

時間という観念の出現ということについても、またしても「死」がその根源にあったのだ。

〈終章〉の初めは、山の上にある病院に入院している父を、〈私〉がゴーストと共に見舞い、麓の街まで歩いて降りるところから書き始められている。父は八十歳代半ばまで、古屋敷の手入れを続け、八十五歳から急に体が衰えだし、今から三年前に入院したのだった。気管支に穴を開け、声は出なくなっている。〈私〉は主治医から覚悟を促され、いざとなったら延命装置を使うことは拒否してある。静かに朽ちてゆく老樹の威厳を、父が保つことを期待しているのだ。

声を失う前に父は〈私〉に、〈人間の一生なんて、ウシャやウマとそう変らんもんだ〉《ママ》と言った言葉の重みが、段々増してくる。かつて東京帝国大学法学部を出て、定年までは、激動する時代に翻弄されながらも、必死で生きった父であることを考え合わせると、この言葉がアイイロニカルに重い意味を持っていることがわかる。

父は、〈私〉がゴーストを伴って病床を見舞った一ヶ月後、すなわち一九八〇年の末に死去する。

いま〈私〉は、腎臓癌摘出手術をし、〈退院後三年目に入って生きている。転移するとすれば今度は確実に肺だ、と医者に言われながらもタバコを吸い続けて〉、〈隔日に注射しに病院に行く以外、余り外に出ない〉。ある冬の夕方、居間のソファーにもたれ、冷える足だけ、前に置いてある炬燵にいれている。午後三時頃になると、晴れた日は、傾いた日ざしが斜めに炬燵の上の物たちを照らし始める。そこにあるものは、日常の単なる雑物に過ぎない。

紺色の小型の灰皿。縁に金色の模様がある。
ガスのなくなりかけている百円ライター。
耳かき棒。
タバコの箱。
ステンレススチールの爪切り。
メモ帳。
（中略）
有名ラーメン店を紹介した文庫本。

ウォークマンの絡まった長いコード。

（下略）

これら雑多な小物たちが、斜めにさす夕陽のために〈一個ずつそれぞれに影ができ立体化して生き始めるのだ〉。〈普段は気にもとめないこんな物体たちが、どうしてこんなに深い気配を帯びて輝くのか。沈黙の威厳を、用途を超えた優雅さを〉。

ここを読むわたしには、ふと〈山川草木悉皆仏性〉という仏教のフレーズが浮かぶ。何でもない日常の小物たちが、実は、それぞれ独自の実存的生命を内在させていることが表現されているのだ。かくて次の、この作品中最も重い一文が生み出される。

それに気付くために、私の六十年の生涯があったみたいだ。

ここで先に一度触れた、〈私〉の父の感慨〈人間の一生なんて、ウシやウマとそう変らん《（ママ）》もんだ〉という言葉が、再び浮かんでも来る。

1の章から17の章まで書き並べられてきたように、流れる一方と見える時間の中で、真に「想起」される物のみが、この作品では現前に甦ってくるのである。

この長編小説『台風の眼』で形象化されている世界こそ、汎神論的世界だと言いたくなる誘惑を、わたしは禁じ得ない。そこまで言い切ることに尚躊躇されるとすれば、「永遠なる今」の世界と言ったらどうだろうか。

『台風の眼』を、日野文学中、最高の作品と評価する作家や評論家は少なくない[10]。そして一九九三年一一月には、野間文芸賞を受賞した。

（注）

（1）「ゴースト」は、雑誌初出の場合の〈序章〉では、すべて〈恭介〉（注—〈私〉の親友）となっている。単行本として上梓する際、初出において途中から出始める〈ゴースト〉と合わせ、〈恭介〉を、全部〈ゴースト〉に統一したのである。

初出文中、最初に出てくる〈ゴースト〉は次のように説明されている—〈言葉を交わすようになった私の影が囁くように言う〉。〈そいつのことを私は幾分の揶揄と親しみをこめて、ゴーストと呼び始めている〉。（傍点引用者）

このように自己の中の分裂の様相を、核心的自己とゴーストに分けて表現する方法は、日野の執筆史上で言えば、『近代文学』（一九五五・八）の「颱風の眼」中の「夜明け前の対話」の章においてが、初めてである。

（2）この部分は、単行本化する際に除去された。

（3）日野はこの時のことを、退院後に、「牧師館」と題して、別に詳しく描いている。

（4）「想起」という語を重視した人として他にもう一人、哲学者大森荘蔵がいる。大森の「過去概念の改訂」（『時間と自我』一九九二・三　青土社）に次のような叙述がある。

想起において立ち現れる過去は再生という二次的出現ではなく、その過去のオリジナルの初体験だということになる（当然記憶像などは無用のものとして廃棄される）。現在知覚の初体験が物の形や色や音といった感覚でなされるのに対して、過去の初体験である想起にあっては五感の代りに言葉によってなされる……

これと同じような考えを、大森は他の論文やエッセイでしばしば述べている。これは、日野が『台風の眼』で言う「想起」と極めて近い意味を内包している。しかし今のところ、日野が大森の思想と影響関係にあった、とは実証出来ない。

（5）この語は、日野の「堀田善衛論」（『近代文学』一九五一・一二）という評論で初めて使われている。そして『近代文学』一九五五年六月から一二月まで「颱風の眼」という総題を掲げ、桂芳久とそれぞれ一編ずつのエッセイを分担執筆している。

（6）二人が体の関係にはいる時は、〈良江〉とは書かず、〈女〉と書く。同様に〈私〉は〈男〉と表現される。散文詩のような原型的な効果をあげようとしたのであるまいか。

（7）芥川賞作品「あの夕陽」（前掲）は、このことを題材としている。

（8）平林たい子賞受賞作品「此岸の家」（前掲）で詳しく書かれている。

（9）詳しくは短編小説「東京タワーが救いだった」（前掲）に作品化されている。

（10）例えば—

千石英世「今月の文芸書」（『文學界』一九九三・三）

三浦雅士「書評」（『週刊朝日』一九九三・九・三）

三浦哲郎「感想」（『群像』一九九四・一）

三木卓　日野啓三との対談「記憶する身体、飛翔する意識」（前掲）

付記　本稿成稿後に講談社文芸文庫に『台風の眼』が出版された（二〇〇九・一二）。鈴村和成氏が「生成し、転移する『台風の眼』—日野啓三の『ゴースト』」と題する解説を書いている。〈ゴースト〉と〈台風の眼〉をキーワードとした作品論だが、〈ゴースト〉をめぐっては魅力的考察となっているが、〈台風の眼〉をめぐっては、わたしは首肯できない。

2　人間と宇宙の根源に迫る
——長編小説『光』

日野啓三の長編小説『光』は、一九九四年二月から一九九五年八月まで『インターゾーン』と題されて『新潮』に連載、一九九五年一一月に『光』と改題[1]されて文藝春秋から刊行された。これが連載された時期は、短編集『聖岩』（前掲）所収のいくつかの作品発表と重なっている。腎臓癌手術からの手応えのある恢復期に入った頃とは言え、随分多産と言わなければならない。

彼は自筆年譜（講談社文芸文庫『砂丘が動くように』所載）中の一九九四年の項で、〈『台風の眼』で想起した場景の多くに光が射し込んでいたことに気付き、魂にとって光とは何かを確かめるため、月面で宇宙空間の太陽光線に直面して記憶喪失に陥った日本人宇宙飛行士を主人公とする近未来の物語を、『文學界』に連載を始める〉と書いている。（傍点引用者）

周知のように、〈光が射し込んでいた〉重要場面は、実は『台風の眼』（前掲）に始まったことではなく、最初期の芥川賞作品「あの夕陽」（前掲）以来きわめて多くの作品で書かれてきた。また〈魂にとって光とは何か〉を直接のモチーフとしたエッセイもいくつか書いている。要するに日野の生涯にとっては、〈光〉は終始重要な関心事だった。それを可能な限り大きなスケールのもとで形象化して見せたのが、他ならぬこの長編小説『光』だったわけだ。

この作品には、四つの特徴がある。

第一に、全てがフィクションからなる近未来小説であること。

第二に、これまでの日野には珍しく、人間設定やその人物間の関係、小説構成の方法までが通俗小説的になることを恐れなかったこと。

第三に、いわゆる「全知視点」の方法で書かれていること。

第四に、思い切って形而上学的テーマを追求したこと。

先ず第一の問題―文中に〈アポロ計画はもう半世紀もむかしのことだ〉とある。〈アポロ計画〉は一九六九年七月二〇日に米国の宇宙船アポロ十一号が月に着地、人類が初めて月面に降り立って、一応の区切りを得た。〈それから半世紀も経っている〉というのだから、この長編は二〇二〇年頃に時代が想定されているわけだ。

日本政府内には〈宇宙開発局〉という部局があり、北海道の帯広市海岸部には大きな宇宙基地がある。そこから宇宙船がしばしば打ち上げられている。月に関して言えば、〈普通の技術者や学者や、企業の人間が資源獲得に、ビジネスに〉比較的簡単に行き、間もなく観光旅行も行われようとしている。小説の主人公関元宇宙飛行士は、日本では七番目の宇宙飛行士であり、今は「宇宙センター」で後進の指導係を務めている。

日野は早くから内外のSF小説の愛読者だったし、宇宙戦争などをテーマとするアニメをテレビでまだ子供の息子と視聴したりしていた。巻末の注でわかるように宇宙探索に関する著書もかなり読んでいる。彼の宇宙飛行に関する知識が如何に専門的、具体的であったかは、作品中の、月からの帰還船が突然故障を起こし、読者をハラハラさせる場面で、当の帰還船と地上の施設が一体となって救出作業をやる際、種々の先端的機器を操作し、遂に成功するところの叙述を見てもわかる。以上のように執筆当時の彼の持つ諸情報を総動員して、この近未来小説にリアリティを与えているのである。

次に第二の問題―この長編小説は多くの点で通俗小説的である。先ず登場人物に関して言えば、主人公は、多摩丘陵地帯にある精神病院に、一年近く逆行性健忘症《アムネジヤ》(2)で入院させられている元宇宙飛行士という極めて珍しい人物である。その担当看護婦（ママ、以下同じ）は、有利な仕事を求めて日本に来た中国奥地出身の女性。しかもこの二人は、初めからなんとない好意を感じ合い、型通りにそれが徐々に深まり、恋愛となり、終末部で同棲生活にはいる。〈宇宙開発局〉の局長は、ひたすらおのがポストに執着するだけの俗物的官僚の典型。元宇宙飛行士を直接「管理」している課長は、家庭的には不幸な境遇にあり、公私ともに孤独。その点で元宇宙飛行士や中国人看護婦と〈共感〉しあっている。

小説の最重要場面は、あとで詳しく述べるように、東京新宿のビル街の一角、何かの都合で建築中止になったまま長く放置されているビルの地下。そこに住み着いているホームレス。その中のひとりの老人は、話の進行の節目に少なからぬ役割を持つのだが、彼は昔かなりの会社の社長を務めたことがある、いわくありげな人物で、今は一種の悟得を持って飄々と生きている。課長が夜しばしばかよう路上の居酒屋の主人も、大衆小説や大衆劇によく出てくる変わった気っ風を持ち、小説の筋の展開の節目にちょっと登場する。

これらの人物達が密接に絡み合うことになるのだが、互いに知り合う機会は皆極めて偶然で、その偶然が小説の筋の展開にまことに都合よく働く。通俗小説の常套手段だ。

例を挙げて見よう。先ずは、元宇宙飛行士とホームレスの老人が知り合う機会を巡る筋の展開の仕方。元宇宙飛行士は、病院をこっそり抜け出し、帯広の宇宙基地に行ったり、東京の中心部に戻ったりして、何とか記憶を取り戻そうとしている。断片的ながら記憶が少しずつ蘇りつつある。たまたま西新宿の公園にいたとき、隣のベンチにいた老人と話し合う。その前に、所持金やカードを何者かに暴力的に巻き上げられ、文無しになった元宇宙飛行士は、老人がねぐらにしているところに連れて行かれる。そこは前に触れたように、新宿の工事が中止になり荒れ果てているビルの地下で、多くのホームレス達が集まっている。彼は老人のねぐらの傍に、ダンボールを囲った「小屋」を作り、ホームレスに仲間入りをする。

一方、黄看護婦は、失踪した元宇宙飛行士を捜すべく、病院から長期の休暇を取り、具体的な目安はないまま、先ずは東京都内に入る。偶然に寄った西新宿の公園で先の老人と一緒になり、二人で街を歩いていたとき、老人が交通事故に遭う。傷を負った老人に付き添い、前掲のビルの地下の老人の小屋に来て、そこにいる元宇宙飛行士を発見する、と言った具合だ。また、居酒屋の主人に暗示されて、ホームレスがたむろしていそうな場所を歩き回っていた〈宇宙開発局〉の課長も、先のビル地下のホームレス達の中に、元宇宙飛行士と黄看護婦を見つけ出す。かくて三人の登場人物達は、いくつもの偶然の積み重なりの結果、一ヶ所に揃い、物語は新しく展開してゆく。「偶然」の多用に気が差したのか、作者日野は、物語の語り手に〈偶然というものは……でも起るべきことは起る〉とか、〈人生にはこんな思いもしない偶然があり、そんな偶然が人生の節目をつくって行くのだろう〉などと弁明めいたことを言わせている。

この小説は、一九九六年二月一日に第四十五回「読売文学賞・小説賞」を受賞するのだが、選考委員を代表して推薦の辞を書いた井上ひさしも、〈今回、作者はうんと通俗的材料を揃えた。天国巡りに地獄巡り。（中略）そして仕立は『君の名は』[3]そこのけのすれ違い劇である。（中略）早く言えば、わくわくするような小説だ〉と批評している。念のために言えば、井上は、あとで問題にするように、だからこの小説に於いて、この点ではダメだと批判しているわけではない。

次に第三の問題―この長編小説は、日野にしては比較的珍しい所謂「全知視点」で描かれている。冒頭は黄看護婦の視点で書き出され、次は担当医師の視点、次にまた黄看護婦の視点、そして〈宇宙開発局〉の石切課長、元宇宙飛行士等々、書かれる視点を筋の展開に添って極めてうまく変換し、最後は黄看護婦の視点で終わっている。

小は、多摩丘陵にある精神病院の一室から、大は、月面に至る広大な空間を客観的に領略し、的確に描き出してゆく上で、この全知視点の方法はまことに有効な働きを担っている。そして文体は、この期の多くの作品に見られる私小説的な細密さとは異質な、所謂物語的なそれになっている。この物語的文体は全知視点と対応するものだ。

この作品の第四の特徴―思い切って形而上学的追求がなされているという点は、この長編小説の中核部に関わる問題だから、以下、出来るだけ細かく跡づけることにする。

ある日、ホームレスの溜まり場の一角で騒ぎが起きる。〈小動物のような〉〈生意気な〉若者はいつも垂れ流し、汚れたボロ屑の山の中にいて、〈濃い悪臭〉〈はっきりと排泄物の臭気〉をまわりに撒き散らしている。堪えられなくなったホームレス達が、遂に怒りを爆発させたのだ。若者は彼らに〈かなり小突かれ蹴飛ばされているらしく、顔の動きは心棒の折れた人形の首のようだった〉。〈揺れ動く若者の怯えた視線が彼（元宇宙飛行士―引用者注）の目にすがりついてくるのを感じた。「助けてくれ」と声にならない叫び、一度ではなく二度三度と続け〉た。〈この声にならない必死の叫びを聞いた〉元宇宙飛行士の中に、突然最も重大な記憶が、〈意識にせり上がってきた〉。

以下日野は、月面での宇宙飛行士達の日常生活の方に筆を移す。

〈おれも同行のN飛行士も、地球時間で二週間も続く夜と、密閉基地内の人口光線下での植物栽培プラントの手入れに飽き飽きしていた〉。朝食前に月面の夜明けを見に行こうと、この物語の主人公＝かつての関飛行士が同僚のNを誘う。外に出たNは闇の中で、〈世界の断崖に立っているみたいだ〉、〈じっと見つめていると、引き込まれそうになるよ〉と震えながら言う。しかし〈気の強い若いN飛行士は、殊更大きく一歩二歩前に踏み出した〉。そして事故が起きる。

彼は闇のため気づかなかった「蛇行谷」に落下してしまったのだ。〈助けてくれ。落ちる。本当に地面がない〉という悲鳴が関飛行士のヘルメット内に響き渡る。

若いホームレスの悲鳴が、同じ〈助けてくれ〉というNの悲鳴を元宇宙飛行士の心に記憶の底から引き出したのだ。

ここからは、ホームレスのリンチを見る元宇宙飛行士の苦痛と、「蛇行谷」に落下したN飛行士を助け出そうとする関飛行士の苦痛が重なるように交互に描かれてゆく。そして日野の叙述は、関飛行士が遂に逆行性健忘症になってしまうまでの経過を、克明に辿ってみせるのである。単行本で約二十ページに渉るこの部分は、作品の中核部をなし、日野は渾身の力を込めて、描き進めている。中で、関飛行士の行動と心理を描く主たる部分は、地の文とは違う漢字交じりの片仮名表記とし、特別の効果をあげている。

関飛行士はNを助けるべく、慎重に「蛇行谷」のへりに立ち、そこを越えて谷に入ろうとする。しかし彼もまた崖の中に転がり落ちてしまう。

思ワズ叫ケビ声ヲアゲタガ、ヘルメットノ中デハ受信機ノ電波障害ノヨウデシカナイ。（中略）絶息ノ恐怖ヨリ意識ガ狂ウ方ガ恐ロシイ。（中略）恐怖ハ外側カラダケデナク、オレ自身ノ内側カラ、押サエル術モナク滲ミ出シ続ケル。

〈アナタハモウドコニモ帰リ着ケナイデショウ。イツマデモ……〉という声が暗い天井の彼方から聞こえた。誰が発したのかは見当がつかない。

底ナシノ奈落ニ沈ミ続ケル恐怖デ、筋肉ガ引キ攣ッタ。（中略）何モナイトイウコトニ閉ジコメラレテイル。無ニ圧サエツケラレテイル不気味サ。

理解ヲ絶シタ感触ニ、意識ガ溶ケカケル。耐エ難イ臓器的拒否感ガ露出スル。狂ウ前ニ、オレトイウ構造ガ壊レル。

N飛行士がどうなったのか、皆目わからない。

〈また─引用者注〉遥カナ遠イ呼ビ声ガアッタ。何者トモツカナイ声ガオレヲ呼ンダ。（中略）最後ノ力ヲ集中シテ耳ヲ意識ヲ澄マシタガ、イマハ何ノ声モ聞エテコナイ、最モ必要ナ時ニ。（中略）イッタイ何ダッタノダ、アノ声ハ。導キノ声ダッタノカ。ソレトモコノ闇ノ谷ニ誘ッタ魔ノ声デハナカッタノカ。

場面は再び廃ビルの地下に戻る。元宇宙飛行士には、目前の修羅場が、月面の「蛇行谷」での関飛行士としての体験と重なり、〈意識が低下してゆくのがわかる。ふっと額が床に落ちて気が遠くなる〉。激しい吐き気に襲われる。〈翼ノ折レタ鳥ノヨウニカスレタ叫ビヲ叫ンダ〉。若者の声は次第に衰えてくる。〈（元宇宙飛行士の方は─引用者注）見えない大きな暗い力が体の奥を、意識の底を搾り続ける〉。

ここで叙述は、また「蛇行谷」に落ちた関飛行士の方に戻る。彼の周りと彼の中に最も重い意味を持つことが起ったのだ。

全ての力を失って目を閉じていた彼に、〈谷ノ向コウ側ノ崖ノ上端カラ、朝日ノ最初ノ光ガ真直ニ谷ニ射シコミ始メ〉たのだ。

　ソレハ地球上デ見馴レタ太陽ノ光ト余リニ違ッテイタ。大気ノ分子ニ乱反射スルコトノナイ余リニ強過ギル純粋ナ光。完全ナ白熱光ノ放射。（中略）遍在スル暗黒ノ只中デ、ヒトリ自ラ燃エ輝クモノ。間断ナク惜シミナク豪奢ニ激シク、ダガ音モナク不気味ニヒタスラ光リ続ケルモノ。

こうして〈不測ノ偶然デ否応ナク〉〈完全ナ白熱光〉に直面した関飛行士はいくつかのことに気づく―自分たちに太陽を神と崇めた伝統のあったこと。自分の過去の数少ない重大な場面には、必ず光が射していたこと。子供の時から光が好きだったこと。そして「蛇行谷」に転げ落ちて以来、〈オレヲ呼ビ続ケテキタアノ不思議ナ声ハ、オレノ魂ノ奥カラノ遠イ祖先ノ声ダッタニ違イナイ〉と思う。そして〈オマエガ魅セラレテキタモノノ素顔ヲ見ヨ、ト。無意識ノ憧レヲ意識化シロ、ト。ソノ意識ヲ魂ノ全体デ自分自身ノモノトシテ生マレ変レ、ト〉〈不思議ナ声〉が言っている。そして自分の、ひいては人類の実存の根源は、この太陽の強烈な光から来ているのだという認識に近づいてゆく。更に、宇宙の根源もこの太陽の光だったのだ、と思い始める。

　コレガ太陽ノ真ノ姿ダ、全宇宙ガコノ光トトモニ始ッタノダ、トイウ思念ガ溢レル光ノ中カラ針ノヨウニ突キ通シテキタ。闇モソノトキ生マレタ。ワレワレノ太陽ダケデナク全宇宙ノ無数ノ太陽（恒星）タチガ、宇宙ノ始源ノソノ秘密ヲ不断ニ反映シ顕示シ物語ッテイル。太陽ノ輝キハ宇宙創造ノ秘蹟ソノモノナノダ。（傍点引用者）

これらは勿論、現代の人類学などに見られる人間の始源についての追求などとは全く関係がない。また宇宙物理学の宇宙生成に関する科学的探求の成果とも無縁である。

この一連の叙述は、日野自身の多年に渉る人間の根源と宇宙の根源についての思索の結果得られた、その形而上学的思念が、優れた文学的想像力の駆使により、形象化されたものなのである。

その長い叙述のあと、例の老人が死ぬ感動的場面も描かれる。さまざまな人生遍歴を経て、一種の悟得の域に達したような老人は、死期を悟って、〈天道《てんと》さまを見たい〉と言いだす。元宇宙飛行士に背負われて地下の小屋から地上に出る。ビルの谷間に射し込んでくる強烈な夕陽の、一条の光を顔に受けながら、絶命する。人の死と光！この長編のテーマに添った示唆的場面と言えよう。


本論の冒頭でわたしは、日野が、〈魂にとって光とは何か〉という問題を直接のモチーフとしたエッセイをいくつか書いていると述べた。以下この種のエッセイの中で代表的な「光の光」（『読売新聞』一九九七「流砂の遠近法」の中の一章）を、今まで辿ってきた小説の内実と対応させて、少しく考えてみる。

「光の光」の初めの方で彼は、まだ大学にいた頃、殆ど学校には行かず、昼は下宿近くの武蔵野の雑木林を彷徨っていたことを回想している。

ある秋の晴れた日、光に照らされて〈宝石のように輝く赤い色〉の蔦草の実に感動する。後年癌罹患の際、〈「あの時は本当に生きていたなあ」と実感できる一連の光景〉として、それをしばしば思い出してきた。そのことがいかに〈萎えかける心を支えてくれたか〉、と感慨深げに思い出す。

長編小説『光』は、〈どうして光が自分にとってそんなに大切なのか、透明な日ざしがなぜ「本当に生きている」実感を与えるのか〉という疑問をモチーフに、退院後に書いたものだ、と日野はこのエッセイで告白している。

空気による歪みや拡散なしに太陽の光に直面させるため、宇宙飛行士を主人公にして真空の月面まで行かせた。そしてそこで主人公の記憶を消させるほどの強烈さで直に見、魂に感じとったのは、直視すれば目を焼き視神経を狂わせる真の光の恐ろしさと、そして宇宙の絶対の暗黒だった。その凄まじさは作者の予感と想像を超えていた。

この長編を終わり近くまで書いた時日野は、〈光を単純に明るく喜ばしいものであるとだけ感ずるのは間違いなのだと思った。宇宙空間の真空無音不動の闇はもっと恐ろしかった。恐ろしいとさえ言えない無そのもの。どこにも天国も再生もない絶対の死〉だと思いつく。この認識が彼をして、『光』の主人公を「蛇行谷」に落下させ、逆行性健忘症にさせたのだろう、ともこのエッセイで書いている。

ここに当たる部分を小説から引用する。

自分トイウ実感ハ薄レ、意識ト無意識ノ境界、精神ト身体ノ区別モ薄レテ、魂ノ剝キ出シノ知識ノヨウナモノダケガ、光ノ Rhythm トトモニ澄ミ切ッテ明滅シタ。

瞼ヲ静カニ閉ジタ。光ル闇ガ広ガル、ドコマデモ。

この実感を得た関飛行士は、〈顔の目だけでなく心の目、おれという自我の芯、おれを中心とした世界の現実感が焼き切れ〉、かくて逆行性健忘症になってしまったわけだ。

小説では、元宇宙飛行士は黄看護婦を初めとして多くの人たちの愛情で、逆行性健忘症から殆ど恢復する。また黄看護婦は彼への特別の感情を徐々に成長させ、彼の方も彼女への愛情を確実なものにして、二人は同棲に踏み切る。石切課長は「栄転」し、全てがハッピーエンドに近づくのだが、エッセイ「光の光」によれば、日野の中では、なお人間と宇宙の根源の考察が深まり続ける。『光』を書き上げた二年後、イスラムの哲学者、神学者、神秘思想家たちの言葉を知り、その中のひとりの、〈「光の光」つまり我々が感知する一切の光を光たらしめている究極の光、あるいは光性〉がある、という考えに衝撃を受ける。〈闇を闇たらしめ光を光たらしめる、名づけられぬ絶対の何か、それはじかに人間の目にではなく魂の芯に射し込む〉という語に同感する。ここらまで来ると、正直のところ、余りに微妙かつ形而上学的で、わたしのような者にはリアルに追体験できないのが残念であるが……。

しかし日野は言う――〈秋の晴れた日になぜ自分がほとんど至福の思いを、恩寵の気分をさえ全身で感ずるのか、少しわかりかける気もする。〉

そのあと、日野は更に、次のような思いにも進む――〈目に見える日ざしのない闇の中でも「光の光」を感じ取れるようになれなければ〉と思う。〈つまり「黒い光」を「光る闇」を〉感じることができるようにならなければ、と考える。ますます難しくなってゆく……。

但しわたしは、先に一度触れた梶井基次郎の「蒼穹」（『文藝都市』一九二八・三）を再び思い出さずにいられない。「蒼穹」の主人公〈私〉は、晩春の午後、雲の浮かんでいる青空を見上げているうちに、そこには〈白日の闇が満ち満ちてゐるのだ〉と感じ出す。そしてそれは〈濃い藍色に煙り上がつたこの季節の空は、そのとき、見れば見るほどただ闇としか私には感覚出来なかつたのである〉と結ばれる。日野のここで言う「光る闇」と同じ感覚なのではないかと、わたしはひそかに思う。

「光の光」を書いた約四年後、日野の最後の小説である「神の小さな庭で」（『すばる』二〇〇一・一二）という極めて印象深い小品が発表される。そこで日野は、〈神〉という語を作品中で、最初にして最後に使った。〈ある気持ちよく晴れた秋の日〉、小公園で遊ぶ子供たちと、主人公（＝日野）とのささやかな交歓の美しさと至福感。その聖なるリアリティ！　この小品は、日野の「光」に関する思念が如何なる方向に向かっていったのか、巧まずして暗示している、とわたしには思われるのである。

長編小説『光』についての文壇の反響は、かなりに大きかった。「読売文学賞・小説賞」を受賞したことは、先に触れた。その時の選考委員は井上ひさし、大江健三郎、大岡信、岡野弘彦、河野多恵子、川村二郎、佐伯彰一、管野昭正、丸谷才一、山崎正和。当時の第一線で最も活発に活躍していた作家、評論家、歌人たちである。選考委員を代表して推薦の辞を書いた井上ひさしは、〈「光は闇、闇は光」という宇宙の本源からの問いかけ〉に、日野は、〈真正面から挑戦した。なんという形而上学的な主題だろう。そしてまたなんという勇敢な作家なのだろう〉と讃えた。大岡信も『朝日新聞』の「一二月の文芸」（一九九五・一二・二六）で、小説中に〈闇は光だった〉〈この宇宙の闇はどこでもいつでも光をはらんでいる〉と書かれている部分に注目し、〈ただこのひとことのために『光』は書かれたんじゃないか〉と言い、〈それは過去は未来、一瞬は永遠だ〉と作者が言おうとしているのだと解し、〈その永遠を日野は引き延ばして見たかったのだろう〉と評している。

『光』を先述のように読んできたわたしにとり、井上、大岡両氏の最終的評価には納得出来るような気がする。日野自身は、この両者の評価に応えるように、受賞の辞（『読売新聞』一九九六・二・一）で、〈救い、希望の象徴としての光ではなく、闇をたたえた光、光をはらんだ闇。それを究めたかったんです〉と述べている。

その他、池澤夏樹が『毎日新聞』（一九九五・一二・二五）で、今福龍太が『文學界』（一九九六・一）で、高橋敏夫が『すばる』（一九九六・二）で、千石英世が『群像』（一九九六・二）で、それぞれ熱度の高い、個性的な書評を行っている。中で日野文学に対し終始よき理解者であった池澤の評に、わたしは最も注目する。彼は、〈日野啓三の小説の主人公は皆何かを探している〉と書きだし、〈『光』の主人公が探しているのは自分の記憶だが、作者日野啓三がずっと求めているのは厳密な自然観である〉と言い、それは〈日本的な自然ではなく、もっと熱く、冷たく、荒涼として、あるいは濃密で強烈なメッセージを、読めない文字で書いているような自然。（中略）その形而上学的意味をこの作家はしつこく問い続けてきた〉のだ、とする。その上で、『光』はこの途上におけるひとつの結実だ、と言う。池澤の言う〈自然〉とは如何なるものか、これが大きな問題なのだが、日野は先に触れた受賞の辞で、〈いずれ『光』の続編を書こうと思っている〉と宣している。次作長編小説『天池』において、池澤の言う日野独自の〈自然〉、そして〈光〉についてのさらなる深まりの思念が明らかになることを、わたしは期待するのである。

（注）

（1）「インターゾーン」なる語は、普通「地域間」と訳されるが、これを長編の題名としていたときの日野は、この語を以て、「宇宙空間」とでも言うべきものの内容を暗喩しようとしたのではあるまいか。書き終わってみて、ずばり『光』と改題したのは、まことに当を得ていたと言わねばならぬ。

（2）ある時（例えば事故などで）、それ以前の記憶全てを喪失してしまう病気。

（3）菊田一夫作の連続ラジオドラマ。ＮＨＫが一九五二年四月一〇日夜から一九五四年四月まで放送、九十七回で終了し、空前の人気を博した。戦争末期の東京空襲の時、有楽町の数寄屋橋で偶然に会い、互いに好意を持ち合った若い男女が、一年後を約して一旦別れるが、その後は悲劇的なすれ違いを繰返し、繰返しする。

3 「自然」と「再生」
——長編小説『天池』

長編小説『光』を書いた日野は、更に光と闇の問題を深め高めるべく、長編小説『天池』の連載を一九九七年一月から『群像』を舞台にして始める。

しかし実際には、〈光と闇の問題を深め高める〉点は殆ど実現されず、全く別な内容のものとなった。この長編が、〈北関東の神秘的な山奥の湖を舞台にした〉作品となったことについては、単行本『天池』（一九九九・五　講談社）の「あとがき」に詳しく説明されている。日野は、関東平野の北西部の〈山林で枯死する樹木が増えている〉と新聞で知り、車を飛ばす。そして国道のすぐ脇に小さな湖を見いだす。

湖岸の公営キャンプ場はすでに閉鎖していて、他に一軒の民宿も休憩所も人家もなく、暗く透き徹る水面は海抜千七百メートルの秋冷の気を凝縮して、ただ静謐だった。まわりの山腹から点々と突き出た死木の枝を、夕陽が赫々と染め……何かこの世ならぬところという強烈な印象から、「天池《てんち》」という古い言葉を自然に思い浮かべた。

ただし古びたボート乗り場の浮き台が、長く湖中に突き出していなかったら、そこを小説の場所にしようとは思わなかっただろう。先に切れた浮き橋の上を歩くいくつもの幻影の後姿が見え隠れした。

その人たちの運命を知りたい、と激しく思った―あの影たちは私だ、と。

この偶然を素材にして、大がかりに虚構化し、小説として展開して見せたのが、この長編『天池』(『群像』一九九七・一～一九九九・三、この間二回休載)だったわけなのである。

日野は、作品の主要部として大きな旧家を改造した民宿を、まず設定する。周りから〈湖の主〉と称されている隠居の老人を初め、ここに住む人たちは一風変わった人たちばかりである。老人は言う―〈とても大きなものとおれたち一族は日々じかに向き合ってきたし、繋がりあって来た〉(傍点引用者)。深い意味を蔵していると思われる〈とても大きなもの〉とは何か? これが明らかになることを期待しながら、わたしは本作を読み進めてゆこう。

老人の妻は、ある霧の日にボート乗り場の先端から湖に投身自殺した。その二人の間の長女である希《のぞみ》は、大学時代に失恋し、左手に大火傷を負っている。屋敷の屋根裏部屋に閉じ籠り、別に山中に小屋を建て、独りタピストリーを織っている。もう若くはないが、激烈な情熱の固まりだ。次女朱美《あけみ》は、実質的な民宿の女主人。奔放な性の遍歴を重ねてきたが、今は入婿ケンゾウを迎えている。ケンゾウは、宿の料理人の役割を引き受けている。高校時代に死病を患い、〈何かを見てしまっ〉て以来〈自分にも人生にも余り多くを望まない〉。高校二年の末娘夏子は、不安定な思春期を送っている。

ある日たまたま民宿に泊まった客は五人。世界の戦場に惹かれ、長年遍歴しているフリーのジャーナリスト。女主人と同級生だったある高校の国語教師。彼は彼女を未だ性的に追い続けている。彼が案内してきた校閲記者は好奇心が極めて旺盛だ。更に東京からきた若いカップル。男の方は〈女の身体をいじりまわすことばかりに夢中〉。

女に愛想をつかされて、すぐに追い出されてしまう。

大人になりかけている宿の末娘は〈みんなビョーキなのよ〉と笑う……。まだ純粋さを失っていない彼女から見れば、そう言われるのも当然かもしれない。

奥野忠昭『日常を越える闘い—日野啓三論』(二〇〇八・一〇　ドット・ウィザード)中の「日野啓三の自然—『天池』を素材として」が既に指摘しているように、この長編小説は、登場人物全ての視点より〈同一の事象を見合ったり、お互いにそれぞれを観察し合ったり、それぞれの内面が書かれたりしていく。したがってかなり入り組んだ構成で、ストーリーも錯綜している〉。

奥野氏は更に、宿の住人と客たちの間に、対応し合うカップルがいくつも出来ると言われるが、その中で日野が最も力を入れて描き出しているのは、フリージャーナリストと長女の希《のぞみ》とのカップルだ。従ってこのカップルの成立を詳しく追うことを中心に据えて、『天池』という長編小説の性格を、わたしなりに考えてみたい。

フリージャーナリストは、太平洋戦争後に生まれた。幼児期の最初の記憶は、空襲で一面焼け野原になった都市風景であった。(ここには早くも、作者日野自身が投影している。[1])　このフリージャーナリストは若いときから、ボールペンとカメラを持って、他国の戦場を歩き回って中年に至ったのであるが、その理由は、彼自身〈今も何故かわからない〉と言う。

彼の行くところは、長い植民地支配から脱出しようとする独立戦争や、同一民族間の宗教対立による殺戮現場などなのだ。その悲惨さに耐え難くなり、何度も逃げ帰るように帰国した。しかし何故か〈ひりつくような懐かしさを覚えて〉またぞろ戦場に向かってしまう。男は言う—〈報道の使命なんて立派なことは、実はどうでもよい〉。

戦後生まれの彼を、内部から駆りたてているものは何なのだろう?

ある時外国にいて、ふと日本の秋を思い出し、一旦帰国し、どこという当てもなく国内の旅を続けていて、たまたまこの民宿にぶつかったわけだ。

翌朝の食卓で、フリージャーナリストと希は、一目見合っただけで、共に相手に〈何か〉があると感じ合う。二人に恋愛感情が芽生える始まりである。

この中年男がさまざまな戦場を観察し、体験した中で、最も大きな衝撃を受け、人間観さえ替えられてしまったのは、所謂「カンボジア戦争」においてである。

カンボジアにポルポト政権が誕生したのは、一九六三年である。それは、一九七八年まで続く。ポルポト（一九二五〜一九九五）は「クメール・ルージュ」というグループを結成し、反ポルポト派を徹底的に弾圧する。また中心都市プノンペンから市民の殆どを強制移住させ、市は一時無人のゴーストタウンと化した。市外に追放されたものたちは、苛酷な強制労働に従事させられ、その間理由不明の集団虐殺が頻々と行われ、餓死や病死したものを合わせると、百二十万人とも二百七十万人とも言われた。世界は震撼させられた(2)。

食卓で初めて目を合わせた日の宵、希から許されたフリージャーナリストは、屋根裏部屋に登り、自分の戦場体験につき、具体的に語り始める……。

一九七九年初め、彼はベトナム軍がプノンペンに侵攻したとき、記者として従軍した。

プノンペンに入ると、「赤いクメール」と通称されていたポルポト派の兵士が少々ちらついていたが、彼らは戦闘もせず、逃げ去った。建物の〈生活の匂いのするものすべて〉が計画的に破壊されていた。あちこちに大穴があった。大量に虐殺された屍を投げ込んだ跡だ。彼は、つくづくと感じた―それは〈戦争の狂気とは異質の何か〉だ。〈その徹底性、その執念、その冷たい意思力〉。

彼はひとまず、外国人ジャーナリストのよく使っていた安ホテルに入ってみる。テーブルの上に置いてある英文のバイブルを見つける。その余白に、次の言葉が書き付けてあった。

人間的なものはすべて、われに遠からず。

人間が行なうすべては私自身とかかわりがある。

書いたのは多分他の従軍記者かカメラマンであろう。フリージャーナリストは希に向かい、書いた当のものは、〈多分それまで漠然と思い描いてきた〈人間〉の領域を越えた人間の行為を見てしまった〉のだと思う、と言う。〈暗黒の四（ママ）年間、黒衣の集団[3]はまるで魅入れらたように境界を越えてしまった。（中略）そんな人間の〝向う側〟に、僕も魅入れたように入り込んで、（中略）言い難い恐怖と戦慄に震えた〉。

境界を越えたものにどうしようもなく惹かれるということがぼくの傷、（中略）理性では感情では、拒否し非難し、怒り悲しんでいるのに、無意識のうちにそんな恐ろしい現場にひき寄せられ、この世ならぬ悲惨さと絶望に全身で打ち震えている、まるで自分自身のことのように。人間が行なうすべての行為は自分の中で行なわれたようなものだ……

フリージャーナリストのこの発言は極めて重要だ。日野はここで、一見アンチヒューマニズムの極限と見えるものが、実は、ヒューマニズムを自認している人々に否定できぬものとして存在しているのだ、と言いたかったのだろう。別の箇所では、次の言葉で同じことを言おうとしている―〈もっとコワイのは掘り出された三百個の頭蓋骨を前にしていると、鬼気を超えて奇妙な安らぎを覚え始めるのだ〉。まだある―〈極限の残虐をみると、闇を闇と感じなくなる、（中略）魅力にさえ覚える〉[4]。

男のこの告白に対し、女はどういう反応を示すか？

彼女はまず、男の言葉に〈その受けた傷の深さをまざまざと見る〉。〈このひとは遠くから帰って来ただけではない。傷に耐えられなくなって、自分が見えなくなりかけて、ここにやっと辿りついたのにちがいない〉。そして内心で呟く——

遠い国の過去のある時期の出来事を自分のこととして傷ついてきた人間の魂の喘ぎのような息遣いを、わたしはまるで自分のことのように感じ取ることが出来る。人間は自分の能力以上の体験に出合うことがある。それを自分の中に組み入れることができないと、人格は傷つき壊れることを自身のこととして知っている。だが本当に傷つき壊れかけないと、見えないものが見えるようにならないのではないだろうか。わたしは何というひとに出会ってしまったのだろう。

今度は、女の方が自分の中の〈傷〉を告白する番だ。

月が明るく湖面を輝かせている中に、二人はボートを漕ぎ出す。初め女がオールを握る。〈皺の細かな大きめの唇が、男にハッとするほど肉感的だ。こんな女がいたのだ——荒涼たる孤独の芯を包むしなやかな強い肉。きっと魂も灼けるほど暗く熱いだろう〉などと男は思う（付記1）。

ボートから上がった二人は、森の中の女の仕事小屋に入る。

月明かりの部屋で、女は「己れ」を淡々と語り出す……。

……わたしは幼いときから〈かなり異常な子供だった〉。苛立ってくると乱暴になり、何でも手当たり次第壊した。持て余した母は〈娘を抱いて湖に飛び込みかけたところを何度も止められた〉。〈母親は美しく繊細だった分だけ、生きる自然な力を欠いていた〉。（中略）高校に上がって、山に雷の落ちたのに出合い、〈ずぶ濡れになりながら、稲妻に見とれた。人間関係の不可解な煩わしさ、それに合わせるために頭と神経を張り詰め続ける〝嘘っぽさ〟に比べると、雷光の亀裂はとても本当のことに思われた〉。

大学時代、中南米のマヤ文明にのめり込んでいる図書館司書と恋愛した。〈狂おしく幸福だった〉。ところが彼は突然別の女と結婚すると言いだした。わたしには〈あるはずのないこと、あってはならない〉ことだった。レストランに入ったら、テーブルに赤い焔がもえていた。

わたしはいきなりそのローソクの焔の上に左手の掌を翳して、静かに言った。――「いままでどおりに。そうはっきり約束してくれるまでこの手は引きません」（中略）手をじりじりと焔に近づけた。肉の焦げる匂いがかすかにした。頭の芯が灼けるようだったが、わたしは取り乱しても逆上もしていなかった。

それから後のことは彼女の記憶にない。意識が戻ったとき、救急車内のベッドに縛り付けられていた。手当の結果、親指を残した他の四本の指先は丸く固まってしまった。その後神経科病院で半年過ごし、大学は止めて、家に帰った……。

女の話を聞きながら、男は彼女の作品のタピストリーが月光に照らし出されているのを見続けていた。その図柄は、〈骨にしみるようなある荒涼たるもの、孤独の冷気と嘆きの血漿〉のように見えた。危険な場所だけを選ぶように、世界を〈うろつき続けてきた〉男は〈戦争の悲惨を伝える使命感などはなかった、と改めて思う。男の心身自体が戦場だった〉のだ。タピストリーに描き出されている女の心の有り様は、男のそれを透かし見たようなものだった。男をして、〈この織物はおれの魂のレントゲン写真だ〉と言わしめる所以である。男は女に対し、〈どうしていいかわからない痛切な親愛感、同類感〉を覚える。そして〈この女となら無限の寂寥と生きて行く激情を通じ合うことが出来るかも知れない〉と思う。

二人は射し込む月光に照らされながら、掌を握りしめ合う。

「V　目を覚ませ」の章は、この作品のクライマックスとなる部分である。民宿、湖、周りの森林一帯が暴風雨と落雷に襲われ、民宿の家族たちや客人たちがそれに翻弄される様が、克明に描き出される。

最初に雷鳴らしき音を聞いたのは、客の若い女で、朝の湖畔にいた彼女は、〈異常な予感にひどく緊張する〉。

雷鳴が近づいてくるのを感じ取ったフリージャーナリストは、前夜長姉と繰り広げたドラマを思い出しながら、心配になって、再び仕事小屋を訪ねる。施錠されていたので、更に登って行くと、案の定彼女は枯れた巨樹の裏側に立ち、〈薄く笑って〉いた。女は〈稲妻を待ってるの〉と言い、幼児から何故か雷が好きだったこと、母も同じだった、と呟く。目を大きく見開き、時々閃く稲妻にうっとりし出す。

この辺りからの日野の筆致は、熱と冴えを帯びだし、さながら優れた映画の場面のように進行して行く。

女は憑依したように、言う――〈雷は天の光、どうにもならない地上の掟を切り裂いて、わたしたちに力をくれる。殺すのではなくて生き返らせるのよ。たとえ頭の上に落ちたって、魂は光り輝くのよ〉。

ここで初めて、この長編の主要なテーマの一つである「自然」(5)と通底し合う人間、ということが、その露頭をあらわす。

突然落雷が襲った。

この時湖畔にいた客の若い女は、一瞬〈コワイ。背骨がずれるほどにコワイ〉と思う。

ねっとりと澱んだ体液の中を細胞たちが仄光って漂い、神経繊維があられもなく戦《そよ》ぐ領域。そこは雷鳴と閃光、蘇った湖と底深く通じ合っている。ワタシが壊レル、と放心した小娘はうっとりと感ずる。

引用の一行目は、いかにも日野的な感覚であり表現である。

続く文章にも、「自然」と通底している娘の内部の様相が暴き出されている。

彼女は〈アソコヲ歩イテユカネバナラナイ。湖ガ呼ンデイル。ワタシガワタシヲ呼ンデイル〉と、側のボートで荒れている湖面に乗り出そうとしている。

たまたま日課の林の見回りをしていた民宿の老人は、落雷の瞬間、傍らの樹にしがみつく。〈折角育てた立派な樹を狙い撃ちする理不尽な力に我慢がならない〉、〈理不尽なだけでなく不可能な天の力〉。〈芒が生い茂る岸辺まで下りてきたとき、思わず目が据わって血の気が引いた〉。ボート乗り場でよろめいている若い女が目に入ったからだ。彼女は〈狂っている〉と思っていると、かつて湖に身を投げた〈あいつ〉、即ち亡妻の姿が若い女と重なる。老人は叫びを上げながら、ボート乗り場の女に向かい走り出した……。

作者日野の視点は、高校生の末娘の方に移る。

彼女が起床、窓際にいた時、突然の稲妻と大震動。彼女も又、〈この世界と生きものたちを動かしている大きな力とわたしの体はつながっている〉と痛感する。即ち先に触れた長女や客の若い女と同じように、「自然」と通底しているのである。

父が若い女を抱き、二人がゆっくり湖に墜ちてゆくのが見えたとき、末娘は、雨の中に飛び出す。宿の若主人と校閲記者もそれに続く。湖に飛び込んだ若主人は、杭に摑まっている女を、まず引き上げる。

老人は、溺れながら叫んでいる――〈放っておいて　ゴボ　くれ〉、〈ゴボ　あいつの　ゴボゴボ　ところへ行く〉。

校閲記者も飛び込み、若主人に協力して老人を助け上げようとする。

ここで作者の視点は、フリージャーナリストと長女の場面に、再び戻る。

大閃光と大音響と共に、女が寄りかかっていた巨樹に落雷する。

男は反射的に女の体を抱えて、地面に倒れ込む。〈地面の下から迸り出た異様に強烈な力は、ふたりの体を突き上げて放り出し、ふたりは離れ離れにびしょ濡れの草地に転がった〉。

足の裏から脳天へ電流が走り抜けたに違いない衝撃から覚めるとすぐ、男は女を探した。男から五メートルも離れた草地の端に女の体は倒れ、草地の斜面の真ん中では巨樹の幹が縦に裂けて、枯れ残った大枝の付け根から焔が吹き出している。

仰向けに体を開いた彼女の姿はレープされた女の死体のようにも、魂を天の力に開ききったようにも見えた。

何度も大きく息を継ぎながら、強く肩先を揺する。（中略）

「ああ」と女が呻いた。

「ああ」と男も叫んだ。

（中略）

「樹がわたしの樹が」

掠《かす》れた声で女が繰り返した。

男は、〈長年かかって枯れてきた巨樹が、炎をあげて死んでゆく。大きな生きものの最後は、痛ましいだけでなく崇高だ〉、〈だがいま目の前で、天と地を結ぶ中心の樹、垂直の世界軸が失われてゆく、という現実は自分というものの中心が消えてゆくように恐ろしい〉と思う。

この部分には、既にわれわれにはお馴染みの小説「東京タワーが救いだった」（前掲）で日野が得た形而上学的感覚が蘇っている。そういう意味では、枯れた巨樹を恰も自分自身であるかのように愛していた女にとっては、この上ない打撃だろう、と男は思いやる。

嵐が去った後、二人は山を降る。平地に出たとき、女は、〈ひとりにして〉と言い出す。〈それは頑《かたく》なに自分に閉じこもってきたこの女にとって、本当に〈目を覚ます〉こと、生き直すことになるのだ〉と納得した男は、そこで別れ、宿に帰る……。

ひとりになった女の思念を辿るのに、日野は、句読点は打たず、しかもフレーズの間を一字開けに表現する方法をとる。このような叙述は、落雷をまともに受けて、異常が続いている女の神経状態を、目で見るように読者に訴える上で効果をあげている。

闇の種々相、その奥行きの深さの感触、孤独の昂揚感、襲ってくる幻覚等が、彼女の頭の中を次と流れてゆく。その中で最も重かったのは、湖に身を投げた母のイメージの蘇りである。

ああ母さん　だとわかった　ことに　もう驚かない　わたし　より若い　とわかっても声が出ない　ここ　いま　の闇のしじま　の心の奥には　かたちも声もないことがわかる（中略）

だからいま　母さん　のおぼろな姿　がこんなに　〈本当の感じ〉なのだろうか　（傍点原文）

嵐が嘘のように去った翌日、長姉は、前夜強いイメージを喚起された亡母の生まれ故郷を訪ねる。義弟ケンゾー、即ち宿の若主人が車で送ってくれる。

義弟は運転しながら、義姉に話しかける——〈ぼくは秋がコワイ。（中略）秋の光のなかで、物のかたちが、生きるものだけでなく物のいのちまで壊れてゆく、というこの感じ。無理に理屈をつけると、物がすっとエネルギーに還ってしまう気配のような〉。

この秋の光の感覚は、勿論日野自身の秋の陽の光への感触を代弁しているものだ。日野は別の作品で、一年の中で十月の〈秋の光〉を一番好むと言う。〈私はこの月のために、他の十一ヶ月を我慢して生きている〉とさえ言い、それは〈光の光〉だと呼ぶ[6]。

彼は長編『天池』の先の部分で、〈光の光〉なるものは、すべての命を〈すっとエネルギーに還ってしまう気配〉を持つと、その内実を、より具体化しているわけだ。

次に義姉が義弟に語りかける……。

前夜、フリージャーナリストの見守る中で、自分は〈何年も何年も祈るように織り直してきた「わたしの樹」〉を、図案化した大作のタピストリーを、ずたずたに切り裂いてしまった。〈わたしはこれまでのわたし自身を切ったのよ、わたしの孤独を、救いに飢えながら救いのない自分をひそかに誇りにしてきたわたしの心を。もう何もない、何もない——と叫びながら〉……。

このエピソードは、車を囲む〈異様に明るい〉日射しが、〈物の命まで壊れてゆく〉〈すっと物のエネルギーに還ってしまう〉という〈気配〉と、一見対極的でありながら、見事に照応しあっている。

あるバスの停留所が見えたとき彼女は、突然に〈ここで降ろして〉と言う。山に分け入ってゆくバスにひとり乗り込んだ彼女は、〈明るい真っ昼間なのに〉、〈壊れかけたわたし自身の闇の奥に入り込んでゆくように〉感じている。

再び、昨晩タピストリーを切り裂いたときのことが心中に蘇って来る。

タピストリーの千切れた屑が埋まった床にくずおれそうになった自分は、男にしっかりと抱き留められたのだ。〈それでいいんだよ〉、〈人間は繰り返し自分を殺して生きてゆくんだよ〉。〈心のなかで死ぬ度に、新しく生まれ変わるんだよ〉などとと言った〈あの人の低い声〉が幻聴のように聞こえてくる。ふたりは手を握り合い、〈長い接吻《キス》。闇の底のキス。顔の見えないキス。この年齢で初めての本当のキス〉。その中で男の手がジーパンのボタンを探る。〈心は熱く開いているのに、強ばって閉じるわたしの体〉。男は女を抱き直し囁く――〈いいんだよ。時間をかけて生き直せば。きみもぼくも実に長い間、本当の自分を殺してきたんだから〉。現実の形とは別に、内実では、ふたりの愛は完成に踏み行ってゆく。女は思う――〈夢の彼方からのように、あのふしぎな男が急にわたしの孤独の中にすっと入ってきた〉のだ……。

バスは終点に着く。母が生まれ育った村だ。

廃屋になってしまった旧屋敷を見つけ出し、心の中の母を呼び出す。母の遠い声が彼女に言う――〈わたしは余りに悲しすぎて死ぬけれども、あなたは目を瞑《つぶ》ってはいけないのよ〉。彼女は、自分の生の根源に辿りつこうとしている。

わたしはいま魂の目が開いている。あらゆる物の奥行きが、世界の筋目が透かし見えるようだ。雷に撃たれ、わたしの樹を焼かれ、湖の闇を覗き、初めての男に抱き締められ、こんなところまで迷いこんで。

この独白には、その時の彼女のありようが要約されている。

それまでの存在の拠り所を完全に否定した「自然」は、己の中から本当の「自然」を引き出し、それが、たまたま巡り会った男性と結び合う仲立ちとなっている。愛の成立である。

それは又、大きな「自然」と己の中の「自然」が重なり、融け合うことでもある。このことは、自然の中に逃げ込むこと—例えば隠棲—でも、恋愛の中に逃げ込むことでもない。そういう消極的な姿勢ではなく、おのが存在を再生する積極的な姿勢である。具体的には、彼女をして、〈わたしは新しいタピストリーを織り始めるだろう〉と言わしめ、〈わたしはいまあのひとの腕に戻ることが出来る。一緒に生き直すだろう〉と言わしめるのである。

長姉希の、紛れもない再生である。

一方、他の人たちは、嵐の過ぎたあとにどうなったか?

老人は病院で「一過性脳虚血発作」と診断され、数日の安静を命じられた。〈人間の一生なんて〉〈湖に移る雲の影のようなものだ〉という思いをしきりに頭に浮かべていた。死にさらされた湖を〈天のどこかにある……もっともっと広くて……もっともっと深い……黒い湖〉などと見直している。

女主人朱美《あけみ》は、二日間殆ど寝ていなかったので疲れ切っている。夫のケンゾーに対しては、今まで性の遍歴を重ねてきたどの男たちよりも、〈身近な〉存在と見え始める。〈〈何かが終ったんだわ〉、それはわたし自身の〈何か〉でもあった〉と気づく。〈あられもない気分や、抑え難い感情のざわめきやどぎつい心の乱れは、もう沢山〉と、彼女もまた一種の再生を成し遂げる。

フリージャーナリストは、嵐の翌朝、静かになった湖畔で宿の末娘夏子としみじみ話し合っている。この場面は詩のように美しい。

湖畔は光に満ち、〈乾いた雪が音もなく降り籠むように　白い欠片《かけら》が一面に降ってきて　水面に　砂地の襞に林の揺れる葉末に　脂が沈み始めた夏子の形のいい頸筋の肌に　撥ね返ってキラキラと震えている〉。男は、ボート乗り場の端を指さしながら言う―数々の戦場を経巡ってきた自分の半生は、あのような危ない上を、とても長い間歩いてきた気がする。〈あの先のない橋は　人生そのもの〉だ。娘は答える―〈あの先は　本当に切れているのではなくて　あそこから見えないどこかに繋がっているのだとずっと自分にいってきたのよ　母さんはあそこで消えたのではないんだって〉。更に彼女は言い続ける―〈あたし　生きてゆくこと　こわくない　卒業したら　わたし　外国でも南極にだって行く　宇宙にだって〉。

ふたりは最後に、次のように言い合って、ひっそりと笑い合う。

―ぼくも　もう一度歩き直すぞ
―また遠くに？
―戻ってくるよ
―姉さんが待っている？

要するに、作中の主要人物たちは、一夜の暴風雨と落雷の洗礼により、それぞれに新しく「再生」してゆくのである。

作品は、短い「Epilogue」で終わるが、これは所謂後日談である。と言っても、描かれている場面は落雷のあった翌日の夕暮れ時だけである。

まず若主人ケンゾーは、昨日義姉を車に乗せて、老人を見舞いに病院に行く途中のことを思い出す。彼は彼女に〈強烈なものが発酵するような感じ、ほとんどにおいを〉感じ取った。言うまでもなく〈におい〉とは、前夜、フリージャーナリストとの間で初めての性の営みがあったことの大胆な徴《しるし》なのだ（傍点原文）。

今、夕暮れ時の食堂の集まっているのは、ケンゾーと女主人、それに長女希の三人だけ。希は昨日までの長い髪をバッサリ切り落とし、その上いつもと違って、スカート姿だ。

フリージャーナリストは、人間存在の持つさらなる奥深さを求めるという明確な目的意識を今度こそはっきりと持って、その朝再び旅立って行った。彼女はこの後に、髪を切り落としたらしい。ケンゾーは思う――〈これまでの自分の生き方を切ったのだろう〉。

彼は、得意の薫り高い紅茶を淹れながら、しみじみと痛感している――

　いまのような穏やかないっ時が、夕陽の最後の光の中で輝いている……

それはそれで何者かだというより、実はとても素晴らしい奇跡のようなことではないだろうか。時間が淀みながらも確実にひっそりと流れている濃い手ごたえを感ずることが出来る。

初期の日野の芥川賞受賞作品「あの夕陽」でも、部屋に射し込んでくる美しい夕陽の流れが、重要な役割を果たしている。しかしそれは離婚という悲劇の効果を一層高めているのだが、この場面の夕陽は、夕陽は夕陽でも、〈至福と戦慄の瞬間〉を表現するのに効果を上げている。

突然の電話。女主人が出ると、予約の申し込みだ。彼女は喜びの声で応対しながら、湖のことを話題にし、〈それは静かで落ちついて、まさに天上の湖ですわ〉(付記2)と宣伝に努めている。民宿の未来は、まだまだ明るいようだ。(付記3)

日野の長い創作史の中では、ハッピーエンドになっている点で、珍しい例のひとつと言える。『天池』に対する批評は、鈴村和成「『天池』―生気に溢れた幻影たち」(『文學界』一九九九・八)、高井友一「『天池』―恩寵を求める切実な願望」(『群像』一九九九・六)、巽孝之「『天池』―彼女たちのミステリー」(『新潮』一九九九・八)、それに先に触れた奥野忠昭「日野啓三の自然―『天池』を素材として」(前掲)、松山巌「湖畔の宿の六日間／張りつめた心理劇」(『朝日新聞』一九九九・七・一一)などが管見に入ったが、中で、松山氏のものにわたしは特に注目したい。その結末部を引用する―

細部にいたるまで言葉は練られ、なおかつ実験的な手法も用いられている。独断ながら日野啓三の最高傑作だと思う。

わたし自身は、日野の最高傑作とまでは言い切れない。それを言うなら、長編『台風の眼』(前掲)の方をやはり推したいのだが……。

(注)

(1)　本書「一　日野啓三序説」の中「2　日野啓三と戦争」(上)参照。

(2)　カンボジア状勢については、ベトナム戦争記録編集委員会編『ベトナム戦争の記録』(一九八八　大月書店)に拠る。

（3）ポルポト派の兵士たちは、常に黒衣の農民姿をしていた。
（4）日野は終生に渉り、埴谷雄高を崇敬していた。彼が晩年にいたり、埴谷と同じ位相の人間観を抱くまでに至っていることが、ここでわかる。埴谷は既に言っている―

文学こそは、明から暗におよぶ私達の生のすべてにわたって何物をも決して棄てさらぬところの一種果てもない記録である。（『日本近代文学大事典』推薦の辞　一九七七・一一　講談社）

（5）わたしはここで、自然なる語を「　」で囲った。前掲奥野氏のように、〈山川草木的自然〉とは違う意味で使っているからである。氏は論の終わり近くで、〈それは、山川草木的自然からずれているかも知れないが、自然の概念を拡大して、人を取り巻く事実をも含め云々〉と述べ、それまでの分析を更に補強していられる。しかしわたしは、氏の所謂〈自然の概念を拡大〉化したものを初めから念頭に置いているから、「自然」と括弧を付けたのだ。人間を含めた天地万物という意を強調したかったからである。
（6）本書「三『梯《きざはし》の立つ都市《まち》　冥府と永遠の花』」の中の「6　光と闇と永遠の構図」参照。
（7）明治書院『新釈漢文大系』中の『老子・荘子』（一九六六・一一〜一九六八・一一）

付記 1　評論家川本三郎との対談「『廃墟』を旅する単独者」（『文學界』一九八七・四）で、川本が日野にやや揶揄気味に〈日野さんの文学には食欲と性欲が見事に欠けていると思うんですが……〉と言っている。日野は笑い返すだけで、否定も肯定もしていない。この対談の時点までには長編小説『抱擁』（一九八二・二　集英社）を例外として、確かに川本の言うような傾向があった。しかしこの『天池』では違う。多くの男性遍歴を持つ女主人の肢体のエロスの描写は、極めて簡にして要を得ている。このボートを漕ぐ長姉の描写も同じで、同乗のフリージャーナリストは〈清冽な欲情が腰骨の奥で揺れた〉という。先に触れた〈におい〉のエピソードも濃く、パセティックだ。
　次の引用は、女主人と国語教師の場合―

何という滑らかさ、しっとりと蠟を引いたようで、ひんやりとしたたかに張りつめる肉の盛り上がり。今度は腹の両脇を腰骨の方へ撫で下ろしてゆく。この曲面の何という優美な撓り。これが女という不思議な生きもののかたち。男は息を停めてその霊妙な感触が全身に、魂の奥にまで滲み広がるのを茫然と意識する。（中略）

生きているということはこの感触なのだ。

こんなことがあっていいのだろうか。「愛してる」という自分自身の言葉さえ、今のおれが心と体の全部を浸しているこの感覚。いや目のない触覚の充足に比べたら、木の葉のそよぎのようなものだ。

なお日野と性の問題については、本書の『台風の眼』論の二百六十一頁にも触れている。

付記２　女主人をして思わず〈まさに天上の湖ですわ〉と言わしめたのは、本論冒頭でも触れたように、日野が、作品のモデルにした〈小さな湖〉を見たとき、〈何かこの世ならぬところという強烈な印象から、「天池《てんち》」という古い言葉を自然に思い浮かべた〉とあるところと関係がある。

「天池」という語は、中国の古典『荘子《そうじ》』から来ている。即ちその「内編　逍遙遊　第一」に、〈是鳥や海運《めぐ》れば則ち将《まさ》に南冥に従《うつ》らんとす。南冥とは、天池なり〉とある。市川安司・遠藤哲夫共同通釈では、〈この鳥は、海が荒れると南の海に移ろうとする。南の海とは造化の手になる池である〉となっている。「天池」の語釈には、〈池は海。造化の作ったものなので、これを天池という〉とある。（明治書院『新釈漢文大系』中の『老子・荘子』（一九六六・一一―一九六八・一一））

本作品のエピグラフで日野は、同じ「逍遙遊　第一」から、〈窮海の北に冥海なる者あり。天池なり〉（前通釈では、〈不毛の北の地に冥海という意味（「海」の誤りか―引用者注）がある。それは自然の池である〉）の部分を採っている。日野は、少なくとも昭和三〇年代半ばには、『荘子』を愛読書のひとつとしていたらしい。それは、昭和三五年の日付を持つ「天籟について」という文章を書き、『孤独の密度』（前掲）の「序」としていることでわかる。「天籟」とは、『荘子』の「内編　斉物論　第二」中の〈汝人籟を聞きて未だ地籟を聞かず。汝地籟を聞きて天籟を聞かざるなり〉に初めて出る語だ。本作品の中でも、校閲記者が、嵐の予兆の中で、この文章を呪文のように誦する場面がある。「天籟」については、前掲の通釈では〈空に鳴る自然の響〉とある。

日野が、この作品の総題に「天池」なる『荘子』中の語を選んだ意図について触れている評者は、未だいないようだ。さまざまなドラマを抱え込んでいた山間の湖の周辺に神秘性を感じ、それを彼が、『荘子』中の語「天池」を以て象徴させたのではないか、とわたしは思う。しかも作品の表面には出さなかったが、これを創作する彼の意識の奥には、東洋的な汎神論の代表のひとつである『荘子』が大きな位置を占め出していたのだ、と考えたい。

尚、本論冒頭部で提出した、民宿の一族が向き合ってきた〈とても大きなもの〉とは何か？　という設問は、今までわたしが述べてきた「自然」と深い関係のあるもの、と推定すれば、ある程度は解けるのであるまいか。

付記3　日野には、一九七六年一一月に「文明の中の野蛮」と題し『岩波講座　文学』第十一巻に発表し、自著『聖なる彼方―私の魂の遍歴』（前掲）に収録する際に、「人間、この全体なるもの」と改題したエッセイがある。その中で、〈私小説の反対概念として「全体小説」〉なるもののあるべき実質を、次のように述べている。

「全体」という言葉を私は宇宙とその無限、その虚無をまで包み込むこととしてしか理解しない。（中略）政治、権力欲、愛欲、家庭関係といった、人間関係の絡まりも、そうした宇宙の深みの中の出来事として眺めることが、全体的だと私は考える。単に宇宙を背景としてその前に人間ドラマを展開させるのではなく、宇宙の無限と生の根源的無意味さとの戦い、いわば〝内なる宇宙〟を生きるべく運命づけられた人間たちの営みと試み、悲惨と栄光、呪いと滑稽さとを描き出したのが、全体小説であろう。

本作品を〈天池〉なる語を以て題名としたところに、日野が、ここで言う〈宇宙〉なるものを意識していることは、今更説明を要しないだろう。その上、民宿の人たちも、フリージャーナリストの中年男を初めとする客人たちも、皆〈〝内なる宇宙〟を生きるべく運命づけられた人間〉として形象されているのだ。従って日野は、自分がやがて書くべきものとした「全体小説」を、凡そ三十年を隔てて、彼の最後の長編小説『天池』において実現させた、と考えることも出来るのである。

六　『落葉　神の小さな庭で』

1　ふたつの千年紀《ミレニアム》の狭間《はざま》で
――短編小説集『落葉　神の小さな庭で』

序説

実はここに収めた作品を書きながら、これが多分私の最後の作品集になるだろう、と思っていた。

日野啓三『聖岩』（前掲）の「あとがき」（「一九九五年炎夏」の日付）にある一節である。長編小説『天池』（前掲）の「あとがき」（「一九九九年春」の日付）には、〈それまでに書いた分を封筒に入れ、「遺作未完」と表書きして入院した〉とも書いている。これから論ずる『落葉　神の小さな庭で』（二〇〇二・五　集英社）の「あとがき」（「二〇〇二年、再びの東京井の頭線沿線の世田谷の春に」の日付）でも、〈遺書のつもりで毎月の原稿を渡した〉という一節があり、残念ながらこの書が本当に日野最後の短編小説集になってしまった。

このように近い死を覚悟せねばならぬ緊迫した状況に相継いで立たされながら、書く姿勢においても、書かれた文体においても、いささかなゆるみも見せず、緊密な作品を次次と仕上げていった。まさに驚嘆すべきことと言わなければならない。

『落葉　神の小さな庭で』所収十三編の作品の主人公は、全て〈私〉。日野の自筆年譜やエッセイ、その他対談などに見える事項から推して、〈私〉は大体彼自身の等身大と見て良いようだが、内容的には明らかに虚構を疑わせる箇所もあるので[1]、作品中に出てくる〈私〉だけの年譜事項を、念のため次に整理しておく。

――〈私〉は五歳の時、父の勤務の関係で、戦前の日本の植民地「朝鮮」に住んだ。十五歳の時、当時の「京城」の一家庭に下宿した。旧制中学三年生から四年生になった昭和二十年五月、京城郊外にある大兵器工場に勤労動員されることに決まる。その頃下宿の姉娘と恋愛関係におちいり、〈最高の春〉を味わう一方、自分にとっては〈最後の春〉でもあることを自覚する。

十六歳で日本の敗戦に遭遇。「朝鮮」を引き揚げた〈私〉は、一旦父の生まれ故郷に落ちつく。東京の大学に進学、卒業後ある大新聞社に入社、外報部に所属する。三十歳代に韓国特派員を経験、さらにベトナム戦争のさなかにサイゴン支局長に赴任する。ベトナム戦争の表裏をつぶさに知り、戦争の非合理性や非人間性に苦しんだ末、小説を書く決心をする。その前後に結婚と再婚をし、東京都内の各地に転居を繰返し、一九九〇年から世田谷区代田にある独立家屋に住みつく。一九九〇年夏に偶然に腎臓癌が発見され、慶応大学付属病院で摘出手術を受ける。手術直後の二、三日、朦朧状態の中で東京タワーに神秘性を感じ、一種の精神的回心を遂げ、小説の内容と性格もそれまでとは一変する。その後も原発性の膀胱癌や鼻腔癌を罹患したが、手術で克服する。一九九七年に女性ルポルタージュ写真家と知り合い、やがて恋愛を意識するようになる。二〇〇〇年元日突然クモ膜下出血に襲われる。二度の開頭手術を受け、三ヶ月ほど入院する。下半身が不自由になり、リハビリに励んでいる――。

『落葉　神の小さな庭で』は、『すばる』初出の際には、「ふたつの千年紀《ミレニアム》の狭間《はざま》で」というフレーズが（1）から（12）迄各題名の右上に付けられていた。（「落葉」と「風が哭く」は二編で（1）となっている）このフレーズは、日野及び日野文学の感性や思考の時間的、空間的スタンスの大きさを象徴している。

わたしは、総数十三編の短編群を四つの「かたまり」に分けることが出来る、と考える。「落葉」と「風が哭く」の「かたまり」は、いずれも七十年余にわたる〈私〉の人生の総括をテーマとしている。第二のそれは、「薄青く震える秋の光の中で」から「生成無限―転生の賦」迄の六編からなり、〈私〉の主観的恋愛と〈聖〉なるものとのかかわりが、さまざまな角度から描き出されている。第三の「かたまり」は、「黒い音符」から「新たなマンハッタン風景を」迄の四編。〈私〉を内外から揺るがせた偶発的な「事件」を素材としている。

そして最後、「神の小さな庭で」は、人間を初めとする生物も植物も共に〈神〉の空間で〈生かされている〉という自覚が述べられている。

これらの短編は、雑誌『すばる』の二〇〇〇年一二月号から二〇〇一年一二月号迄毎月掲載されたのだが、二〇〇一年七月号だけには、作品ではなく、日野と池澤夏樹（注―作家・評論家）との対談「新たな物語の生成のために」を載せている。ここで日野は、池澤夏樹という最もよき理解者の援助を得ながら、七十年余のおのが人生と、五十年余のおのが文学体験を顧み、僅かに残されている自分の未来のあり方を探っている。「ふたつの千年紀の狭間で」の（7）と（8）の間にこの意味深い対談を介在させたのは、まことに時宜を得た企画だった、と言えよう。

一

本書の冒頭に据えられた「落葉」は、極めて短い作品ながら、いきなり意表を衝く戦慄的な作品になっている。〈私〉は、二〇〇〇年元日の昼、脳中の動脈瘤の破裂に襲われる。様子の異変に気づいて、自分で救急車を呼び、かかりつけの慶応大学医学部付属病院に「これから行く」と知らせる。二度の開頭手術。その後一ヶ月近くを経て、初めて担当医と会話を交わした。

　医師はいきなり言った。

「頭を開いたら、落葉が詰まっていたよ。とてもいっぱい。どうしてあんなに落葉だったんだろう」
　早春の夕暮れだった。（中略）私の頭の中から落葉がいっぱい出てきたということが透き徹るようにリアルだった。（中略）
　この医師は詩人だな、と思った。年の頃、四十七、八歳。長身で鼻下に控えめに髭を蓄え、目は澄んで優しい。

〈私〉は、この医師なら落葉の堆積を本当に見たのかも知れないと思い、〈それは私の運命に対する比類ない詩的洞察であり、私は頭を開いて（心ではなく）、正体をさらしたわけだ〉と思う。医師が去った後、看護婦《ママ》が〈わたしは手術の時についていたから知っているけど、落葉なんか一枚もあなたの頭から出てこなかったわよ〉と明言する。

　しかし夏も末になった退院の日にも、その医師は、〈私〉に〈どうしてあんなに落葉が出てきたんだろう〉と、再びはっきり言った。

　彼は少なくとも多量の落葉の気配を感じ取っていたのだ、誰の頭の中にせよ、と私は思っている。

　それとも、ふたつの千年紀の間という大いなる裂け目から、人類の歴史の正体が見えたのであろうか。血にまみれて降りしきる限りない落葉が。

ここでこの掌編小説は終わるのだが、鈴村和成（前掲）は、「横浜の日野さん」という追悼文（『すばる』二〇〇二・一二）で、さきの脳外科の医師の発言につき、〈それは事実だろうか？〉と疑問を呈している。結論は保留にしているが……。

わたしは、ここできっぱりと断言したい—医師のこの発言は、全くの小説的虚構なのだ、と。事実は、手術後のある日、日野が、自分の脳中には落葉が、しかも血にまみれた落葉がぎっしり詰まっているというイメージにとらえられたのだ。その一枚一枚は、物心ついて以来血にまみれながら超えてきた日々の徴《しるし》であり、七十歳を超えた今、脳中一杯に堆積しているというイメージ。担当医は〈詩人肌〉の人で、入院以来〈敬愛に近い親愛感〉を彼は寄せてきていた、と別の個所で言っている。先のイメージを、この担当医に発言させることにより、日野は、一編の純乎たる掌編小説を虚構したのだ、とわたしは思う。

後出の「新たなマンハッタン風景を」でも、米軍の理不尽なアフガン侵攻の情報に接し、〈私〉は、〈落葉が、またひとしきり血にまみれて私の脳の内側の魂の空間を降りしきることになりそうだ〉と書いている。

この「落葉」という作品の最終行は、先の引用のように、〈ふたつの千年紀の間という大いなる裂け目から、人類の歴史の正体が見えたのであろうか。血にまみれて降りしきる限りない落葉が。〉となっている。それは、このことが、日野ひとりの個人的悲劇であるだけではなく、時代そのものの悲劇でもあることを暗示しているのではあるまいか。

同じように「ふたつの千年紀の狭間で」の（1）として「落葉」と並んでいる「風が哭く」も、掌編である。〈私〉は、クモ膜下出血で、慶応大学医学部付属病院の十一階建て新館の、十階に入院している。新館は上から見ると、コの字型になっていて、外で風が吹くと、〈実にさまざまな音をたててうなる〉。

風の音は嘆くようにも、恨むようにも、号泣するようにも、むせび泣くようにも、惻々と訴えるようにも、体を震わせて難詰するようにも、呪うようにも聞こえるのである。とりわけむせぶように尾を引く悲しげな声……おのおのがいずれも人間のマイナス様態が、風の音の比喩になっていることに注意されねばならない。〈病院の建物の突起と窪みにひびく風の音がひときわ啾々《しゅうしゅう》と身に沁みる夜〉、堪え難くなった〈私〉は、禁を犯し、ベッドを抜け出して廊下の端の方まで歩いて行って見た。

十年前の六十歳の時、腎臓癌で同じ慶応大学医学部付属病院の泌尿器科に入院していたことを〈私〉は思い出す。その開腹手術の後の翌日と翌々日、病院の窓の外に怪しい異形のものの幻覚を見つづけた。そしてたまたま東京タワーの全景に出合った。その時思った——

地上がいかに怪しげな幻覚に埋め尽くされようとも、この塔がひたすら静かに銀色に垂直に聳え続ける限り、私の意識はぎりぎり、狂うことなく、世界もデタラメではないのだ、と確信された。（傍点引用者）

先の、廊下の端まで歩き、ガラス戸を透して夜の街を見下ろしているときの〈私〉は、自分が居るのは東京ではなく、旧知の韓国ソウルに居ると思っている。開頭後の頭脳がまだ完全には恢復してなかったわけだ。〈私〉は、ソウル（だとばかり思っている）の街の上高く、（中略）厳然とそびえ立つ〈富士山ないし富士山そっくりの形の山の頂を見た〉。

〈世界と私の中心に立つ聖なる山〉という呟きを繰返しながら、もう一つの聖なる山のイメージが重なった。それは〈チベット高原奥地に聳える世界の中心の聖山カイラス山の姿だった〉。〈その稀有の感触を、深夜の病院の人気ない廊下の外れに立ってゆくりなくも思い出したのである。／何という至福。／何という平和〉。

〈垂直に聳え続けるもの〉のイメージは、腎臓癌手術以降、ともすれば、自己や世界が崩れそうになる危機に直面したとき、日野を根底から支えるイメージとなることは、日野文学の愛読者なら、よく知っていることである。

この掌編は、次の一節で閉じられる。

> 偶然に風の強い夜、不気味に尾を引いて鳴る風の音を耳にして魂が魅入られるとき、深くみづからの出自の妖しさに気づくのだろう。[2]

即ち、「風が哭く」という掌編は、クモ膜下出血のため、死の淵に立たされた〈私〉が、〈みづからの出自の妖しさ〉を支えてくれる〈垂直に聳え続ける〉聖なるイメージにより、辛うじて助けられたという物語なのである。

「落葉」では自己の今までの半生の象徴を描き、「風が哭く」は聖なるイメージに支えられた半生を描いたものとして、この二作品は、「ひとまとまり」になっているのだ。

二

次の「まとまり」は、「ふたつの千年紀の狭間で」の（2）から（7）までの作品で成り立っている。ここには、〈私〉が偶然に会うことになった女友達＝ドキュメンタリー写真家とのかかわりが、六編を通して描かれている。

彼女が作品上に初めて登場するのは、〈私〉がクモ膜下出血の開頭手術の後、ベッド上で半ば錯乱に近い状態にいたときである（「薄青く震える秋の光の中で」）。

そっと呼びかけられたような気がして目を開けると、ベッド脇の椅子にドキュメンタリ写真家の女友達が両手をそろえて膝の上に置いて、ひっそり坐っていた。

こんなに早や早やと病室にまで見舞いに来てくれるとは、うれしいというより咄嗟には信じ難い気分だった。（中略）ふたりとも奇妙な時空間に閉じこめられたように、行動が自由にならない。そしていつものように自由に身動きできないその重力感が、互いを結びつける出会いの運命の、見えない必然の証《あかし》のようにも感じられるのだった。

この叙述が、専ら〈私〉の心の動きの側からのみ描かれていることに、留意しておいて貰いたい。どのくらい時間が経ったのか、〈気がつくと彼女の姿が室内から消えていた。彼女がそっと帰ったのか、私の夢みる力がすっと萎《な》えたのか、病室の中も再び陰々と寂寥の気に浸されていた〉。

彼女と〈私〉は、二年ほど前のある集まりで偶然に出合い、二人ともベトナム戦争その他の〈歴史の矛盾と人々の苦悩に同じように心を痛めていることを知った〉。以来どちらからともなく親しくなっていったのだった。

この「薄青く震える秋の光りの中で」という作品では、その女性写真家の個展で、突っ込んだ話し合いをしたり、人気のない土手を散歩したりする場面も描かれる。そしてある夜、彼女の仕事への敬意と共感が、いつの間にか、彼女自身への好意に変わっていることに、〈私〉は気づく。それに対し、彼女がどういう反応を示したか、その点については一切触れられて居ない。

次の作品「日中手話親善大会」では、二〇〇〇年の八月に再入院した〈私〉が、〈本日、当病院において日中手話親善大会が開かれます云々〉という男の声の幻聴を聞くことから書き始められる。

年の初めに入院したときは、白人と黒人が出てくる夢をよく見たが、今度は〈モンゴロイドのアジアを舞台とする夢〉をよく見る。そのように変わった理由をよくよく考えてみると、女友達の写真家から、今度、フィリピンのミンダナオ島海域の小島にあるイスラム系ゲリラ地区を取材に行くつもりだ、という葉書を貰ったことにある、と気づく。


　疲れもしないで次々ときみは本当によく仕事をする。気の重くなる仕事ばかりを。

　でも万一のことがあったりすると、ぼくは本当に悲しむぜ。書き続ける力をなくすほど。


病める〈私〉は、もはや彼女と「一心同体」になっているつもりでいる。

「ふたつの千年紀の狭間で」の（4）に当たる「迷宮庭園」には、共に沖縄を偏愛していると言い、もし〈私〉が先に死んだら、〈斎場御嶽《せーふぁうたき》で待っているよ〉という言葉が、独り言として、時々口に出る、と書かれている。斎場御嶽とは、沖縄の人々なら死後に誰しもそこに祭られることを理想とする〈沖縄最高の聖所〉である。〈私〉の右の呟きは、俗に言う「偕老同穴」の願いである。〈私〉の中の彼女への意識は、もはやそこまで進んでしまったのだ。繰り返すが、それに対する彼女の反応は、依然として何も書かれない。

「ある微笑」では、〈お茶の水の高台の道を女友達と並んで歩きながら、空の果てと私の心の奥とを聖霊が昇り降りするのをみずみずしく感じ〉たりする。彼女への〈私〉の思いが、もはや聖化されているのだ。

「デジャ・ヴュ――背理の感触」には、次のような場面がある。


　広いロビーの床を、ステッキをついて一歩ずつ歩く私の腕を取って、彼女はこの日、こまやかに親切だった。

(中略) 車に乗りこむとき手をとってもらった彼女の掌は春らしくうっすらと湿っていたが、彼女もゆったりと力を抜いているようだった。

〈私〉の彼女への主観的恋情は、先のように殆ど聖化される一方、時により熱く地上的にもなる。しかし彼女にしてみれば、クモ膜下出血の後遺症のために肉体的に不自由になっている男友達に対し、当然に示した好意でしかなかったとも言える。

戦争末期の朝鮮の京城で〈私〉の体験した、少年期の恋愛の対象だった女性と、この女写真家は〈人柄の感触がよく似ていた。一緒にいるだけで気分が和《なご》み、心が無限に開く気がする〉。

あの〈最後の春〉と思われた悲壮な恋愛に、今の〈少しずつ強まる人生の終末の不安と、無償の愛の〝永遠の今〟の燃焼感〉が重なる。昂揚感が極点に達し、〈ひとりでに彼女の手を取る片方の手に力が加わっていたらしい。いつのまにか私は彼女の指を握りしめていた、力一杯に〉。

その日彼女は、片手に怪我をしていて、包帯を厚く巻いていた。彼は一瞬そのことを忘れていた。

〈突然、痛い！ と滅多に声を高めない彼女が悲鳴をあげながら、繃帯を巻いた手を私の手から引き抜いた〉。〈何という失態。〝永遠〟に心奪われて、目前の現実、それも彼女の傷という大切な現実が消えていたとは〉。私は後悔と共に、〈もっと経験を積まなくては、究極の絶対に直面することは出来ないのだ〉と深く反省する……。

写真界のことを少し知っている人なら、彼女が、ドキュメンタリー写真家の大石芳野をモデルにしたものであることにすぐ気づくだろう。

日野は「神話的思考」(『書くことの秘儀』前掲)で、大石芳野の写真に見られるものは、〈死の闇を越える生命の輝きを求めて、信じ難い苛酷な取材を続けている意識〉である、と評している。ここには、ベトナム戦争の最中に、時には命の危険をも顧みず、新聞記者としての取材を続けた日野と、かなり重なるものがある。また、彼女の著書『ワニの民』（一九八三　冬樹社）を書評し、そこに報告されていることに深い共感を示している。「ふくやま文学館」が二〇〇五年一〇月から翌年の一月まで開催した「日野啓三の世界」展には、壮年の日野と高校生らしい長男との大きなツーショット写真を、彼女は出品していた。

わたしは、大石の写真集や文章をそんなに沢山見ているわけではない。しかし管見に入った限りでは、日野の名が直接出てくる場合にまだぶつかって居ない。

あれこれ勘案してみるに、日野と大石は、互いの仕事に共感しあうような知人関係にあっただけらしい、というのが事実のようだ。

ここでわたしは、ひとつの仮説を提出したい。日野は、この「ひとかたまり」の作品群に於いて、大石をモデルにしたドキュメンタリー写真家を登場させ、〈私〉をして、その女性に入魂の片恋をさせて見たのだ。先に内容を紹介した際、傍点を打った部分は、一方的な片思いであることを、自ずから暗示している(3)。

池澤夏樹は、「エロスの光に温められて」（『すばる』二〇〇二・六）で次のように言っている。

この本（『落葉　神の小さな庭で』―引用者注）に集められた作品のいくつかを雑誌発表時に読んで、ああ日野さんはエロスを必要としているなと思ったことがあった。写真家の「女友達」との淡い交誼を綴った文章に、自分の中に居直ったタナトスの影を薄めるために外部にエロスの光を求める姿勢が見えた。

〈エロスの光を求める姿勢〉こそ、わたしに言わせれば、熱烈な片思いの小説を虚構する日野の現実的な姿勢に相当する。純なるエロスへの渇望が真に内発的なものであれば、命のエネルギーを失いつつあるものにも、再び生きようとする力を与えてくれるものであることは、わたしも体験的に知っている。

作品中の言葉を借りれば、〈心臓も弱り始めているらしく、いつコトリと不意に停まってもおかしくない気がし始めていた〉日野が、エロスの秘めたる力を無意識のうちに呼びだしたのが、この虚構作品となったわけなのである。

〈こんなあわただしいデートも、あと何度できるのだろう。いつまでもではない〉と〈私〉をしてつぶやかせる、女性写真家へのはかない恋愛は、死を間近なものと予感している〈私〉にとり、病める彼の無意識下の〈最高の春〉であると同時に、〈最後の春〉でもあった。それ故に、切なくも美しく、読者に訴えかけてくるのである。

わたしは作品紹介のところで、作中の〈私〉の恋愛が、神秘的な〈幻影〉かも知れないと自分には思われたり、ソウルに居るつもりの〈私〉に、はっきりと見えた富士山が、〈夢以上のあやしい陰影を帯びて〉いたり、二人で散歩していると、〈私〉が、空から〈聖霊が昇り降りするのをみずみずしく感じ〉たりしたことに、触れてきた。この「ひとかたまり」の作品群のもう一つの特徴は、信仰にも繋がりかねない〈私〉の、神秘的体験や形而上学的思考などが、熱く展開されている点にある。

「薄青く震える秋の光の中で」には、慶応大学医学部付属病院のベッドの中で、「ここはソウルだ」と思い、家族や見舞いの人々に主張する場面がある。この病的な妄想体験で彼が得たものは、《《現実的な幻想》ないし《幻想的な現実》のイメージこそが、実は真相なのであろう。《幻想的でしかない幻想》も《現実的でしかない現実》も浅薄な思いこみに過ぎないのではないか〉、という考えであった。そして所謂「現実」のほかに〈もう一つの現実が確かにあることを、私が初めて実感した〉のでもあった。所謂「現実」というものの相対的な性格の発見である。

この考えに立つことによってこそ、〈この世界のすぐ上、すぐ奥、すぐの深みには古来、聖霊が統べる領域があって、われわれの魂が純粋に張りつめ、視線が力を秘めていれば、聖霊の力をもじかに感じとることもできる筈なのだ〉と言うのである。

聖霊とは、普通には、キリスト教に於ける「三位一体」の中のひとつとされている。しかしここを書く日野の脳裏にあったのは、キリスト教とは無関係で、「人間存在」を存在させている超越的な〈大いなるもの〉のことを指している、とわたしには思われる。

「ある微笑」に、〈私〉がお茶の水の高台の道を女写真家と散歩する場面で、彼女を所謂「運命の女」と思いこんでいる〈私〉にしてみれば、二人で散歩する「至福の時間」は、〈魂が純粋に張りつめ〉ていたはずだ。だからこそ〈聖霊〉を〈みずみずしく感じ〉得たわけだったのだ。

一見超日常的な現象を語る場面は、他にも沢山ある。

例えば、「デジャヴュ―背理の感触」の中で、女写真家に「デジャヴュ」について〈私〉が語る言葉――

> ぼくもね、俗にデジャヴュといわれる不思議な心理状態を経験するとき、とても本当のことを経験していると心身とも震える気がする。（中略）これが世界と人生の本当の感触だ、としか思えないあのふしぎさ。謎を秘めた不気味な奥深さを感ずるとき、天地とともにシーンと静まりかえる気がするんだよ。

この「かたまり」の最後の作品「生成無限―転生の賦」は、〈私〉の庭に立つ通称「えごのき」をめぐる物語である。東京の世田谷区代田に住んで十数年、その落葉喬木が、〈私〉にとり急に気になりだした。〈六・七月頃、茂みの奥の方で隠れるように小さくて真っ白な五裂のスズランそっくりの花がひっそりと咲く〉。それが〈私〉にとってはﾞ、〈「無限なるもの《ト・アパイロン》」の大いなる気配がいまひっそりと威厳ある斉暾果[4]の霊的な佇まいを憑代《よりしろ》として、不生不滅の不可思議な根源の力をきらめき出しているように見え〉（傍点引用者）て来た。

単なる一樹木に〈私〉が〈霊的〉な力を感じだしたのは何故か？　答えは本文そのもの中にある——

この思いがけないささやかな自然の光の豪奢なエピファニー（顕現）は、危険なクモ膜下出血の脅威をからくもかわして、毎日懸命に崩れそうになる意識を張りつめ続けている私への、永遠なる何者かのひそかな贈りものにも思われるのであった。

すなわち、この「かたまり」に刻みつけられている超日常的で霊的な〈私〉の感性と思考は、クモ膜下出血という重い罹病体験で、死が間近に迄迫っているという自覚が、切羽詰まった中で生み出されたものだ。或は、〈そういう宇宙に、私たちは生きて、その中で死ぬ、あるいは繰り返し生きる〉[5]という自覚から生み出されたものなのだ。

三

本書に於ける第三の「かたまり」になっている四編は、偶発的な「事件」をめぐっての物語である。

「ふたつの千年紀の狭間で」の（8）に当たる「黒い音符」（『すばる』二〇〇一・八）。〈私〉が慶応大学医学部付属病院を退院してから一年間は、〈肘掛椅子に座りこんで、外を何時間も眺めている〉ようなことを重ねて過ごした。季節とともに美しく変化してゆく例の「えごのき」の〈聖なると呼びたくなるほどの〉姿を、いつも眺めた。ところが、「えごのき」の白い花が咲き終わった頃から、〈カラスたちの姿が、なまなましく濃い現実感で迫ってき始めた〉。

ある日、ガラス越しに見える私鉄の架線上にとまっているカラスの群が、五線譜上の音符のように見えだしたのである。〈まるでこの世界の最深最奥の調べを告げる秘密の楽譜の一片のよう〉に。

日野の作品には、何故かカラスが登場してくる作品や場面が多い。他の鳥たちは全くと言っていいほど出てこないのは、一寸不思議なほどだ。

「存在の夜」（『すばる』一九九四・七）というエッセイに、次のような一節がある。

> カラスに対する私の気持ちは微妙に二重だ。小説の中でも幾たびかカラスを書いている。（例えば短編「カラスの見える場所」、長編『台風の眼』第十章）。活気を失い始めた東京のなかで、カラスだけが数を増し、図々しく鳴き騒いでいる。憎らしいと思う反面、その黒々と怪しい生気に満ちた姿に、不気味な畏れを覚えずにはいられない。他の鳥たちと違って、その不気味さは私の意識の深く定かならぬ層に属している。（傍点引用者）

ここで日野が挙げているほかに、短編小説「カラスのいる神殿」（前掲）、長編小説『光』（前掲）や「神の小さな庭で」（『すばる』二〇〇一・一二、原題「公園にて」）などにも登場する。

「カラスの見える場所」（前掲）では、先にも述べたように、孤独な若者が夕方の屋上でサックスを吹くと、それに呼応して、どこからともなくカラスの大群が集まってくる。サックスの演奏が終わると、彼らはどこかへ飛び立っていく。それが毎日繰りかえされる、という一種の「現代綺談」ともいうべき作品だ。「カラスのいる神殿」では、現代の荘厳な神殿とも思える病院の病棟の裏で、主人公が一匹のカラスとお互いに鳴き交わすことが、静かな筆致で描き出されている。以下問題にする「黒い音符」と直接通底しあっているのは、長編小説『台風の眼』第十章に描かれているカラスである。この場面については、すでに右の「カラスのいる神殿」―を論ずる際に具体的に述べた。

「黒い音符」の方では、腎臓癌摘出手術後の転移予防のインターフェロンの注射をするために、一日おきに病院に通っていた時期のことである。ある日、〈住宅街の道路を歩いている途中、目の前の路面を一羽のカラスがひょこひょこ跳び歩いていた〉。小柄の雌らしいカラスで、〈私の目の前を、そのカラスは何となく親しげに跳び歩きながら、チラチラ私の顔を振り返るのだった〉。〈まるで子犬のように私を振り返りながら同行してくる〉。

車も人も通行の多くない静かな道で、見ている人もいなかった。そのまま私は黙って楽しく同行した。時間にして十分ほどのことだったと思うが、私としては異例に素直な気分で、自然に弾むような生命のリズムをいとおしいと思いながら歩いた。

美しい場面である。

いずれも、一見まがまがしく見えるカラスが、それぞれの主人公にとり優しい癒しになっている点で、共通している。

〈私〉のカラスにまつわる思い出は、右のように〈いとおしく可憐なもの〉ばかりではない。「黒い音符」には、次のような例も書かれている。〈今年の夏〉、ネパールの皇太子が自動小銃で国王夫妻や王子や王女を銃撃した事件が突発した。臨時ニュースがテレビにテロップでながされたとき、〈私〉はかってネパールの首都カトマンズのホテルで、ベランダの手すりにずらりと並んでいたカラスの群を思い出した。〈どれも大きくてよく肥えていた。体毛も翼も脂ぎってギラギラ輝くようで、ガラス越しに私を見つめる両眼はどれも血走っているように見えた〉。ある日、〈私〉は昼間街を歩いていて、いたるところにあるヒンズー教のシャクティ（注―男女があからさまに抱擁交接している極彩色の神像）のおどろおどろしい〈生命力、欲動のあられもない発動〉に驚かされた。先の事件はその夜起きたのだった。カトマンズのカラスの逞しさが、改めて連想された。

又カトマンズのカラスは、私をして、ゴッホの有名な油絵「からすのいる麦畑」をも思い出させた。小林秀雄は初めてこれを見たとき、〈その絵ににらみ据えられたようになって、絵の前にしゃがみ込んでしまった〉と言っている（「ゴッホの手紙」『芸術新潮』一九五一・一～一九五二・二）。このようにカラスは、時に狂気を暴発させるような猛々しいエネルギーを内包してもいるのだ。日野自身も若い日にゴッホのカラスの絵を見て、〈背骨を不意に引き抜かれるような状態に襲われた〉と告白している。

自宅の居間のソファーに座りこんで、電線上に並ぶカラスの群に奇怪な音楽の音符を思っているだけではなく、〈カラスと気軽に共感してはいけないのだ。彼らが不気味に体現しているもののうち、究極のもの、絶対的なもの、超越的な意味と予感だけをできる限り感じとって、私自身の究極の風景を虚空に描き出さねばならぬ〉と痛感する。

前掲「存在の夜」で、〈カラスに対する私の気持ちは微妙に二重だ〉と述べ、〈他の鳥たちと違って、その不気味さは私の意識の深く定かならぬ層に属している〉と総括している所以である。とにかく日野のカラスに対する関心は、「枯れ枝に鳥のとまりけり秋の暮れ」の句が象徴するような日本的枯淡、枯寂の境地とは殆ど無縁なのであった。

「帰郷」（『すばる』二〇〇一・九）、「帰郷（続）」（『すばる』二〇〇一・一〇）の場合では、前者の初出誌の最後に（つづく）とあった。単行本に収める際、その語は削除されて、「ふたつの千年紀の狭間で」の（9）と（10）に独立させられた。

前者には、開頭手術後の入院中によく見た夢が再現されている。〈開頭手術のせいで思考能力が敏感になり過ぎていたせいか、夢の中での行動や体験が普段よりなまなましく現実感を帯びていて、少なくとも夢をみている最中と目が覚めた直後には到底夢の中だけの想像上の行為とは思えなかった〉。

その夢は、病室を脱出、あるいは退院して家に帰る夢が多かった。三ヶ月ほどの入院だったから、帰宅する夢を見るのは、入院者の願望の現れとして、当然と理解できる。

日野の場合の特徴は、夢の細部の妙なリアリティの濃さにある。家に入る場合に玄関の石段を登る場面が一度も出ない。いきなり家にいる。しかも廊下や階段を歩くところも一切ない。目の前に〈私〉の家の寝室と同じ広さの八畳間がある。そこには病院そっくりの鉄パイプのベッドがいくつも並んでいる。いつの間にか病院に戻ってきたのかと思っていると、脳外科病棟の看護婦《（ママ）》が現れる。気分は家にいるつもりだから、「コーヒーとトーストが欲しい」と当たり前のように頼む。彼女は「病院ではできない」と断わる。やっと家に戻れたとばかり思っていた〈私〉は混乱する……。

日野は、とくに腎臓癌手術後の作品において、意識下の無意識とでもいうべき精神の層の動きを、異常なほどの敏感さで追求してきていた。夢はその場合格好の材料になるはずなのに、幻覚や幻想については熱心に問題にしても、夢の内容を作品の中に追求してみることはなかった。この「帰郷」において初めて夢をいかにも夢らしいリアリティをもって丁寧に描き出している。しかしそれの持つ意味には触れようとしない。不思議と言えば不思議なことだ。

島尾敏雄は自己の夢に興味を持ち、夢を見るたびにメモを取り、一冊の『夢誌』として出版もしている。しかし夢らしいリアリティの表現という点では、右の日野の方が断然優れている。

日野の場合の〈私〉は入院中、自分でも意外に機嫌良く過ごしてきたが、それは毎日のように家族の誰かが見舞いにきて、世話をしてくれたから、と言う。〈この夢も、いい気になるな、という人生の警告なのかもしれない〉という反省をするところで、この話を閉じている。逆から見れば、この反省を読者にも納得して貰うために、妙な帰宅の夢をあれだけリアルに描いて見せたのかも知れない。

「帰郷」後半は、退院半年後の頃見た夢の〈忘れ難い〉話である。それは、〈これまで人類が半ば意識して、半ば無意識のうちに夢みてきた深い思いと行動の意味を凝縮したような恐ろしい夢であった〉。妙なことに、〈私〉はこの〈恐ろしい夢〉を抽象的に述べるだけで、それ以上は具体的に描き出さない。この具体相は、次の「帰郷（続）」の方に譲るつもりだったのだろう。

自宅療養が半年も過ぎたのに、〈体調全般はむしろ退院時より悪くなっていた〉とさりげなく書き加えている所で、この短編は終わっている。わたしは何か肩すかしを食ったような気に襲われた。

「帰郷（続）」という作品の中核に存在するのは、三十代半ばの看護婦《（ママ）》である。

〈私〉は、インターフェロン注射で病院通いを続けていた頃、その看護婦《（ママ）》には、外来診察室で長く世話になった。〈もの静かな性質で聡明で親切〉、〈センスもよくてよく冗談を言い合って笑っては、転移の危険性に怯えていた不安な日々をどれだけ慰められたかわからない〉。すでに家庭持ちだったが、〈わたし自身だけの気持ちでは、かすかに愛情めいた感情すら抱いていた〉。それが乳癌に罹り、短期間に脳に転移、〈意識が乱れて、とても苦しんで、亡く〉なったのである。

この作品に展開する〈私〉の深く難しい感性と思考はすべて、この〈余りに残酷な話〉、不条理なエピソードに結びついている。

〈私〉は次に発症した病気のため入院中、夕食前になると、病室を抜け出して一階の待合室の隅に、ひとり坐っていることを好んだ。昼の賑わいが嘘のように静かで、〈本当の自分と本当の現実感に覚めている〉ことができたからである。そこにいると決まって夭折したあの泌尿器科外来の看護婦（ママ）が、〈私〉の思考に割り込んでくる。ある日、彼女への思いが余りにも暗くなり、立ち上がって歩き出したが、ふらふらして歩けなくなった。近くにあったベンチに倒れ込む。〈この場所そのものが、病院のまともな領域から各種の病と変異が渦巻き溶け合う混沌の無限の領域〉に思えて来る。自分自身もアイデンティティーの怪しい生きものになりかけているようだ。嘆きの極、〈私〉の精神が混乱し出したわけだ。〈まるで宇宙船に乗せて貰って、見知らぬ宇宙の奥深く迷いこむような気分〉になる。

かつて最初の癌の手術前、〈精神がうろたえ惑乱していた頃〉、最新の宇宙図鑑に見入っていた日夜のことも思い出す。

次第に星や星座の言い難く美しく怪しく深遠な新しい超望遠鏡カラー写真に魅入られ、その幻想的イメージが診療所の超音波診断装置によって偶然に映し出された私のガン化進行中の腎臓の奇怪な変形映像と重なり溶け合って、エロティークなほどリアルな知覚の変容状態を経験したのだった。同時に幾つかの素っ気なく無機質の説明の文章の断片も、私の意識の深層に焼きついて残った。

〈いまや私はステンレススチール製ステッキをついた一個の探究的精神《スピリット》と化して、〝故郷の星〟を求めて宇宙の中をさ迷っている〉。そして〈私は私の本当の故郷、私自身の魂が形づくられた場所、精神の受胎増殖の地に帰ろうとしているのだ、とすっと心の奥からわかる〉。この作品が「帰郷」と名づけられた所以だろう。

その〈精神《スピリット》〉の旅にふと同行者がいることに気づく。それはあの美しく優しい、しかし〈意識が乱れて、とても苦しんで〉夭折した看護婦《ママ》だった。〈私は閉じていた両目を静かに開《ひら》いた。あの看護婦さんの精が透明な宇宙船の壁を通して、長く白い指を伸ばして、わたしの瞼をそっと開いたようだった〉。〈私は閉じていた両目を静かに開いた〉とあることにより、宇宙船に乗っていたのが、実は一時的に神経が混濁した際の妄想、もしくは夢だったことが、読者に解る仕組みになっている。作品は、〈そこには本当の、〃幸福の星〃があったことを〉、〈私〉が自覚するところで終わっている。

それにしも、何と切なくも美しいエピソードだろう。

二〇〇一年九月一一日、プロの軍人でも革命家でもない、イスラム神学校出身の若者達が、ハイジャックした二機の大型旅客機で、乗客もろとも、〈冷静な意識を持ったまま〉、アメリカを象徴するニューヨークの二つの超大型ビルに自爆テロを敢行した。少し時間を置いて、その二つのビルは、まことにもろく地上に崩れ落ちた。

この所謂同時多発テロは、アメリカ国民を震撼させ、ブッシュ大統領は、テレビで「これは戦争だ！」と狂気のように叫んだ。いかにも「ふたつの千年紀の狭間に」起きた象徴的事件であった。事件直後に日野が描いたらしい「新たなマンハッタン風景を」（『すばる』二〇〇一・一二）は、小説の枠を越えて、〈私〉の激越な政治評論、グローバルな世界の動きに対する直接的な批判になっている、と言って良い。

〈私〉は言う――〈もうどこにも絶対に安全というところはないのだ、という思いをテレビの前に坐り続けて嚙みしめている間に、その惨憺とした認識と苦痛の思いが、次第に耐えがたくなる〉。

考えてみれば、〈私〉は第二次世界大戦下で育ち、〈その思いとともに世界と人生とを感じ始めた〉。又、アフガニスタンとソ連との戦争中、その映像を多数テレビその他で見て、心を痛め続けた。更に自分自身、〈三十歳代から四十歳代にかけての、今も触れれば血が吹き出るような鮮烈苛烈な十年間の記憶〉を持っている。これは、日野の年譜事項に当てはめれば、朝鮮戦争直後のソウルへの特派員生活、ベトナム戦争の際の南ベトナム支局長としての従軍体験、帰国後の新聞社外報部員としての激務などを指している。〈軍事力、戦闘力、武装兵士と兵器で、現代の人民戦争を押し切ることは出来ない〉ということを、ベトコンゲリラや北ベトナムの解放軍が、最後にはサイゴンの政権を崩壊させ、背後の強大な米軍を中心とする連合軍を、海の外に追い出した、というベトナム戦争の終末そのものが示しているのだ、とも言っている。

〈私〉は、今後アフガンにおいて同じことが展開し続けるに違いない、と思う。アフガンの〈乾いてざらついた赤い地面、崩れた泥の家の街を想像しながら、人類の歴史に内在する凄惨で不気味な感慨に、久しぶりで身震いする思い〉に駆られる。

同時に、今、人が〈理想的な自己イメージを回復できない限り〉、〈その文明の夕暮れも近いかも知れない〉と、この「論」を結ぶ。そして、〈自己否定も含む自己変容の無限の可能性こそ人類の本質だ〉と、書き加える。ここは、日野及び日野文学のあくまでも前向きな姿勢を如実に示しているところだ、とわたしには思われる。

日野啓三の生前最後の短編小説集『落葉　神の小さな庭で』の掉尾を飾ったのが、「神の小さな庭で」（『すばる』二〇〇一・一二、原題「公園にて」）という作品である。

エピグラフに「マタイによる福音書　第十九章第十四節」にある〈天国はこのような者の国である〉が引用されている。これがまず、いきなり読者を驚かす。又、文中に〈小公園〉を〈神の小さな庭〉とさりげなく言い替えたりする。〈聖霊体験〉という語も出てくる。日野は、エッセイや談話などで神の問題につきしばしば考察し、語ってもいた。(6)

しかし作品本文中、まともに〈神〉という語や、〈聖霊体験〉、〈天国〉などという語を使うのは、珍しいことだった。

作品の前半は、前作「新たなマンハッタン風景を」の続きのように激しく、いや一層の激しさでの、所謂「九・一一事件」についての発言になっている。イスラム原理主義集団をして、〈特攻テロ〉をするまでに追いつめたのが、他ならぬアメリカ自身の利己主義的「帝国主義」そのものであったことをいささかも反省することなく、〈驚き怒り興奮した政・軍指導者は直ちに「正義の報復戦争」を宣言し、テロ戦闘集団がいるアフガニスタンの岩山地帯へのミサイル爆撃、特殊部隊の一部送りこみを開始した〉。このことに対し、〈私〉は、激しい批判を手を変え品を換えて叫び続ける。

ベトナム戦争で使用された〈新型の大型爆弾の爆発音の信じ難い凄さ〉についての記事を、〈私〉は昔読んだことがあった。〈超人的に勇敢な人たちばかりと思いこんでいたベトナム人民軍および解放戦線のゲリラ部隊の戦士たちは、「あれだけはこわかった」と語っていた〉ことを、〈私〉は思い出す。

かつて〈私〉は、大新聞社の特派員としてベトナム戦争に従軍したことがあっただけに、この証言を見て、〈自分の想像力がまくれあがるような気さえした〉と言う。今度それ以上に発達した超兵器が、アフガンの岩山爆撃のため使用されようとしている。このことを想像すると、〈私〉は直接に〈身体的に苦痛〉を感じさえした。

〈私の心〉は、「九・一一事件」以降〈奇妙な二重世界に生きるような状態になった〉。一方では、苛酷に展開し出したアフガン状勢にひどく苛立ち続ける。しかし他方では、二千年来の世界の興亡の歴史の一齣として、今度の事件を長い時間的スタンスで突き放して眺める。そして、〈ひどく魂の奥まで沁み透《とお》る澄んだ東京の秋の光〉に、平静な幸せを満喫して言う――〈世界がどうしてこんなに暗く、しかもこんなに明るいのだろう〉。

作品の後半では、自分が、心身ともに異常に鋭敏に内外の事象に反応し続けると、〈もしかすると、私が間もなく死ぬことになっていて、限界を予感した意識の力があやしく張りつめ過ぎているのではあるまいか〉と〈空恐ろしく〉思ったりしながら、〈注―不幸にもその予感は的中してしまうのだが〉それはそれとして、ある日味わった幸せな体験が、まことに印象深く描き出されている。

〈私〉は春頃から、三十代の男性介護士に屋外散歩の訓練を受け出していた。ステッキをつきながらの歩行訓練は遅々として進まなかったが、夏の炎天下でも頑張った結果、秋に入る頃は、途中一度も休むことなく、少し離れた小公園にまで歩き通すことが出来るようになった。

突然の世界的動乱への高ぶりと運動能力の高まりは、〈私〉の意識をして〈生気があやしく昂《たかま》り充実〉させているように思わせた。頭脳力は初めから冴えていて、井筒俊彦や木田元、あるいは英国の生物学者などの難解な著書を貪るように読み、〈時折自分の知覚の震えと想念の飛躍に空恐ろしい思いを覚えること〉もあった。

〈ある気持ちよく晴れた秋の日〉、さすがに途中はやはり緊張しつつ、十五分ほどかけて、小公園に行ってみた。小さな遊び場と呼んだ方がふさわしいところで、三人の男の子達が遊んでいた。

三人は降り注ぐ光の波と戯れるように、走りまわっている。息急き切って競走しているのではなく、走ることそのものが、自分の手足がもつれることなく一応自由に動くこと自体が、たのそくうれしくてたまらないというように、危うくつんのめりそうになりながらも笑い声をあげて走りまわっていた。

歳は二歳半か三歳ぐらい。この可憐ですぐれた細かい描写は、〈私〉が杖をつきながらやっと歩けるような体であったからこそ、可能になったものと言えよう。だから〈私〉は、あの子供達が〈やっとひとりで歩けるようになって、私と同じじゃないか〉と呟きもするのだ。

〈私〉は、〈米軍のミサイル攻撃、爆撃が始まって以来の苛立ちと暗い思いにもかかわらず〉、この〈恩寵のようなさわやかな秋の光の中で〉、穏やかな嬉しい気持ちで、しばらく子供達に見とれていた。[7]

やがて、この作品の中核をなす思いがけない「事件」が起きる。

〈ヨチヨチと不格好な歩き方〉をする〈私〉に、子供達も気づいた。〈三人が急に自分の胸の前で掌を開いて、ヒラヒラと私に向かって振り始めた。（中略）私もつられて片手を開いて顔の前にあげると、同じように振ってみせながら、お互いの間で何かが確実に通じ合ったことを感じた〉。（傍点引用者）

三人の子達が〈私〉の前に立ち、ひとりが大切そうに握りしめていたドングリらしい木の実をさしだし、〈私〉の掌に載せてくれた。かくてこの作品最終の感動的文章が書かれる——

> 意味や目的はあいまいでも、何か温いものがふたりの間に流れ伝わったことにふたりとも満足したことを感じ合ったとき、私は穏やかに深く感動し、「天国はこのような者の国である」という福音書の中の言葉をしっかりと過不足なく理解したと信じた。（中略）人間という生物は説明も強制も一切なしに、共感し納得し合うことが時に可能で、人間とはそういう生物なのだ、と日頃「天国」にも「神の国」にも特別の興味も持たない私が、そうした言葉で人間が実に長い間、何を願い、何を目指そうとしてきたのか、スッとわかった、という気がしたのだ。（傍点引用者）

〈私〉はここで、「天国」なるものを実感しているが、だからと言って、「神の国」に入った、即ち信仰生活に入ったことを意味してはいない。それは、〈理解した〉、〈スッとわかった〉などと理性的な理解を得たことをはっきり強調していることでわかる。

池澤夏樹は、前掲の日野との対談「新たな物語の生成のために」の中で、「文学と宗教」の問題につき話し合った最後に次のように発言している。

　日野さんがそれだけ死の直前まで行って帰ってきて、それでも二十年前と全然変らないで、全く宗教っ気がないというのも僕には心強いですね。僭越を承知でお願いすれば、どうかこれからも中途半端に悟ったりしないでいただきたい。

日野は何も答えないで、この対談は終わっているが、この「神の小さな庭で」では、〈私〉をして〈天国はこのような者の国である〉と感じさせつつも、〈理解した〉、〈スッとわかった〉とあくまで理性的に判断させることで、作品を終えている。その理性的判断は、人間や世界、地球や宇宙への科学的思索や探求と直接に結びつくものだ。御長男の鋭之介氏の証言（注―私信）によれば、たまに氏が書斎に入ることがあると、日野は難解そうな理科系の書を読んでいることが多かった、という。〈中途半端に悟ったりしないでいただきたい〉という池澤の要望に、日野は、行動的には立派に応えていたのである。

本書の「あとがき」に、〈つらいことや腹のたつことが多いけれども、世界はやはりすばらしいし、生きていることの方がいいのだ〉とある。先ほどの子供達とのすばらしい交歓は、まさにそれを具体的に、そして端的に示している場面というわけだ。

又、「あとがき」の末尾は次のようになっている。

私たちは男も女も人間も動物も、実は同じ神の庭で生かされているのだ。必ずしもキリスト教の神ではなくとも。

ここで彼の言う〈神〉とは、わたしが今まで彼の作品を論じてきた中で、しばしば触れてきた彼の東洋的、汎神論的な傾向と関連したもの、と言えよう。

本書が刊行された僅か五ヶ月後の二〇〇二年一〇月一四日午後五時、日野は、大腸癌のため死去した。満七十三歳。御長男鋭之介氏の証言（注―私信）によれば、体調不調を自覚、それまでと同様に慶応大学医学部付属病院に入院した。検査の結果、大腸に二ヶ所、肝臓、脳、肺、など多くの箇所に原発癌や転移癌が発見された。体力や恢復率を勘案し、手術などの積極的な治療は行わず、二ヶ月ほどで一旦退院した。その後何回かの短期入院を経て、最後は自宅で息を引き取った。告別式は、一八日午後〇時半から信濃町の「千日会堂」で行われた。日野本人の意向と鋭之助氏のそれが合致、無宗教形式であった。葬儀委員長は友人で詩人の大岡信氏、喪主は妻奈美さん。

「ふたつの千年紀の狭間で」を書き継いでいる最中に、日野は、『朝日新聞』（二〇〇一・五・二二）にエッセイ「未来を食べて生きる」を寄稿している。そこで彼は、脳外科病棟から退院後、身に沁みて知ったこととして、〈〝前向きの感覚〟こそ生きることの実質なのだ〉と力説している。〈そのような前向きの意思と感覚がなくなるときが死期の始まりなのだろう〉とも。

わたしは、前掲「ふくやま文学館」で開かれた「日野啓三の世界」展でみた一枚のメモを思い出す。それは、二百字詰原稿用紙に、「二〇〇二年〜二〇〇三年の仕事に」と題され、〈短編集『落葉　神の小さな庭で』、新〇〇（注―文字不明）集「新しい中心」、（注―その後二行あったが判読不可能）〉と書かれたものであった。そして、日野が机の前に常に掲げてあったものという説明書が添えられていた。即ちこれは、「神の小さな庭で」執筆後も、彼が書く予定の腹案を幾つか持っていたことを示している。だから彼は、腹案という〈未来を食べながら〉、遂に生を中断されたわけだ。わたしは、この一枚のメモを思い出すたびに、無念と哀切の思いに耐えがたくなる。

〈注〉

（1）日野の私小説風の作品に、虚構的部分がさりげなく挿入されることのある端的な例を次に挙げて見よう——

本作品の回想部—太平洋戦争末期の昭和二〇年三月から四月にかけて〈私〉は、京城で下宿の娘と恋愛をする。当時十五歳であった〈私〉にとり、〈最高の春〉という喜びと、〈初めての女性との親愛感の、もはや刻《とき》なかるべしという〝永遠の今〟の感覚とが、不断に鬩ぎ合って一瞬一瞬が白熱しているように感じられた〉。

自伝的要素が多い長編小説『台風の眼』（前掲）の中にも、初めの部分では同じ場面、同じ感情の動きが殆どそのまま描かれている。しかし後半は全く違う。こちらの方は、戦後二人は東京で再会、熱い肉体関係に陥る。そして、ある日まことに哀切な最後の交渉を終えたのち、暫くして女は子宮癌が進み、夭折してしまう。それに対する本節の回想部では、引き揚げ後再会するが、肉体関係などには進まず、女が夭折する。亡くなる直前に女は友人を介して「最後に一目会いたい」と頼んできたが、〈私〉は死病に怖じけづくと同時に、自分の妻への配慮から、一度も見舞いに行かずに終わってしまう。

どちらが事実で、どちらが虚構なのか、確かめる術はない。

（2）雑誌初出の際は、次のようになっている—〈最も深くみずからの謎めいた手ごたえの危うさに気づくのだろう〉と。この方が改訂された文よりも分かり易い、とわたしには思われる。

（3）本節の注（1）参照。

（4）オリーブの漢名。

（5）雑誌初出の際は、〈あるいは死なない〉となっている。この方が、それまでの叙述をうまく受け止めた表現になっている、とわたしには思われる。

（6）　例えば――

「第二の焼け跡の世代」『流砂の声』（一九九五・三　読売新聞社）

「幻影と記号」『聖岩』（一九九五・一一　中央公論社）

三木卓との対談「記憶する身体、飛翔する意識」（『すばる』一九九七・五）等々

（7）　ここでわたしは、日野がかねてから子供という存在に特別深い関心を持っていた、ということを思い出す。まだ元気だった頃の対談「『廃墟』を旅する単独者」（前掲）で日野が、子供だった頃の御長男とテレビゲームで徹夜したことを告白する。それに対し対談者川本三郎は〈大江健三郎さんとか、日野さんとかいま面白い作家の人って、子供とコミュニケーション出来る人じゃないかな〉と言う。日野は〈子供の方が現実にソフトに感覚してますからね〉と答えている。

日野啓三年譜

―凡　例―

○『　』は、雑誌名、新聞紙名、単行本名の場合に用いた。
○（改題「……」）とある場合は、作品が単行本に収録された際に題名が「……」と改められたことを示す。
○エッセイ欄では、一九六七年以降、余りにも多数なため、原則として、再録された単行本名のみを掲載することにした。
○本年譜作成にあたっては、日野啓三自筆年譜（講談社文芸文庫版『砂丘が動くように』所収）、『日野啓三の世界』（「ふくやま文学館」刊）所収の「日野啓三略年譜」、山内祥史作成の「日野啓三の著書」（『芸術至上主義文芸』NO.14、NO.31所収）、同人の「『現代文学』誌上の日野啓三」（『近代文学論』NO.47）、鈴木和成著『アジア幻境の旅』（集英社刊）及び日野啓三の御長男鋭之介氏の御教示などに拠るところが大きい。
○本年譜は未定稿。今後の調査で補足や加筆をせねばならぬ点が少くない。

年齢 年号	生活	作品	エッセイ	インタビュー、対談等
一九二九年（昭和四年）	六月一四日、東京生まれ。父幹三、母靖子の長男。父は、広島県芦品郡宜山村（現・福山市駅家町）の地主の出身。東京帝国大学法学部卒業。母は、東京生まれ。元は岩手県の水沢藩士の家系。			
五歳 一九三四年（昭和九年）	両親と共に朝鮮に渡る。父は銀行員。一家は慶尚北道大邱《テグ》に住む。			
六歳 一九三五年（昭和一〇年）	大邱の東雲小学校に入学。			
七歳 一九三六年（昭和一一年）	慶尚南道密陽《ミリヤン》の小学校に転校。卒業まで通う。			
一三歳 一九四二年（昭和一七年）	大邱中学校に入学。父転勤のため、一家は京城（現・ソウル）清水町に住む。二学期から京城の龍山《ヨンサン》中学校に転校。			

一五歳 一九四四年 （昭和一九年）	中学三年生の時、父が転勤。銀行の独身寮に残る。
一六歳 一九四五年 （昭和二〇年）	寮閉鎖のため、女主人がクリスチャンの知人宅に下宿。中学四年生になり、兵器工場に動員、工場寮に住む。ゲーテの「若きウェルテルの悩み」や芥川龍之介の晩年の作品等耽読。しばしば自殺を思う。 八月一五日、日本敗戦、朝鮮独立。 一一月、家族と共に、釜山《プサン》港から広島県福山市駅家町（父の郷里）に引き揚げる。府中市の府中中学校（現・府中高校）に転入学。
一七歳 一九四六年 （昭和二一年）	中学四年修了で旧制第一高等学校文科甲類（第二外国語ロシア語）に入学。 八月、上京。食糧事情悪く一時帰郷。
一八歳	偶然聴いた荒正人の講演で文

年齢 年号	生　活	作　品	エッセイ	インタビュー、対談等
一九四七年（昭和二二年）	学に目覚め、第一次戦後派の作品を耽読。			
二〇歳 一九四九年（昭和二四年）	旧制東京大学文学部社会学科に入学。三鷹市大沢にある父の知人宅に下宿。ドストエフスキーを耽読。			
二一歳 一九五〇年（昭和二五年）	六月、大岡信、丸山一郎（佐野洋）、稲葉三千男らと回覧雑誌『二十代』を創刊（第五号迄）。		「若き日のドストエフスキー——人道主義という自己欺瞞——」『二十代』6月（後に『現代文学』に再掲載）	
二二歳 一九五一年（昭和二六年）	三月、ガリ版刷り同人誌『現代文学』を創刊（第五号迄）。		「第二の創世紀——ニヒリズム文学の系譜」『現代文学』3月 「現代文学とは何か」『現代文学』7月 「エレンブルグ『嵐』論——沈黙の重さについて——」『近代文学』2月 「野間宏論」『近代文学』8月	

			「イリヤ・エレンブルグ論—ひとつの伝説について—」『近代文学』9月 「如何に生くべきか」『現代文学』11月 「堀田善衛論（颱風の眼ということ）」『近代文学』12月	
二三歳 一九五二年 （昭和二七年）	三月、東京大学卒業。 四月、読売新聞社外報部に就職。		「現代の≪人間の条件≫」『現代文学』9月 「虚点という地点—荒正人論—」『文学界』12月 この頃から『近代文学』書評欄担当の一員となる。	
二四歳 一九五三年 （昭和二八年）	『文學界』主催の新人会合で、安岡章太郎、吉行淳之介、服部達、奥野健男らを知る。			
二五歳 一九五四年 （昭和二九年）			「大審問官論」『近代文学』4月 「伊藤整著『火の鳥』」	

年齢 年号	生活	作品	エッセイ	インタビュー、対談等
			『近代文学』4月 「埴谷雄高『死霊』論」『現代評論』?月（後に『虚点の思想』に再掲）	
二六歳 一九五五年 （昭和三〇年）	結婚。世田谷区でアパート暮らしを始める。 スリランカ、コロンボに出張。		「颱風の眼」（桂芳久と執筆）『近代文学』6月～12月（この中に日野の「焼跡について」6月、「夜明け前の対語」8月あり）	座談会「戦後文学における批評の問題」『近代文学』1月 座談会「『静かなるドン』をめぐって」『近代文学』10月
二七歳 一九五六年 （昭和三一年）			「『ファウスト博士』論」『近代文学』12月	連続特別座談会「ドストエフスキーを語る」『近代文学』12月～'57年3月
二八歳 一九五七年 （昭和三二年）			「存在の密度―『野火』の魅力について―」『近代文学』10月	
二九歳 一九五八年	桂芳久、竹西寛子らと同人誌『現代叢書』を出す（五号迄）。			

（昭和三三年）	この頃より、西欧の前衛的な小説、音楽、絵画、映画に親しむと同時に、老荘、仏教などの古典を熱心に読む。			
三〇歳 一九五九年（昭和三四年）			「廃墟論」『現代叢書』？月（後に『存在の芸術』に再掲）	
三一歳 一九六〇年（昭和三五年）	一一月、韓国のソウルに特派員として赴任。七ヶ月滞在。			
三二歳 一九六一年（昭和三六年）	帰国直後に離婚。			
三三歳 一九六二年（昭和三七年）			「溶けろ　ソウル」『文藝』6月	
三四歳 一九六三年（昭和三八年）	ソウル滞在時代に恋愛していた韓国女性（現・奈美子夫人）と再婚。			
三五歳 一九六四年（昭和三九年）	一二月、南ベトナムのサイゴン支局長として赴任。（八ヶ月間）		「終末に光あれ」（後に『虚点の思想』に掲載）	

年齢 年号	生活	作品	エッセイ	インタビュー、対談等
三六歳 一九六五年（昭和四〇年）	一月二九日、ベトコン少年の公開銃殺を見、衝撃を受ける。それをきっかけに小説を書くことを決意。			
三七歳 一九六六年（昭和四一年）	七月、長男鋭之介生まれる。	「向う側」『審美』3月	「わたしはベトナムを見たか」（後に「悪夢の彼方—サイゴンの夜の底で」と改題、『虚点の思想』に掲載）『ベトナム報道—特派員の証言』11月　現代ジャーナリズム出版会	
三八歳 一九六七年（昭和四二年）	ベトナム戦記事の新聞連載取材のため、再度ベトナムに行く。ゲリラ戦から本格的現代戦に一変しているのに驚くと共に、米国内の反戦的気運勃興に共感。		『存在の芸術—廃墟を越えるもの』11月　南北社	座談会「現代文学に於ける〝私〟と〝虚構〟」『文藝』5月
三九歳 一九六八年（昭和四三年）		「地下へ」『文藝』12月	『幻視の文学—現実を越えるもの』12月　三一書房	

年	事項	作品	著書
			『虚点の思想—動乱を越えるもの』12月　永田書房
四〇歳 一九六九年（昭和四四年）		「デルタへ」『文藝』12月	
四一歳 一九七〇年（昭和四五年）		「どこでもないどこか」『週刊アンポ』1月 「還れぬ旅」『文藝』7月 「めぐらざる夏」『文學界』10月	
四二歳 一九七一年（昭和四六年）		「喪われた道」『文藝』5月 『還れぬ旅』10月　河出書房新社	
四三歳 一九七二年（昭和四七年）	これ迄、郊外のアパートや団地を幾たびも転居して来たが、この年、新宿区中落合の高層マンションに落ちつく。	「無人地帯」『文學界』5月	『虚構的時代の虚構』9月　冬樹社 「原初に自発するもの」『埴谷雄高作品集』別巻　11月
四四歳 一九七三年（昭和四八年）		「遺しえぬ言」季刊『藝術』春季号 「此岸の家」『文藝』8月	

年齢 年号	生活	作品	エッセイ	インタビュー、対談等
		「対岸」『審美』終刊号		
四五歳 一九七四年 （昭和四九年）	五月、「此岸の家」で平林たい子文学賞を受賞。	「雲の橋」『文藝』2月 「浮かぶ部屋」『文藝』6月 「遠い陸橋」『海』8月 『此岸の家』8月　河出書房新社 「あの夕陽」『新潮』9月	「私の原風景」『すばる』17号	
四六歳 一九七五年 （昭和五〇年）	一月、「あの夕陽」で芥川賞を受賞。 読売新聞社の外報部から、編集委員に転ずる。	「天堂への馬車代」『中央公論』1月 『あの夕陽』3月　新潮社 「風の地平」『文藝』3月 「野の果て」『新潮』4月 「ヤモリのいる部屋」（改題「ヤモリの部屋」）『群像』5月 「暗い参道」（改題「霧の参道」）『海』5月 「サイゴンの老人」『別冊文藝春秋』夏季号	『私のなかの他人』7月　文藝春秋 『孤独の密度』11月　冬樹社	
四七歳 一九七六年	オーストラリア政府の招きを受け、一ヶ月滞在、同国各地を	「彼岸の墓」『中央公論』1月	「私の宇宙誌」『週刊読書人』11月15日～’78年	

（昭和五一年）	巡る。 読売テレビのニュースキャスターを兼務。	「空中庭園」『海』1月 『風の地平』4月　中央公論社 「赤い月」『文芸展望』冬季号	4月24日連載	
四八歳 一九七七年 （昭和五二年）	中国（西湖）旅行。	「西湖幻々」『海』8月 「漂泊」『文藝』10月 「ポンペイの光」『海』11月 「闇ありき」（改題「細胞一個」）『文芸展望』冬季号		
四九歳 一九七八年 （昭和五三年）	ネパール（カトマンズ）旅行。	「空室」『文學界』1月 「北の火」『新潮』2月 「裏階段」『文學界』2月 「台地」（改題「廃園」）『文學界』3月 「果ての谷」『すばる』4月 「暗い穴」（改題「黒い穴」）『文學界』4月 「断層」『文學界』5月 『漂泊　北の火』5月　河出書房新社 「鉄の時代」『文學界』7月 「共生」『文藝』7月	『迷路の王国』8月　集英社 共著『文体とは何か』11月　平凡社	

年齢 年号	生活	作品	エッセイ	インタビュー、対談等
		「河口」『文學界』8月 「雲の柱」『文學界』9月 「骨肉」『群像』9月 「井戸」『文學界』10月 「逆光」『文學界』11月 「軌道」季刊『藝術』冬季号 「蛇のいた場所」『文芸展望』冬季号		
五〇歳 一九七九年 （昭和五四年）	トルコ（カッパドキア）、インド（ベナレス）、スリランカ旅行。 千代田区一番町のマンションに移転。以後六年間居住。	「窓の女」（改題「窓の女神」）『すばる』1月臨時増刊号 『鉄の時代』3月　文藝春秋 「黒い昔」『群像』4月 「枯野の子」『群像』7月 「血」『群像』8月 「遠い声」『群像』9月 「母のない夜」『群像』10月 「地下」『群像』11月 「谷間にて」『群像』12月 「光る影」『群像』12月		

五一歳 一九八〇年 （昭和五五年）		『風の地平』2月　中公文庫 『母のない夜』3月　講談社 「雪女」『新潮』5月 「黒い水」『すばる』6月 「地下都市」『海』8月 『蛇のいた場所』8月　集英社		
五二歳 一九八一年 （昭和五六年）	北欧旅行。	「抱擁」『すばる』1月～9月隔月連載 「昼と夜の境に立つ樹」『海』2月 「島」（改題「月の島」）『作品』4月 「地下都市」『海』8月 「ワルキューレの光」『文學界』8月 「渦巻」『海』10月 「夕焼の黒い鳥」『新潮』12月	『聖なる彼方へ―わが魂の遍歴』12月　PHP研究所	
五三歳 一九八二年	十月、『抱擁』で泉鏡花文学賞を受賞。	「天窓のあるガレージ」『海燕』1月	『科学の最前線』6月　学生社	インタビュー・東山魁夷「私の世界―生かさ

年齢年号	生活	作品	エッセイ	インタビュー、対談等
（昭和五七年）		「29歳のよろい戸」『文學界』1月 「聖家族」『文藝』1月～9月連載 『抱擁』2月　集英社 『此岸の家』4月　河出文庫 『天窓のあるガレージ』5月　福武書店 「カラスの見える場所」『新潮』8月 「ふしぎな珠」『海』（臨時増刊）11月 「火口湖」『文學界』12月		れて」『読売新聞』4月1日、8日、15日、20日、27日 インタビュー・今西錦司「私の世界―成るがまま」『読売新聞』6月7日、14日、21日、28日、7月9日 今西錦司と対談「創造性とは何か」『VOICE』10月
五四歳 一九八三年 （昭和五八年）		『聖家族』3月　河出書房新社 「大いなる影」（改題「ふしぎな影」）『文學界』3月 「消えてゆく風景」『文學界』6月 「階段のある空」『文學界』9月		インタビュー・江上波夫「私の世界―地平を越える創造力」『読売新聞』1月4日、11日、17日、31日、2月7日、14日、16日 『創造する心』8月　読売新聞社

五五歳 一九八四年（昭和五九年）	中東旅行。	「砂の街」『海』1月 「夢を走る」『文學界』1月 『あの夕陽』2月　集英社文庫 「星の流れが聞えるとき」『海燕』7月 「孤独なネコは黒い雪の夢をみる」『新潮』9月 「石の花」『中央公論文芸特集』9月 『夢を走る』11月　中央公論社	『名づけられぬものの岸辺にて―日野啓三主要全評論』1月　出帆新社	
五六歳 一九八五年（昭和六〇年）	東京都世田谷区代田に転居。定住となる。	「砂丘が動くように」『中央公論』1月～'86年1月連載 「大いなる影」（改題「ふしぎな影」）『文學界』3月 「夢の島」『群像』10月 「鏡の高原」（改題「鏡面界」）『海燕』10月 『夢の島』10月　講談社		
五七歳 一九八六年	二月、『夢の島』で芸術選奨文部大臣賞を受賞。	「風を讃えよ」『文學界』1月	「Living Zero」『すばる』1月～12月連載	

年齢 年号	生活	作品	エッセイ	インタビュー、対談等
（昭和六一年）	九月、『砂丘が動くように』で谷崎潤一郎賞を受賞。	「闇の誘い」（改題「腐蝕する街」）『東京人』3月 「七千万年の夜警」『海燕』4月 『砂丘が動くように』4月　中央公論社	『昭和の終焉』辻井喬と共著　9月　トレヴィル	
五八歳 一九八七年 （昭和六二年）	芥川賞選考委員になる。	『抱擁』1月　集英社文庫 「ランナーズ・ハイ」『新潮』1月 『夢を走る』4月　中公文庫 『天窓のあるガレージ』7月　福武文庫 『階段のある空』8月　文藝春秋 「光る荒地」『新潮』10月	『Living Zero』4月　集英社	黒井千次と対談「文学が成り立つ場所」『文學界』8月
五九歳 一九八八年 （昭和六三年）	中国西域のタクラマカン砂漠、ホータン旅行。	『きょうも夢みる者たちは……』2月　新潮社 『向う側』2月　成瀬書房 「岸辺にて」『海燕』4月 『夢の島』5月　講談社文	『都市の感触』2月　講談社 『都市という新しい自然』8月　読売新聞社	

		芸文庫 『昭和文学全集』NO.30（「あの夕陽」「天窓のあるガレージ」『夢の島』）5月　小学館 「背後には何もないが」『海燕』10月 「ここはアビシニヤ」『群像』11月		
六〇歳 一九八九年 （平成元年）		「林でない林」『海燕』1月	『Metamorphoses』（改題『モノリス』） 『エクスクァイア』4月 〜'90年3月	原ひろ子と対談「最も『個人的』な人間」『文學界』9月
六一歳 一九九〇年 （平成二年）	六月、慶応大学医学部付属病院で腎臓癌を告知され、八月に摘出手術を受ける。	『砂丘が動くように』3月　中公文庫 「黒い天使」『海燕』4月 「メランコリックなオブジェ」『中央公論文芸特集』夏季号 『どこにもないどこか』9月　福武書店 「東京タワーが救いだった」『中央公論文芸特集』	『モノリス』6月　トレヴィル	

年齢年号	生活	作品	エッセイ	インタビュー、対談等
		冬季号		
六二歳 一九九一年（平成三年）		「牧師館」『文學界』2月 「屋上の影たち」『文藝春秋』4月 「台風の眼」『新潮』7月～'93年3月連載 「断崖の白い掌の群」（改題「断崖にゆらめく白い掌の群」）『中央公論文芸特集』夏季号 「雪海の裂け目」『中央公論文芸特集』秋季号		辺見庸と対談「新聞言語と小説言語の狭間で」『文學界』9月
六三歳 一九九二年（平成四年）	五月、『断崖の年』で伊藤整文学賞を受賞。	「世界の同意」（改題「カラスのいる神殿」）『文學界』2月 『断崖の年』2月　中央公論社		柄谷行人と対談「死について」『すばる』1月 川本三郎と対談「『廃墟』を旅する単独者」『文學界』4月 丸山圭三郎と対談「言葉・死・狂気」『文學界』4月
六四歳	『読売新聞』の読書委員となる	「顔のない私」（改題「石を		安岡章太郎と対談「わ

一九九三年（平成五年）	（三年間）。一一月、『台風の眼』で野間文芸賞を受賞。	運ぶ」）『中央公論文芸特集』夏季号 『台風の眼』7月　新潮社 「火星の青い花」『すばる』7月		れら近代の児」『新潮』9月 加賀乙彦・川村湊との鼎談「いま戦争文学を読む」『文學界』9月 池澤夏樹・越川芳明との鼎談「『重力の都』をめぐって」『文學界』11月
六五歳 一九九四年（平成六年）		「オアシスの園」『中央公論文芸特集』春季号 「インターゾーン」（改題「光」）『文學界』2月～'95年8月連載 「聖岩」『中央公論文芸特集』秋季号	「存在の夜」『すばる』7月	中村桂子と対談「人間はどこから来てどこへ向かうのか」『海燕』4月 多田富雄と対談「生命のシステムと言葉」『新潮』6月 シンポジウム「作家はいかに誕生したか―大岡昇平における「事実」と「ロマネスク」」『文學界』11月
六六歳 一九九五年		「幻影と記号」『すばる』1月		シンポジウム「沖縄―文学の鉱脈」『文學界』

年齢年号	生活	作品	エッセイ	インタビュー、対談等
(平成七年)		「遥かなるものの呼ぶ声」『中央公論』1月 「出あいの風景」(改題「心の隅の小さな風景」)『朝日新聞』3月 「塩塊」『すばる』6月 「古都」『中央公論文芸特集』夏季号 『光』(「インターゾーン」を改題)11月　文藝春秋 『聖岩』11月　中央公論社		4月
六七歳 一九九六年 (平成八年)	二月、『光』で読売文学賞を受賞。	「黒よりも黒く」『文學界』1月 「先住者たち」(改題「先住者たちへの敬意」)『新潮』1月 「闇の白鳥」『すばる』5月 「梯の立つ町」(改題「梯の立つ都市」)『群像』10月 『日野啓三短篇選集』上巻 12月　読売新聞社 『日野啓三短篇選集』下巻	『流砂の声』2月　読売新聞社 三浦綾子・日野啓三「我、ガンと闘う」『サンデー毎日』3月24日(本誌記者福島安紀纏め記事) 「後姿の風景」『中央公論』9月臨時増刊 共著『生活という癒し』9月　ポーラ文化	藤原新也との対談「第二の敗戦」『文學界』11月

		12月　読売新聞社	研究所「現代がん養生訓・第四章」『朝日新聞』11月28日（講座）	
六八歳 一九九七年 （平成九年）	年末、膀胱癌の手術を受ける。	「踏切」『すばる』1月 「天池」『群像』1月～'99年3月（この間三回休載）連載 『台風の眼』2月　新潮文庫	「光の光」『読売新聞』文化欄「流砂の遠近法」	三木卓との対談「記憶する身体、飛翔する意識」『すばる』5月
六九歳 一九九八年 （平成一〇年）	鼻腔癌の手術を受ける。	「十月の光」（改題「冥府と永遠の花」）『新潮』1月 「ここで踊れ」（改題「ここは地の涯て　ここで踊れ」）『すばる』1月 『砂丘が動くように』5月 講談社文芸文庫	『日野啓三　自選エッセイ集　魂の光景』12月　集英社 「書くことの秘儀」『すばる』　12月	
七〇歳 一九九九年 （平成一一年）	鼻腔癌の手術を再度受ける。	『天池』5月　講談社 『断崖の年』9月　中公文庫	「小説をめぐるフーガ」『すばる』3月～10月連載（『書くことの秘儀』所収）	平野啓一郎と対談「聖なるものを求めて」『文學界』3月
七一歳 二〇〇〇年	一月一日、クモ膜下出血、慶応大学付属病院で開頭手術を受	「精霊の降りてくる道」『すばる』1月、2月		保坂和志と対談「ソウルの富士山」『中央公

年齢 年号	生活	作品	エッセイ	インタビュー、対談等
（平成一二年）	ける。 帯状疱疹で再度入院。 三月、日本芸術院賞を受賞。	「落葉」、「風が哭く」『すばる』12月		論』9月
七二歳 二〇〇一年 （平成一三年）	春より、翌年春にかけて入退院をくりかえす。	「薄青く震える光の中で」（改題「薄青く震える秋の光の中で」）『すばる』1月 「日中手話親善大会」『すばる』2月 「迷宮庭園」『すばる』3月 『遥かなるものの呼ぶ声』（文庫化に際して、『聖岩』を改題）3月　中公文庫 「微笑」（改題「ある微笑」）『すばる』4月 『梯の立つ都市　冥府と永遠の花』5月　集英社 「デジャ・ヴュ」（改題「デジャ・ヴュ―背理の感触」）『すばる』5月 「生成無限」（改題「生成無	「世界は荒涼と美しい」3月『遥かなるものの呼ぶ声』中公文庫	『創造する心―日野啓三対談集』2月　雲母《きらら》書房 池澤夏樹と対談「新たな物語の生成のために」『すばる』7月

		限―転生の賦」)『すばる』6月 「黒い音符」『すばる』8月 「帰郷」『すばる』9月 「帰郷(続)」『すばる』10月 「新たなマンハッタン風景を」『すばる』11月 「公園にて」(改題「神の小さな庭で」)『すばる』12月		
七三歳 二〇〇二年 (平成一四年)	一〇月一四日午後五時、大腸癌のため自宅で死去。 一〇月一八日午後〇時三〇分から、千日谷会堂で無宗教形式の告別式挙行。	『落葉　神の小さな庭で』5月　集英社 『あの夕陽　牧師館―日野啓三短篇小説集』10月　講談社文芸文庫	『ユーラシアの風景』8月　ユーラシア旅行社	
二〇〇三年 (平成一五年)			『書くことの秘儀』1月　集英社	

あとがき

校正を重ねている段階で、「はじめに」で述べたような、日野啓三の諸作品が従来の日本の近、現代文学にない作品世界を作り出していることを検証するという所期の目的が、曲がりなりにも達成されていると自得することが出来た。先行する日野研究や日野に関する評論が極めて少ないことは嘆かわしかったが、一方結果的には、私の思考をたいした抵抗も無しに自由に進ませる一因にもなった。

ひるがえって考えてみるに、自分の描き出した日野文学の世界が、どこまで真の実態に迫り得ているか、という点になると、甚だおぼつかなかった。それは極めて辛い自問自答であった。所詮、自分の身の丈以上に対象を領略出来ないものだ、と居直る以外に自分を宥める方法は、無かった。自分がもし今より「成長」したら、もっと新しい日野が見えてくる筈である。これからも、更に彼の作品に挑戦せねばならぬ所以である。しかしわたしに残された生理的時間がもうあまり無いことは、まことに口惜しいことだ。

書いている途中で困ったことがひとつあった。日野の文章の引用に関してである。もちろん作品の中核もしくは問題となるべき箇所を引用するのが原則であるが、日野には、魅力的で深い思考や鋭く独自な感性の展開されている部分があまりに多く、極端に言えば、いっそ全文を引用したくなってしまう。わたしの引用した具体的箇所がはたして適切であったかどうか、今もって自信が持てない。再び書き直したい節が、幾つもあるが、今は一応このままで発表する。

本書を成すに当たり、恩恵を受けた方々は多い。

「東京タワーが救いだった」論の初稿の際に厳しい批判を下さり、その後も暖かい励ましを続けられた尾末奎司氏（元・神戸山手女子大学）と中村公美子さん（学習院大学・文学修士―国語学専攻―）。しばしば貴重な資料を提供して下さった山内祥史氏（元・神戸女学院大学）。新しい世代からの意見や感想を常に寄せて刺激を与え続けられた新保邦寛氏（筑波大学）。原稿が出来る度に表記や誤字脱字を正して下さった森藤侃子さん（元・東京都立大学）。日野の末期の病状や告別式の様子を細かく教えて頂き、貴重な写真を口絵用に貸与して下さった御長男の鋭之介氏。

わたしの体のことに関して言えば、六十歳直前にS状結腸に大きな病変を発見、命拾いをして下さった放射線医山中勝義先生と、リタイア以後の二十余年間、もともと病弱だったわたしの様々な病変に適切に対応し、今も体調管理をして頂いている内科医西脇行雄先生に、この際特に感謝申し上げたいと思う。

終わりになったが、予期した以上に「立派」に本書を仕立てて下さった和泉書院社長廣橋研三氏に深い謝意を表しておきたい。

二〇一〇年五月一日

相　馬　庸　郎

■著者略歴

相馬　庸郎（そうま　つねお）

1926・8・30　新潟県中条町(現・胎内市)生まれ
1942・12　新潟県立新発田中学校4年終了
1945・8　海軍経理学校卒業
1954・10　法政大学文学部日本文学科（通信教育）卒業
1961・3　東京都立大学大学院博士課程終了
1962～1967　同上附属高等学校教諭
1967～1975　神戸大学教育学部助教授
1975～1987　同上文学部教授
日本近代文学会、昭和文学会会員
（主要著書）『日本自然主義論』、『日本自然主義再考』（共に八木書店）『田山花袋集』（全注釈　角川書店）『子規・虚子・碧梧桐』、『柳田国男の文学』（共に洋々社）『深沢七郎』（勉誠出版、「やまなし文学賞―評論研究部門―」受賞）、『秋元松代』（勉誠出版）その他。

近代文学研究叢刊　46

日野啓三　意識と身体の作家

二〇一〇年六月二五日初版第一刷発行©
（検印省略）

著者　相馬庸郎
発行者　廣橋研三
印刷・製本　シナノ
発行所　有限会社 和泉書院
大阪市天王寺区上汐五－三－八
〒五四三－〇〇〇二
電話　〇六－六七七一－一四六七
振替　〇〇九七〇－八－一五〇四三

装訂　倉本　修　ISBN 978-4-7576-0560-2 C3395